저지대
NIEDERUNGEN

NIEDERUNGEN
by Herta Müller

ⓒ Carl Hanser Verlag München 2010
(First published 1984 at Rotbuch)
Korean Translation ⓒ 2010 by Munhakdongne Publishing Corp.
All rights reserved.
The Korean language edition is published by arrangement with
Carl Hanser Verlag GmbH&Co. KG through MOMO Agency, Seoul.

이 도서의 국립중앙도서관 출판예정도서목록(CIP)은
서지정보유통지원시스템 홈페이지(http://seoji.nl.go.kr)와
국가자료공동목록시스템(http://www.nl.go.kr/kolisnet)에서 이용하실 수 있습니다.
(CIP제어번호: CIP2010001057)

NIEDERUNGEN

저지대 헤르타 뮐러

김인순 옮김

문학동네

| 차례 |

일러두기

일러두기

『저지대』는 1982년 루마니아 부쿠레슈티의 크리테리온 출판사에서 처음으로 출간되었다. 이어 1984년 베를린의 로트부흐 출판사에서 출간된 후로 쇄를 거듭했다. 그 판본에는 단편 네 편(「그 당시 5월에는」「의견」「잉게」「불치만 씨」)이 누락되어 있었을 뿐만 아니라, 수록된 단편들 중에서도 군데군데 생략되고 차례도 뒤바뀌었다. 한국어판 『저지대』는 독일 한저 출판사의 최종 판본을 번역의 저본으로 삼았다. 이 판본에는 누락되었던 단편 네 편이 다시 실렸으며, 전체적으로 저자의 검토와 수정을 거쳐 완성되었다.

조사 弔詞

기차역에서, 일가친지들이 증기를 내뿜는 기차를 뒤따라 달리고 있었다. 발길을 옮길 때마다 높이 쳐든 팔이 이리저리 흔들렸다.

차창 뒤에는 한 젊은 남자가 서 있었다. 창문은 그의 겨드랑이까지 올려져 있었다. 젊은이는 흐트러진 하얀 꽃다발을 가슴에 꼭 끌어안았다. 얼굴이 굳어 있었다.

젊은 여인이 겁먹은 아이를 안고 역을 나선다. 여인은 곱사등이였다.

기차는 전쟁을 향해 출발하고 있었다.

나는 텔레비전을 껐다.

아버지가 방 한가운데 관 속에 누워 있었다. 사방의 벽이 사진들로 도배되다시피 뒤덮였다.

사진 속에서 아버지는 자기보다 곱절은 더 큰 의자를 붙잡고 있었다. 유아용 원피스 차림에 구부정한 다리로 어정쩡하게 서 있다. 오동통한 다리에는 주름이 잡히고, 머리카락이 아직 나지 않은 두상은 둥그런 배 같다.

아버지가 새신랑일 적 사진도 있었다. 절반만 보이는 가슴의 나머지 절반은 어머니가 들고 있는 흐트러진 하얀 꽃다발에 파묻혀 있다. 두 분은 귓불이 닿을 만큼 머리를 가까이 맞대고 있다.

아버지가 울타리 앞에 꼿꼿이 서 있는 사진도 있었다. 굽 높은 아버지의 신발 아래 눈이 쌓여 있다. 새하얀 눈 때문에, 아버지는 마치 허공에 서 있는 듯 보였다. 아버지는 한 손을 머리 위로 올려 경례를 붙이고 있다. 윗옷 옷깃에 룬문자*가 보인다.

그 옆의 사진에서 아버지는 어깨에 곡괭이를 메고 있었다. 그 뒤로 옥수수 줄기 하나가 하늘을 찌를 듯이 서 있다. 아버지는 모자를 쓰고 있다. 넓게 드리운 모자 그늘이 아버지의 얼굴을 가렸다.

그다음 사진에서 아버지는 트럭 운전대를 잡고 있었다. 트럭

---

* 고대 게르만 문자. 히틀러는 이 가운데 태양륜을 상징하는 갈고리십자가 모양을 독일 나치의 공식 표징으로 사용했다. 그러므로 여기서 룬문자는 나치의 갈고리십자가를 가리킨다.

에는 소들이 실려 있다. 매주 아버지는 시내 도살장으로 소들을 실어 날랐다. 아버지의 얼굴은 여위고 모나 보였다.

모든 사진의 한가운데에서 아버지는 하나의 몸짓으로 굳어 있었다. 하나같이 어찌할 바를 모르는 사람처럼 보였다. 하지만 언제나 아버지는 뭘 해야 할지 잘 알고 있었다. 그러니까 사진들이 전부 엉터리였다. 이 많은 엉터리 사진들과 엉터리 표정들 탓에 방 안이 썰렁했다. 나는 의자에서 일어나려 했지만, 옷이 나무에 얼어붙은 듯 떨어지지 않았다. 내 옷은 검고 투명했다. 움직일 때마다 옷에서 바스락거리는 소리가 났다. 나는 마치 유리로 주조된 듯 앉아 있었다. 그러다 몸을 일으켜 아버지의 얼굴에 손을 댔다. 아버지의 얼굴은 방 안의 물건들보다 더 차가웠다. 바깥은 여름이었다. 파리들이 날아다니며 구더기를 깠다. 넓은 모랫길을 따라 마을이 이어졌다. 갈색으로 뜨겁게 달아오른 길은 햇빛에 반짝이며 눈을 알알하게 찔렀다.

묘지는 돌더미로 뒤덮여 있었다. 무덤들 위에 커다란 돌덩이들이 놓여 있었다.

눈길을 아래로 떨어뜨리자, 구두코가 들려 밑창이 살짝 드러나 있었다. 지금까지 내내 구두끈을 밟고 왔다. 굵은 구두끈이 뒤로 길게 늘어져, 하나로 뒤엉켜 있었다.

키 작은 남자 둘이 비틀거리며 영구차에서 관을 들어내어 낡은 밧줄 두 개로 무덤 속으로 내린다. 관이 흔들렸다. 남자들의 팔과 밧줄은 길어지고 또 길어졌다. 한참 가뭄인데도 무덤 속에는 물이 차 있었다.

네 아버지는 사람을 많이 죽여서 양심의 가책을 느꼈어. 술 취한 남자 중 하나가 말했다.

나는 말했다. 그땐 전쟁중이었잖아요. 아버지는 스물다섯 명을 무찔러 훈장을 받으셨어요. 여러 개의 훈장을 집으로 가져오셨어요.

네 아버지는 순무밭에서 여자를 겁탈했어, 남자가 말했다. 다른 군인 네 명과 함께. 네 아버지가 그 여자 가랑이 사이에 무릎 박았지. 우리가 그곳을 떠날 때, 여자는 피를 흘리고 있었어. 러시아 여자였어. 그뒤로 몇 주 동안 우리는 무기란 무기는 죄다 무라고 불렀지.

늦가을이었어, 남자는 말했다. 서리를 맞아 거무죽죽해진 무이파리들이 들러붙어 있었지.

남자가 묵직한 돌 하나를 관 위에 내려놓았다.

술 취한 다른 남자가 말을 이었다.

새해에 우리는 독일의 어느 소도시에서 오페라를 보러 갔어. 오페라 여가수가 귀청이 찢어져라 노래를 부르더구나, 그 러시아 여자가 비명을 지른 것처럼. 우린 하나씩 차례로 홀을 빠져나왔지. 하지만 네 아버지는 끝까지 자리를 지켰어. 그뒤로 몇 주 동안 그는 모든 노래를 다 무라 부르고, 모든 여자를 다 무라 불렀지.

남자는 화주를 들이켰다. 그의 뱃속에서 쿨렁쿨렁 소리가 났다. 내 뱃속은 무덤 속 지하수처럼 화주로 그득하지, 남자가 말했다.

그러고는 묵직한 돌 하나를 관 위에 내려놓았다.

흰색 대리석 십자가 옆에 서 있던 장례관리사가 내 쪽으로 다가왔다. 양손을 윗도리 호주머니에 찔러넣은 채로.

손바닥만한 장미 한 송이가 윗도리 단춧구멍에 꽂혀 있었다. 장미는 우단처럼 곱고 부드러워 보였다. 장례관리사는 내 옆에 서서 한 손을 호주머니에서 꺼냈다. 주먹을 쥐고 있었다. 손가락을 곧게 펴려 했지만 펴지지 않았다. 슬픔을 이기지 못해 그의 두 눈이 퉁퉁 부어 있었다. 그는 소리 죽여 흐느끼기 시작했다.

전쟁터에서는 고향 사람들하고 잘 지내기가 쉽지 않은 법이죠, 장례관리사가 말했다. 고향 사람들은 명령을 따르지 않거든요.

그러고는 묵직한 돌 하나를 관 위에 내려놓았다.

이제 뚱뚱한 남자가 내 옆에 와서 섰다. 머리통이 고무호스처럼 길고 홀쭉한데다가 표정이 없었다.

네 아버지는 몇 년 동안이나 내 아내하고 정을 통했어, 남자가 말했다. 내가 술에 취해 있을 때 나를 협박하고 돈을 빼앗아 갔지.

남자는 돌 위에 앉았다.

쪼글쪼글 주름지고 비쩍 마른 노파가 가까이 오더니 땅바닥에 침을 탁 뱉고 나를 향해 욕을 한다.

조문객들이 반대편 무덤가에 서 있었다. 나는 내 몸을 훑어보다가 사람들이 내 가슴을 쳐다보고 있는 걸 깨닫고 깜짝 놀랐다. 몸이 으스스 떨렸다.

모든 눈이 나를 향해 있었다. 하나같이 공허한 눈이었다. 눈꺼풀 아래 눈동자가 찌르듯 날카로웠다. 남자들은 어깨에 총을 메고 있었고 여자들은 묵주를 달그락거렸다.

장례관리사가 단춧구멍에서 장미를 잡아채더니 피처럼 빨간 꽃잎 하나를 떼어 입에 집어넣었다.

그러고는 나에게 손으로 신호를 보냈다. 이제 내가 말할 차례였다. 모두 나를 응시했다.

아무 말도 생각나지 않았다. 눈目이 목구멍을 타고 머릿속으로 기어오르고 있었다. 나는 손을 입으로 가져가 손가락을 물어뜯었다. 손등에 잇자국이 선명했다. 이가 뜨거웠다. 입가에서 흐른 피가 어깨로 흘러내렸다.

바람이 내 옷소매를 잡아채갔다. 검은 옷소매가 헉헉거리며 허공을 떠다녔다.

한 남자가 지팡이를 커다란 돌에 기대어놓더니, 총을 조준해 옷소매를 쏘아 떨어뜨렸다. 내 얼굴 앞으로 떨어진 옷소매에는 피가 낭자했다. 조문객들이 박수갈채를 보냈다.

팔의 맨살이 드러나 있었다. 공기 속에서 팔이 돌처럼 딱딱해지는 게 느껴졌다.

장례관리사가 신호를 했다. 박수갈채가 그쳤다.

우리는 우리 마을을 자랑스럽게 여깁니다. 우리의 업적은 우리가 몰락하지 않도록 지켜줄 것입니다. 우리는 모욕을 참지만은 않을 겁니다. 중상모략을 참지만은 않을 겁니다. 장례관리사가 말했다. 우리 독일 주민의 이름으로 너에게 사형을 선고한다.

모두가 나에게 총을 겨누었다. 머릿속에 벽력같은 총성이 울렸다.

나는 쓰러졌지만 내 몸은 바닥에 닿지 않았다. 사람들의 머리 위 허공에 둥둥 떠 있었다. 나는 살며시 문을 열었다.

어머니가 방들을 전부 깨끗이 치웠다.

시신이 안치되어 있던 방에는 이제 기다란 테이블이 놓여 있었다. 그것은 도살대였다. 그 위에 흐트러진 하얀 꽃다발을 꽂아둔 꽃병과 아무것도 담기지 않은 흰 접시 하나가 놓여 있었다.

어머니는 살이 비치는 검은 옷을 입고 있었다. 손에는 커다란 칼을 들었다. 어머니는 거울 앞으로 다가가, 탐스럽게 땋아내린 은발을 그 커다란 칼로 잘랐다. 머리채를 양손에 받쳐들고 도살대로 갔다. 머리채 한쪽 끝을 접시에 올렸다.

나는 앞으로 죽을 때까지 검은 옷을 입을 거야, 어머니가 말했다.

어머니가 머리채 한쪽 끝에 불을 붙였다. 머리채는 도살대 이쪽 끝에서 저쪽 끝까지 닿았다. 머리채가 화승처럼 타들어갔다. 불길이 너울거리며 활활 타올랐다.

러시아에 있을 때 그들이 내 머리를 박박 밀었어. 그건 가장 가벼운 형벌이었지, 어머니가 말했다. 나는 너무 배가 고파 비틀거렸어. 깜깜한 밤에 순무밭으로 기어들어갔지. 감시인은 총을 가지고 있었어. 날 보았더라면 그 자리에서 쏴죽였을걸. 밭은 적막에 싸여 있었어. 늦가을이었고, 서리를 맞아 거무죽죽해진 무이파리들이 들러붙어 있었지.

나는 어머니를 쳐다보지 않았다. 머리채는 계속 타들어갔다. 연기가 방 안에 자욱했다.

그들이 너를 죽였어, 어머니가 말했다.

방 안을 채운 연기가 너무 짙어 우리는 더이상 서로를 보지 못했다.

바로 지척에서 어머니의 발소리가 들렸다. 나는 두 팔을 뻗어 더듬더듬 어머니를 찾았다.

별안간 어머니의 앙상한 손이 내 머리칼을 움켜쥐었다. 그 손이 내 머리를 마구 흔들었다. 나는 비명을 질렀다.

눈을 크게 떴다. 방 안이 뱅글뱅글 돌고 있었다. 나는 흐트러진 하얀 꽃다발의 공球 속에 누워 있었다. 그 안에 갇혀 있었다.

그러다 집이 뒤집히고 모든 것이 바닥으로 우르르 쏟아지는 게 느껴졌다.

자명종이 울렸다. 토요일 아침, 다섯시 반이었다.

슈바벤 목욕

토요일 저녁이다. 목욕물을 데우는 난로의 불룩한 몸통이 벌
겋게 달아오른다. 환기창은 꼭꼭 닫혀 있다. 지난주에 두 살배
기 아르니가 찬 바람을 쐰 탓에 코감기에 걸렸다. 어머니가 빛
바랜 작은 바지로 어린 아르니의 등을 씻긴다. 어린 아르니는
버둥거린다. 어머니가 아르니를 욕조에서 들어올린다. 가엾은
것, 할아버지가 말한다. 저렇게 어린 애들은 아직 목욕시키면
안 되는데, 할머니가 말한다. 어머니가 욕조에 들어간다. 물은
아직 뜨겁다. 비누거품이 인다. 어머니의 목에서 거무스름한 때
가 뭉클뭉클 일어난다. 어머니의 때가 물 위에 둥둥 떠다닌다.
욕조 가장자리가 누르스름하다. 어머니가 욕조에서 나온다. 그
러고는 물이 아직 뜨겁다고 아버지에게 소리친다. 아버지가 욕

조에 들어간다. 물은 따뜻하다. 비누거품이 인다. 아버지의 가슴에서 거무스름한 때가 뭉클뭉클 일어난다. 아버지의 때가 어머니의 때와 함께 물 위에 둥둥 떠다닌다. 욕조 가장자리가 갈색이다. 아버지가 욕조에서 나온다. 그러고는 물이 아직 뜨겁다고 할머니에게 소리친다. 할머니가 욕조에 들어간다. 물은 미지근하다. 비누거품이 인다. 할머니의 어깨에서 거무스름한 때가 뭉클뭉클 일어난다. 할머니의 때가 어머니, 아버지의 때와 함께 물 위에 둥둥 떠다닌다. 욕조 가장자리가 거무스름하다. 할머니가 욕조에서 나온다. 그러고는 물이 아직 뜨겁다고 할아버지에게 소리친다. 할아버지가 욕조에 들어간다. 물은 얼음장처럼 차갑다. 비누거품이 인다. 할아버지의 팔꿈치에서 거무스름한 때가 뭉클뭉클 일어난다. 할아버지의 때가 어머니, 아버지, 할머니의 때와 함께 물 위에 둥둥 떠다닌다. 할머니가 욕실 문을 연다. 할머니는 욕조 안을 들여다본다. 할머니는 할아버지를 보지 못한다. 시커먼 목욕물이 시커먼 욕조 가장자리에서 찰랑거린다. 이 양반 분명히 욕조 안에 있는 줄 알았는데, 할머니는 생각한다. 할머니가 욕실 문을 닫고 나온다. 할아버지가 욕조의 목욕물을 흘려보낸다. 어머니, 아버지, 할머니, 할아버지의 때가 배수구에서 뱅글뱅글 맴돈다.

  슈바벤 가족은 상쾌하게 목욕하고 텔레비전 화면 앞에 앉아 있다. 슈바벤 가족은 상쾌하게 목욕하고 토요일 저녁의 텔레비전 영화를 기다린다.

우리 가족

어머니는 가면을 쓴 여인이다.

할머니는 내장안으로, 앞을 보지 못한다. 한쪽 눈은 백내장이고 다른 한쪽 눈은 녹내장이다.

할아버지는 음낭수종*에 걸렸다.

아버지는 다른 여자에게서도 자식을 낳았다. 나는 그 여자와 아이를 모른다. 그 아이는 나보다 나이가 많다. 그래서 사람들은 내가 다른 남자의 자식이라고 말한다.

아버지는 크리스마스에 그 아이에게 선물을 주고, 어머니에게는 그 아이가 다른 남자의 자식이라고 말한다.

---

* 음낭의 막강 안에 담황색 액체가 고이는 질환.

크리스마스에 항상 우편집배원이 백 레이*가 든 봉투를 나에게 건네주며 산타클로스 할아버지의 선물이라고 한다. 하지만 어머니는 내가 다른 남자의 자식이 아니라고 한다.

사람들은 할머니가 순전히 재산 때문에 할아버지와 결혼했으며 원래는 다른 남자를 사랑했다고 말한다. 할아버지와는 그야말로 근친결혼이나 다름없는 가까운 친척이어서 그 남자와 결혼했더라면 더 나았을 거라고 한다.

또 어머니가 다른 남자의 자식이고 외삼촌이 다른 남자의 자식이라고 말하는 사람들도 있다. 그런데 그 다른 남자가 한 사람이 아니라 각기 다른 두 사람이라는 것이다.

그래서 할아버지는 다른 아이의 할아버지이기도 하다. 사람들은 할아버지가 다른 아이의 할아버지라고 말하지만, 바로 그 다른 아이가 아니라 또다른 아이의 할아버지라는 것이다. 그리고 사람들 말로는, 증조할머니는 하찮은 코감기로 아주 일찍 세상을 떠났는데 실은 자연사가 아니었다고 한다. 자살이었다는 것이다.

그리고 실은 병도 아니었고 자살도 아니었다고 말하는 사람들도 있다. 살해당했다는 것이다.

---

* 루마니아의 화폐단위.

증조할머니가 세상을 떠나자마자 증조할아버지는 다른 여자와 결혼했다. 그 여자는 이미 다른 남자와의 사이에 자식이 있었다. 그런데 그 다른 남자와는 결혼한 사이가 아니었으며 남편은 따로 있었다. 그 여자는 증조할아버지와 결혼한 후에 또 자식을 얻었다. 사람들 말로는, 그 자식도 증조할아버지가 아닌 다른 남자의 자식이라고 한다.

증조할아버지는 몇 해를 두고 토요일이면 어김없이 자그마한 휴양도시를 방문했다.

사람들은 증조할아버지가 그 작은 도시에서 다른 여자와 어울렸다고 말한다.

심지어 세상 사람들이 다 보는 곳에서 다른 아이의 손을 잡고 다니며 그 아이와 다른 언어로 이야기를 나누었다는 것이다.

사람들이 증조할아버지가 그 다른 여자와 같이 있는 걸 목격한 적은 없다. 하지만 증조할아버지가 세상 사람들이 다 보는 곳에서 그 여자와 같이 다닌 적이 한 번도 없는 것으로 보아 온천장의 매춘부 아니면 누구겠냐고 말한다.

사람들은 마을 밖에 다른 여자와 다른 자식을 둔 남자는 경멸받아 마땅하며, 그것은 근친결혼에 버금가는 짓이라고 말한다. 아니 진짜 근친결혼보다 훨씬 나쁘고 그야말로 수치스러운 일이라는 것이다.

저지대

울타리 옆에 연보랏빛 꽃, 덩굴풀, 어린아이들의 젖니 사이에 낀 초록빛 열매.

할아버지는 그 덩굴풀을 먹으면 멍청해진다고 말했다. 그러니까 먹으면 안 돼. 너도 멍청이가 되고 싶지는 않지.

딱정벌레가 내 귓속으로 기어들어갔다. 할아버지는 딱정벌레가 더 깊이 머릿속으로 들어가지 않도록 귀에 에틸알코올을 들이부었다. 나는 울었다. 머릿속이 윙윙거리고 열이 올랐다. 마당이 통째로 빙글빙글 돌고, 마당 한복판에 거인처럼 버티고 서 있던 할아버지도 같이 빙글빙글 돌았다.

이렇게 해야 한단다, 할아버지는 말했다. 그러지 않으면 딱정벌레가 머릿속으로 기어들어가 멍청해진단다. 너도 멍청이가 되고 싶지는 않지. 마을 길의 아카시아 꽃들. 흰 눈에 뒤덮인 듯한 마을, 벌떼가 사는 골짜기. 나는 아카시아 꽃을 먹었다. 아카시아 꽃 안에는 달콤한 대롱이 있었다. 나는 대롱을 깨물어 오랫동안 입에 머금고 있었다. 대롱을 꿀꺽 삼키자마자 얼른 다른 꽃을 입에 넣었다. 마을에는 아카시아 꽃이 셀 수 없이 많았다. 전부 다 먹을 수 없을 정도였다. 해마다 커다란 나무들이 줄줄이 꽃을 피웠다.

아카시아 꽃은 먹으면 안 돼, 할아버지는 말했다. 꽃 속에 새까맣고 작은 파리들이 들어 있어. 그 파리들이 목구멍 속으로 기어들어가면 벙어리가 된단다. 너도 벙어리가 되고 싶진 않지.

야생포도가 열려 있는 길. 먹물처럼 새까만 포도알들이 얇디얇은 껍질 속에서 햇빛에 익어간다. 나는 모래로 케이크를 굽고, 벽돌을 빻아 빨간 파프리카 가루를 만든다. 손목이 긁혀 상처가 난다. 몹시 아리고 쓰리다.

옥수수 껍질을 머리카락처럼 길게 땋아내린 옥수수 인형. 옥수수수염이 거칠거칠하고 서늘하게 손에 와 닿는다. 우리는 헛간에서 엄마 아빠 놀이를 한다. 밀짚 위에 옆으로 나란히 누워 있거나 위아래로 포개져 누워 있다. 우리 사이에는 우리 옷이 놓여 있다. 우리는 이따금 양말을 벗고, 그러면 밀짚이 다리를 찌른다. 우리는 슬그머니 다시 양말을 신고, 그러면 걸음을 옮길 때 밀짚이 살갗을 스친다.

우리는 날마다 아이들을 낳는다. 닭장 안에서 옥수수 속대 아이들을 낳고, 닭장 사다리에서 인형 아이들을 낳는다. 판자 틈새로 바람이 새어들어오면 아이들의 옷이 나부낀다.

새끼고양이들에게 인형 옷을 입히고 요람 안에 끈으로 묶어놓은 다음 요람을 흔들어 잠을 재운다. 자장가를 부르며 요람을 흔들어 고양이들을 스르르 잠들게 한다. 인형 옷 속에서 고양이 털이 곤두선다. 눈은 벌써 초점 없이 흐릿하고, 입에서는 치즈처럼 걸쭉한 것이 침에 섞여 질질 흘러나온다.

할아버지가 끈을 자르고 고양이들을 내보낸다. 고양이들은 한동안 비틀거리더니 털이 다시 매끄러워진다. 하지만 여전히 정신을 차리지 못하고 비틀비틀 허공을 헤맨다. 고양이들은 여름을 깊숙이 들여다본다.

나비들이 포도덩굴에서 하늘 높이 날아올라 마당에서 춤을 춘다.

우리는 날개맥翅脈이 부서질 듯 연약한 배추흰나비를 쫓아가 붙잡는다. 핀으로 나비를 꽂으며 나비의 비명을 기다린다. 하지만 나비는 뼈가 없다. 나비들은 가벼워서 날아다니는 것 말고는 아무것도 할 수 없다. 그러나 여름이 한창이면 그걸로는 부족하다.

핀에 꽂힌 나비들이 파닥거리다가 죽어간다.

슈바벤에서는 동물의 시체를 썩은 고기라 부른다. 나비는 썩은 고기가 될 수 없다. 나비는 부패하지 않고 그냥 바스러진다.

세숫대야 속의 파리들. 발효유 통에 빠져 환풍기처럼 미친 듯이 윙윙거린다. 세숫대야의 잿빛 비눗물에 떠 있는 파리들. 초점 잃은 눈, 침을 뻗어 물을 찌른다. 미친 듯이 버둥거리는 아주 가느다란 다리들.

마지막으로 한 번 움찔하더니 물에 동동 뜬다. 점점 가벼워지다가 완전히 죽어 나자빠진다.

나비 한 마리당 두 방울의 피가 내 손톱 밑에 남았다. 떨어진 파리 대가리가 풀씨처럼 내 손에서 떨어진다.

할아버지가 나비나 파리는 가지고 놀아도 된다고 했다.

제비만 살려두면 돼, 제비는 이로운 짐승이야, 할아버지는 말했다. 그리고 배추흰나비는 해충이고 죽은 개들은 썩은 고기라고 했다.

예전에 나비였던 애벌레들이 번데기에서 기어나온다. 포도덩굴 기둥에 쓸모없는 솜처럼 달라붙어 있는 번데기.

그런데 할아버지, 나비는 어디서 처음 생겨났어요?

그런 멍청한 질문 좀 하지 마라. 그걸 누가 알겠냐. 어서 가서 놀아라.

깨끗하게 풀을 먹인 옷을 입은 인형이 아무도 거처하지 않는 침실의 침대에 누워 있다.

어머니의 신혼 첫날밤 이후로 그 침대에 누워 숨을 쉰 사람은 아무도 없다.

그때 우리는 너무 피곤했고, 네 아버지는 화장실에서 토하고서 금방 잠들어버렸어. 그날 밤 네 아버지는 내 몸에 손도 대지 않았어. 어머니는 이렇게 말하고 킥킥거리더니 입을 다물었다.

5월이었는데, 그해에는 그때 벌써 버찌가 열렸어. 봄이 아주 일찍 왔지. 네 아버지랑 나는 버찌를 따러 갔단다. 우리는 버찌를 따면서 다퉜어. 집으로 돌아오는 길에 단 한 마디도 하지 않았지. 아무도 없는 넓은 포도밭에서 버찌를 따면서도 네 아버지는 날 건드리지 않았어. 내 옆에 말뚝처럼 서서는 미끈거리는 버찌씨만 끊임없이 뱉어댔지. 네 아버지가 나한테 툭하면 주먹을 휘두를 거라는 걸 그때 이미 알았어. 집에 돌아오니까, 마을 아낙네들이 벌써 광주리 가득가득 케이크를 구워놓았고 남정네들은 살진 송아지를 잡아놓았더구나. 송아지 발굽이 거름 더미에 놓여 있었어. 대문을 지나 마당에 들어서는데 그 발굽이 보이더구나. 나는 아무도 모르게 다락방으로 가서 울었어. 내가 행복한 신부가 아니라는 걸 아무에게도 알리고 싶지 않았어. 그때 결혼하기 싫다고 말하고 싶었지. 하지만 이미 송아지를 잡은 뒤였고, 만일 그런 말을 했더라면 네 할아버지가 날 살려두시지 않았을 거야.

어머니가 기침을 하자, 머리가 흔들렸다. 목에 자글자글 주름살이 잡혔다. 어머니의 목은 짧고 굵직했다. 그 목도 한때는 아름다웠을 것이다. 내가 이 세상에 태어나기 전 언젠가는.

내가 세상에 태어난 후로 어머니의 젖가슴은 탄력 없이 처지고, 내가 세상에 태어난 후로 어머니의 다리는 성치 않고, 내가 세상에 태어난 후로 어머니는 뱃살이 늘어지고, 내가 세상에 태어난 후로 어머니는 치질 때문에 화장실에서 고통스럽게 끙끙거린다.

내가 세상에 태어난 후로, 어머니는 나더러 키워준 걸 고마워해야 한다고 말하면서 눈물을 흘리고 한 손의 손톱으로 다른 손의 손톱을 할퀸다. 어머니의 손가락은 투박하고 거칠게 갈라졌다.

그 손가락은 오로지 돈을 셀 때만 거미줄을 치는 거미처럼 매끄럽고 유연하게 움직인다.

어머니는 침실의 벽난로 연통 안에 돈을 보관한다. 아버지는 뭔가를 사고 싶을 때마다 돈을 요구한다. 날이면 날마다 뭔가를 사고 싶어하고, 뭔가를 사려면 돈이 필요한 법이라서 날이면 날마다 돈을 요구한다. 매일 저녁 어머니는 아버지에게 그 돈으로 뭘 했느냐고, 그 많은 돈으로 또 뭘 했느냐고 묻는다.

어머니는 돈을 가지러 갈 때 창문의 블라인드를 올리지 않는다. 밝은 대낮에도 불을 켠다. 다섯 개의 전구가 달린 샹들리에에서 단 하나의 전구만 흐릿한 빛을 발한다. 나머지 네 개에는 불이 들어오지 않는다.

어머니는 지폐를 좀더 확실히 감지하려고 소리 내어 돈을 센다. 백 레이짜리 지폐를 세면서 이따금 손끝에 침을 묻힌다.

어머니의 손은 거칠고, 여름에는 정원의 식물들처럼 초록색이다.

어머니는 엉겅퀴를 뽑으러 간 봄날 저녁에는 수영*을 호주머니에 넣어오고, 여름에는 아주 커다란 해바라기를 가져온다.

나는 뒷마당에서 닭들과 해바라기 씨를 나눠 먹는다. 그러면서 어느 동화를 떠올린다. 동화 속 소녀는 항상 동물들을 먼저 배불리 먹이고 나서야 음식을 먹었다. 소녀는 나중에 왕비가 되었다. 동물들은 모두 소녀를 좋아했고 늘 도와주었다. 그러던 어느 날, 잘생긴 금발의 왕자가 소녀를 신부로 맞이했다. 둘은 이 세상 누구보다 행복하게 살았다.

---

* 마디풀과의 식물. 간장 기능을 강화하고 소화를 돕는 효험이 있어 약용 및 식용으로 쓰인다.

닭들은 해바라기 씨를 전부 쪼아 먹은 후에 고개를 갸웃이 쳐들고 해를 바라보았다. 해바라기 꽃이 텅 비었다. 나는 꽃대를 부러뜨렸다. 그 안에 해면처럼 구멍이 숭숭 뚫린 하얀 심이 들어 있었는데, 손에 닿으면 가려웠다.

벌이 네 입으로 들어가면 넌 죽는단다. 벌이 입천장을 쏘거든. 입천장이 퉁퉁 부어서 숨을 쉴 수 없지, 할아버지는 말했다.

나는 꽃을 꺾으면서 절대 입을 벌리면 안 된다고 끊임없이 되뇌었다. 이따금 노래를 부르고 싶은 충동이 일었다. 나는 이를 악물고 노래를 억눌렀다. 그러다 입술 사이로 흥얼거리는 소리가 새어나오면, 그 소리를 듣고서 벌이 날아오지 않을까 주위를 두리번거렸다. 사방 어디서도 벌은 눈에 띄지 않았다.

나는 어디선가 벌 한 마리가 날아왔으면 하고 바랐다. 그러면 계속 흥얼거리면서, 벌에게 내 입으로 날아들어올 수 없다는 걸 보여줄 텐데.

양옆으로 뻣뻣하게 땋아내린 옥수수 껍질. 리본이 하나씩 묶여 있다.

가늘게 찢어진 하얀 옥수수 껍질. 옥수수 껍질에서 생겨난 거칠거칠하고 불그스름한 결이 껍질 끄트머리에서 검붉게 변한다.

옥수수 껍질은 아주 얇게 닳아서 머리카락처럼 보인다. 내 예쁜 옥수수 인형. 목도 팔도 다리도 손도 얼굴도 없고 말도 없는 내 착한 아이.

나는 그 가르마 탄 머리카락을 가지고 논다.

나는 옥수수 속대에서 옥수수 알 두 개를 떼어낸다. 눈구멍 두 개가 멍하니 밖을 내다본다. 나는 옥수수 알을 옆으로 나란히 세 개, 또 위아래로 나란히 세 개 떼어낸다. 그 뻣뻣하게 굳은 입과 움푹 팬 코를 바라본다.

얼굴이 통통한 인형. 인형이 바닥에 떨어지거나 바싹 마르면 옥수수 알갱이들이 떨어져나간다. 그러면 배에 구멍이 나거나 눈이 세 개가 되거나 코나 볼에 커다란 흉터가 생기거나 입술이 찢어진다. 인형은 많은 형제자매를 갖게 될 것이다. 나는 이따금 인형의 언니가 될 것이다.

인형풀이 들판에서 마을 쪽으로 무성하게 번식한다. 나는 마을 언저리에서 인형풀의 초록색 꽃받침들을 홀렁 뒤집어놓는다. 사람들이 눈치 채지 못하는 사이, 그것들이 무성하게 우거져 마을을 뒤덮어버릴지도 모르니까.

나는 마을을 향해 걸음을 옮긴다. 그러다 풀숲 한복판 어딘가에서 여기가 경계라고 되뇐다. 들판은 마을이 아니다. 마을과는 다른 것이다. 여기가 경계라고 선이 그어진 것은 아니지만, 어쨌든 경계는 존재한다. 많은 초록색 식물들로 이루어진 경계가.

풀줄기가 풀잎처럼 투명하다. 풀줄기에 눈을 대고 바라보면 여름이 금방 바스러질 것만 같다.

들판에서 마을을 바라보면, 마치 집들이 옹기종기 모여 언덕 사이에서 풀을 뜯는 것 같다. 모든 것이 가깝게 느껴져서 그쪽으로 걸음을 옮기지만, 더는 가까워지지 않는다. 그 거리가 왜 줄어들지 않는지 참 알 수 없는 일이었다. 나는 늘 길을 뒤쫓아갔고, 모든 것이 나보다 저만치 앞서 갔다. 얼굴에 먼지만 날아올 뿐이었다. 어디에도 끝은 없었다.

마을 어귀에서 간간이 허공을 쪼아대는 까마귀들과 마주친다.

저 멀리 골짜기에, 뿌옇게 먼지 날리는 들길에 들장미가 피어 있다. 들장미의 빨간 꽃머리는 일사병에 걸려 있다. 그 옆에는 파란 스피노자자두나무가 쌀쌀맞게 서 있다. 곱게 노래하는 새들이 떨어뜨린 석회질 같은 새똥이 스피노자자두나무 이파리에 지저분하게 묻어 있다.

새들은 언제나 똑같은 노래를 부른다. 새들이 멀리 날아가버리면 노랫소리도 사라지고, 석회질 같은 새똥만 곳곳에 남는다. 마을에서는 새들의 노랫소리가 들리지 않는다. 새들이 집 가까이 날아오지 않는 것은 마을에 고양이가 많아서이다. 대부분 근처를 떠돌다가 마을로 모여든 고양이들이었다. 마을에는 고양이 못지않게 개도 많다. 개들은 배를 질질 끌며 풀숲을 헤집고 다니고 길에다 뜨뜻한 오줌을 갈긴다. 다들 빛바랜 털에 감싸여 있다.

개들이 달려가면 작고 뾰족한 머리통이 흔들거린다. 새들의 무표정하고 물기 어린 눈이 그 머리통 안에서 빙글빙글 돈다. 개들의 눈에는, 그 두개골에는 언제나 두려움이 깃들어 있다. 남자고 여자고 할 것 없이 개들에게 발길질을 해대기 때문이다. 하지만 여자들의 발길질은 신발 때문에 그리 아프지 않다.

남자들은 굽이 높고 딱딱한 신발을 신고 다닌다. 발목까지 올라오는 신발에는 거칠고 굵은 신발 끈이 단단히 묶여 있다.

개들이 이 신발에 걷어차이면 그 자리에서 죽는다. 그리고 몸을 고부리거나 쭉 뻗은 채로 며칠씩 길가에 방치된다. 파리 떼가 우글우글 모여들고 악취가 진동한다.

잎주름병이 눈에 보이지 않는 버섯처럼 허공을 날아다닌다.

과일나무들이 병들면, 마을 남자들은 숲에서 빌어먹을 버섯이 또다시 나왔다고 말한다. 그들은 초록색의 독한 소독약을 탄다. 소독약은 나무 이파리에 작은 기포를 형성해 잎맥을 태워버린다. 이파리들이 체처럼 구멍이 숭숭 뚫리고 꺼칠꺼칠해진다. 그 너덜너덜한 가장자리에 거미들이 끈적거리는 하얀 거미줄을 친다.

물풀이 진흙탕을 초록색으로 물들였다.

파리들이 거위의 기름진 깃털 사이에서 왱왱거린다.

여름철에, 비가 내리면 목재가 썩고 땅이 질척거린다. 땅에 고인 물로 길이 얼마나 깊이 패었고 흙이 얼마나 많이 씻겨 내려갔는지 알 수 있다.

젖소들이 꼴사납게 진흙덩어리를 발굽에 잔뜩 묻힌 채 대문에 들어선다. 젖소들의 배에서 풀 냄새가 난다. 일단 씹어서 삼켜도 다시 목구멍으로 올라오는 풀덩어리는 내 가슴까지 아프게 한다. 멍하니 풀을 씹는 젖소들의 눈이 드넓은 풀밭에 취해 있다. 저녁마다 젖소들은 이렇게 취한 눈으로 마을에 돌아온다.

우리가 키우는 젖소 한 마리가 언젠가 나를 뿔로 들이받은 채 도랑을 뛰어넘었다. 젖소는 자동차들이 지나다니느라 움푹 팬 고랑에 나를 떨어뜨리고는 나를 타넘고 멀리 달아났다. 흙탕물이 튄 젖통이 떨어져나갈 듯 흔들거렸다.

나는 멀어져가는 젖소의 뒷모습을 바라보았다. 그 뒤에서 한동안 공기가 뜨겁게 요동쳤다. 무릎의 살갗이 벗겨져 쿡쿡 쑤시고 아렸다. 너무 아파서 내가 벌써 죽은 게 아닌가 싶은 생각에 무서웠다. 하지만 아직 아픈 걸 보니 살아 있는 게 분명했다. 나는 벌어진 무릎 틈으로 죽음이 들어올까봐 겁이 났고, 그래서 얼른 손바닥으로 상처를 덮었다.

그리고 아직 살아 있었기에 증오를 느꼈다.

나는 털이 나고 불룩한 젖소의 배를 눈으로 찌르고, 손을 뱃속 깊숙이 팔꿈치까지 집어넣어 그 뜨거운 내장을 헤집고 싶었다.

어제 내린 빗물이 꺼칠꺼칠한 황새풀 잎에 고여 있었다. 나는 그 갈색 물로 얼굴을 씻었고, 저녁에는 볼이 정말로 빨개졌다. 거울에 비친 내 모습이 점점 예뻐 보였다.

나는 그 미운 젖소를 골짜기 안으로 몰면서, 주변에 큰 황새풀 덤불이 없나 살폈다. 젖소가 네모난 머리를 풀 속에 처박고 뼈가 불거진 엉덩이를 내 쪽으로 향했을 때, 나는 젖소 옆에서 옷을 홀랑 벗었다. 그리고 온몸을 씻었다. 젖소가 나를 돌아보고는 눈이 휘둥그레졌다. 그 눈빛에 소름이 오싹 돋았다. 황새풀 덤불조차 부르르 몸을 떨었다. 황새풀이 점점 커지고 꺼칠꺼칠해졌다. 그래서 나는 얼른 옷을 입었다.

물기가 마르자 피부가 팽팽해지면서 유리처럼 투명해졌다. 나는 내가 얼마나 아름다워졌는지 온몸으로 느끼며, 투명한 내 몸이 깨어지지 않도록 조심조심 걸었다. 내 걸음에 밀려 풀줄기들이 부채꼴로 부드럽게 갈라졌다. 나는 풀줄기에 베일까봐 겁이 났다.

내 걸음걸이가 할머니의 풀 먹인 침대 시트처럼 바스락거리는 것 같았다. 새로 풀 먹인 시트에서 처음 자는 날에는 조금만 움직여도 바스락거리는 소리가 났다. 마치 내 피부에서 나는 소리 같았다.

때로는 꼼짝 않고 누워 있는데도 바스락거렸다. 우리 마을 변두리에 어떤 남자가 집을 한 채 샀는데, 꼭 그 키 크고 뼈대 굵은 남자가 방 안에 있는 것 같아 무서웠다. 그 남자가 어디서 왔는지는 아무도 몰랐지만, 그가 엄청나게 큰 해골을 박물관에 팔아서 다달이 그 돈을 받기 때문에 일할 필요가 없다는 것은 모르는 사람이 없었다.

그 남자는 며칠 밤을 내 방에 머물렀다. 그는 커튼 뒤에도, 침대 아래에도, 옷장 뒤에도, 벽난로 안에도 있다.

밤마다 두려움이 잠을 쫓아내면, 나는 침대에서 일어나 어둠 속에서 가구를 더듬었다. 그를 찾아내진 못해도, 그가 방 안에 있다는 건 알 수 있었다.

아침이면, 지난 저녁 전등갓에 부딪히던 지저분한 갈색 밤나방들만 천장에 붙어 있을 뿐이었다.

나는 나방들을 손으로 집어들었다. 손가락에 갈색 가루가 묻어났다. 나방 날개를 만지고 나면 내 손이 닿은 날개 부분이 투명해졌다. 내가 놓아주어도 나방들은 내 무릎 아래서 한동안 파닥거릴 뿐, 더 높이 날지는 못했다. 나는 나방들을 신발로 밟아 구해주려 했다. 보드라운 배가 터지면서 뽀얀 우윳빛 액체가 바닥에 튀었다. 그러자 신발에서 구역질이 타고 기어올라와서는 그 끈으로 내 목을 졸랐다. 그 손은 뚜껑 달린 침대에 누운 노인들의 손처럼 앙상하고 차가웠다. 사람들은 그 침대 앞에 말없이 앉아 기도한다.

두건을 꽉 묶은 늙은 여인들의 턱이 떨렸다. 나는 눈물 젖은 듬성듬성한 속눈썹에 붙은 눈곱을 보았고, 그 눈물의 의미를 이해하지 못했다.

할머니는 그 침대가 관이고 그 안에 누워 있는 사람들은 죽었다고 말했다. 할머니는 내가 그 말을 이해하지 못할 거라고 생각했다. 나는 난생처음 듣는 말이었는데도 무슨 뜻인지 알아들었다. 그 말이 며칠 동안이나 머릿속에서 떠나지 않았다. 수프 속의 닭고기 조각을 볼 때마다 시체가 눈앞에 아른거렸다. 할머니는 두 번 다시 나를 죽은 사람에게 데려가지 않았다.

하지만 평일 오후 마을에 음악이 울려 퍼지면, 나는 또 누가 죽었다는 걸 알았다.

죽음은 언제나 벽 뒤에 있는데도 어째서 눈에 보이지 않는지, 또는 평생을 죽음 곁에서 사는데도 어째서 모든 것이 끝난 후에야 눈에 보이는지 나는 이해하지 못했다.

언젠가 넓은 들판에서 죽은 남자가 있었다. 번개에 맞은 것이다. 그 남자는, 나중에 시동생과 결혼한 여자의 첫 남편이었다. 둘째 남편은 폐병으로 죽었고, 여자는 몇 년 동안 혼자 살았다.

그 여자와 결혼하려는 사람이 아무도 없어서였다. 여자는 아들이 하나 있었다. 아들은 여름에 마을을 돌아다니는 넝마주이처럼 보였고 관자놀이 아래 유달리 흰머리 한 움큼이 나 있었다. 아들이 장성한 후에 여자는 이웃 마을의 남자와 결혼했다. 그 남자는 지금도 살아 있는데, 아들의 세례식에 아이를 제 손으로 직접 데려가야 했다. 모두 그 여자가 낳은 아이의 몸에 손이 닿으면 죽음을 면하지 못할 거라고 믿고서 대부가 되어주려 하지 않았기 때문이다.

나중에 도시로 나가 살면서, 나는 거리에서 생명이 서서히 꺼져가는 모습을 보았다.

사람이 아스팔트 위에 나동그라져 부르르 떨며 신음하는데도 누구 하나 돌봐주지 않았다. 사람들은 다가와, 그의 손이 뻣뻣해지기 전에 반지와 시계를 빼갔다. 여자들의 목에서 금목걸이를 잡아채가고 귀에서 귀고리를 떼갔다. 귓불이 떨어져나갔고 피는 금방 멎었다.

한번은 죽은 사람과 단둘이 있은 적도 있다. 생판 모르는 사람이었다. 나는 그 사람을 오래도록 바라보다가 울면서 아무 전차나 닥치는 대로 탔다. 전차는 멀리 낯선 동네로 나를 데려갔고, 종점에 다다르자 차장이 나더러 내리라고 했다. 한 그루 나무 옆에.

집으로 돌아오는 길은 우람한 건물들로 가득했다.

나는 마치 골짜기 아래서 올려다보듯 그 건물들을 바라보았다. 그리고 혼잣말을 중얼거렸다. 우리 마을에서는 시신들이 거리가 아니라 뚜껑 달린 침대에 누워 있고 사람들은 그 앞에 앉아 기도한다고.

그리고 사람들은 시신을 오랫동안 집 안에 둔다. 귓불이 푸르스름하게 부패하기 시작해야 비로소 울음을 그치고 시신을 마을 밖으로 내간다.

그리고 가장 나중에 죽은 이가 다음 시신이 올 때까지 묘지를 지킨다고 말한다.

한 움큼의 옥수수수염 같은 둥지에서 찍찍거리는 것들. 헐벗은 몸뚱이에 가느다랗게 뜬 쥐의 눈, 젖은 실 같은 가느다란 다리, 고부라진 발가락.

널빤지에서 먼지가 흘러내린다.

먼지가 손에 뿌옇게 묻어나고 얼굴에도 내려앉아서, 내가 마치 바싹 말라버리는 듯한 느낌이 든다.

양쪽으로 손잡이가 달린 버드나무 광주리에 손바닥을 베인다. 손바닥에 굳은살이 박이고 물집이 커지면서 열이 나다가 딱딱해진다. 욱신욱신 쑤시고 아리다.

늙은 잿빛 쥐들은 평생 누가 쓰다듬어주기라도 한 듯 푹신해 보인다. 소리 없이 쪼르르 내달리며 요리조리 길게 곡선을 그린다. 머리통이 어찌나 작은지, 그런 두개골 아래서는 모든 것이 뾰족하고 가느다랗고 납작해 보일 것만 같다.

저것들이 얼마나 해를 끼치는지 보렴, 어머니가 말한다. 저 아래 부스러기들은 전부 옥수수 찌꺼기란다. 저것들이 몽땅 먹어치웠어.

옥수수 속대 아래서 코 하나가 킁킁거리는가 싶더니 반짝이는 두 눈이 보인다.

어머니는 벌써 옥수수 속대를 손에 쥐고 있다. 그걸로 머리통을 후려친다. 찍 소리와 함께 코 위로 한 줄기 피가 흐른다. 너무나 미미한 생명이라 피마저도 흐릿하다.

고양이가 다가와, 쥐가 꼼짝도 하지 않을 때까지 이리 벌렁 저리 벌렁 뒤집는다.

그러다 재미가 없는지 쥐의 머리통을 물어뜯는다. 고양이의 이빨 아래 우두둑 으스러지는 소리가 난다. 고양이는 이따금 우두둑 씹어대며 이빨을 드러낸다. 쥐를 오도독오도독 씹으면서 고양이는 그곳을 떠난다. 쥐의 배는 그대로 남아 있다. 잿빛 배가 잠처럼 부드럽다.

저 녀석 배가 부른 모양이구나, 어머니가 말한다. 오늘 벌써 네 마리째 잡아줬거든. 저 녀석은 도무지 제 발로 나서서 쥐를 잡으려 들지 않아. 다리 사이로 쥐들이 돌아다니는데도, 잠만 잔다니까.

광주리에 옥수수가 수북이 쌓인다. 곳간이 점점 커진다. 아마도 텅 비고 나면 가장 커 보일 것이다.

옥수수들이 저절로 내 손으로 굴러와서, 저절로 광주리 안으로 떨어지는 것 같다.

손바닥에 아무것도 없을 때만 통증이 느껴진다. 옥수수가 닿으면 차라리 아프지 않다. 통증은 너무 강렬해서 스스로 저 자신을 파괴한다. 근질근질하다가, 손가락에서 손목까지가 아예 없는 듯 느껴진다.

나는 아래쪽에 놓인 옥수수를 치운다. 쥐들이 도망갈 수 있게 통로를 만든다. 그러면서도 너무 무서워 숨이 막힌다. 숨이 콱 막힌다.

쥐 두 마리가 벽을 기어올라간다. 어머니가 두 번 후려치자 아래로 떨어진다.

고양이가 두 개의 머리통을 물어뜯는다. 이빨에서 우두둑 소리가 난다.

10월이다. 10월에는 교회 축성일이 있다.

오락사격장에서 옆집 소년이 나 대신 총을 쏘았다.

함석판에는 닭, 고양이, 호랑이, 난쟁이, 소녀가 그려져 있었다. 수염 난 난쟁이는 산타할아버지처럼 보였다.

오락사격장의 남자는 외팔이였다. 나는 발돋움하고 서서 남자에게 돈을 건넸다. 남자는 한 손과 무릎으로 총알을 장전했다. 그러고는 내 사수인 소년에게 총을 내밀었다.

내 사수가 총을 겨누었다. 뭘 쏠까, 사수가 물었다. 나는 함석판들을 차례로 훑어보았다.

소녀, 나는 말했다, 소녀를 쏴.

사수가 한쪽 눈을 질끈 감았고, 한쪽만 보이는 얼굴은 진짜 사냥꾼처럼 냉엄해 보였다. 사수가 방아쇠를 당기자 함석판이 뒤집어졌다. 함석판은 한동안 대롱거리다가 멈추었다. 소녀는 머리를 아래로 향하고 거꾸로 매달려 있었다. 물구나무서기를 하고 있었다.

명중했어, 오락사격장의 남자가 말했다. 근사한 것으로 골라봐라.

선글라스, 목걸이, 뻣뻣한 고무옷을 입은 인형, 벌거벗은 여자들이 그려진 지갑이 줄줄이 매달려 있었다.

탁자 위에는 오뚝이와 쥐들이 있었다. 그 가운데 쥐 한 마리가 유난히 어설퍼 보였다. 나는 그 쥐를 골랐다.

쥐는 암회색이었으며 네모난 머리에 헝겊 귀, 가죽 꼬리가 달려 있었다. 흰 실이 감긴 실패가 배 밑에 붙어 있고, 실 끝에는 번쩍거리는 쇠고리가 달려 있었다.

나는 쥐를 손바닥에 올려놓고 고리에 손가락을 걸었다가 손을 떼었다.

쥐가 윙윙거리며 땅바닥으로 내려가 크게 원을 그렸다. 나는 눈으로 쥐를 뒤쫓았다.

쥐는 딸각딸각 소리를 내며 돌았다.

쥐가 완전히 멈추자 나는 킥킥 웃었다.

그러고는 실을 다시 실패에 감아 쥐를 손바닥에 올려놓고 고리를 당겼다. 그러고는 손을 떼었다.

쥐가 윙윙거리며 땅바닥으로 내려가 크게 원을 그렸다. 다시 딸각딸각 소리를 내며 도는 쥐를 보며 나는 다시 웃었다.

날이 저물어 마을에 불이 들어올 때까지 나는 계속 웃었다.

음악이 울려 퍼졌다. 쌍쌍이 춤을 추러 갔다. 아이들은 폴짝폴짝 뛰며 차도로 그 행렬을 뒤쫓았다. 소용돌이치는 뿌연 먼지에 가려 아이들의 모습은 보이지 않았다. 아이들이 시끌벅적하게 떠드는 소리가 들려왔다. 아이들은 구석에서 뱅글뱅글 돌며 춤을 추었다. 몇 번이나 크게 원을 그리며 계속 폴짝폴짝 뛰었다.

나는 쥐를 손에 들고 인도를 걸어 집으로 갔다. 그날 밤, 쥐는 내 침대 옆 창틀에 놓여 있었다.

단단하고 씁쓰름한 야생 능금들이 자라는 골짜기. 늦가을이 되어도 능금들은 여물지 않는다. 능금 꼭지가 길게 늘어져 바람 부는 대로 요리조리 흔들린다.

그러다 서리가 내리면, 초록색 얼굴들에 투명한 점들이 박히고 능금 껍질에서는 높이 자란 무성한 풀냄새가 물씬 풍긴다. 골짜기가 얼마나 깊은지 절로 실감난다.

겨울이면 나는 그 야생 능금을 먹었다.

어머니는 오븐팬에 능금을 담아 뜨거운 오븐 안으로 밀어넣었다. 능금을 오븐에서 꺼내 식탁에 올려놓으면, 한참을 지글지글 끓었고 끈적거리는 즙이 팬으로 흘러내렸다.

우리는 모두 식탁에 둘러앉아 있었다. 각자 먹는 데 열중하고 있었다. 벽시계가 째깍거리는 소리, 능금을 씹는 소리, 난로에서 불길 타오르는 소리만 방 안에 울려 퍼졌다. 능금은 팬 바닥에 눌어붙어 있었고, 손으로 집어들면 끈적한 설탕이 실처럼 길게 손 위로 늘어졌다. 그 실은 능금을 다 먹을 때까지도 끊어지지 않았다.

나는 야생 능금을 한 번에 다섯 개까지 먹을 수 있었다. 그러고 나면 꼭 배가 아팠다. 하지만 능금들이 내 얼굴에 향긋한 냄새를 뿜어냈고, 능금을 손에 들고 있으면 사과처럼 부드러워진 것이 피부로 느껴졌다.

아버지는 늘 나보다 더 많이 먹었다. 능금 속까지 통째로 먹는데도 한 번도 배가 아픈 적이 없었다.

아버지는 능금을 먹고 나서 씨를 털이 덥수룩한 손에 뱉었고, 기다란 갈색 꼭지 끄트머리가 빗자루처럼 보일 때까지 잘근잘근 씹었다.

그러고 나서야 능금 씨와 너덜너덜해진 능금 꼭지를 불 속에 집어던졌다.

골짜기에 눈이 내렸다. 밤새 얼마나 많이 내렸는지 온 세상이 눈 속에 파묻혔다.

마을을 출발한 마차들이 길을 잃고 헤맸다. 반짝이는 커다란 까마귀들이 눈 속에 파묻힌 둥지를 파내었다. 나무들이 하늘에 투명하고 앙상하게 얼어붙어 있었다.

구름들이 추위에 떨며 몸을 잔뜩 웅크렸다. 흰 기러기들의 날카로운 울음소리가 귀청을 파고들었다. 기러기들이 날갯짓하며 마을 위로 날아가는가 싶더니 다시 눈이 내렸다.

길이 자꾸만 눈 속으로 숨어드는 바람에, 정오 무렵 마을에 도착한 우편집배원은 눈먼 장님이나 다름없었다. 집배원의 얼굴이 반짝거렸다. 신문을 펼쳐들자 신문지 속에서 눈이 떨어졌다. 마을에 내린 것보다 더 크고 더 하얀 별 모양이었다.

집배원의 늘어진 커다란 외투 칼라가 마치 눈 덮인 갈색 수렁처럼 보였다.

집배원의 모자 속에도, 외투 호주머니 속에도, 장화 속에도, 커다란 우편가방 속에도 눈이 내렸다.

어느 날 아침, 펑펑 내리는 눈을 뚫고 텅 빈 바람을 가르고 간신히 날이 밝았다. 신문은 오지 않았다. 기차가 눈 속에 꼼짝없이 갇혔고, 신문은 기차 안에 놓여 있었다.

집배원은 이 마을 저 마을로 오직 눈만 배달했다.

우체국 앞에서 집배원은 장화, 모자, 외투 호주머니, 커다란 우편가방 속의 눈을 비우고 외투 칼라의 눈을 털었다.

그가 날라온 눈으로 우편집배원 눈사람을 만들고도 남았을 것이다.

밤새 온 세상이 꽁꽁 얼어붙었다. 헛간에서는 고양이의 반짝이는 눈이 불을 지폈다. 떠돌이 개들의 등에 눈이 내렸다.

꿀꿀 돼지 소리가 들렸다. 돼지는 끙끙거렸다.

돼지는 별로 말썽을 피우지 않아 줄에 매어둘 필요가 없었다.

나는 침대에 누워 있었다. 목구멍이 칼로 에이는 것 같았다.

상처가 점점 더 깊이 파고들면서 살이 뜨거워졌다. 목이 부글

부글 끓기 시작했다.

베인 상처가 나보다도 훨씬 커졌다. 침대보다도 커졌다. 이불 밑에서 상처가 불타오르며 방 안을 신음으로 가득 채웠다.

뱃속에서 뜯겨나온 내장이 양탄자 위로 쏟아졌다. 반쯤 소화된 옥수수 냄새가 났다.

옥수수로 가득 찬 위가 침대 위의 창자 끝에 매달려 움찔거렸다.

창자가 끊어지려는 순간, 나는 불을 켰다.

손등으로 이마의 땀을 닦았다.

나는 옷을 입었다. 단추를 잠그는데 손이 부들부들 떨렸다. 소매와 바짓가랑이가 부대자루 같았다. 모든 옷이 부대자루 같았다. 온 방이 부대자루 같았다. 나 자신도 부대자루 같았다.

나는 마당으로 나갔다. 기둥에 매달린 커다란 몸뚱이가 보였다. 흰 눈 바로 위에서 주머니 같은 둥그런 코가 피를 떨어뜨리고 있었다. 희고 커다란 배, 우물우물 되새김질하는 커다란 포유동물.

눈밭의 핏자국. 백설공주는 피부가 눈처럼 희고 볼이 피처럼 빨갰다. 피가 튄 눈밭. 일곱 개의 산 너머 눈과 피.

아이들은 동화를 들으면서 우단처럼 보드랍고 매끄러운 제 볼을 매만진다.

추위가 박공을 매섭게 갉아 먹는다.

여기저기서 문패들이 바스러져 떨어진다. 글자와 숫자가 계절 속으로 떨어진다. 치마의 컴컴한 주름에 감싸인 여인들은 말없이 집 안을 들락날락한다. 여인들의 등뒤에서 문이 씩씩 숨을 내쉬며 방에 기댄다.

점심 무렵 여인들은 닭을 부르는 소리로 침묵을 깬다. 닭들은 노랗게 빛나는 옥수수 알의 꾐에 넘어가 부스스한 깃털을 푸드덕거리며 마당으로 온다. 깃털을 사방에 흩날리며 거리의 바람을 날라온다.

아이들이 와자지껄 떠들며 학교에서 쏟아져나온다. 덩치 큰 아이들이 작은 아이들의 목덜미에 눈을 쑤셔넣고 책가방으로 등을 때리고 모자를 벗겨 쓰레기 더미에 던지고 머리를 눈 속에 처박는다.

작은 아이들의 얼굴은 추위와 두려움으로 시퍼렇게 질린다. 아이들은 울음을 터뜨리며 옷이 마구 구겨진 채 집으로 달려간다.

좀먹은 털모자를 깊이 눌러쓴 남자들이 술집에서 나와 멍한 표정으로 지나가며 혼잣말을 한다. 입술과 눈꺼풀은 푸르스름하고, 길모퉁이에서 안개 속으로 걸어나온 배불뚝이 눈사람처럼 보인다. 눈사람들은 그 불룩한 배로 마을을 밀어 쓰러뜨릴 수도 있을 것이다.

봄이 되어 해가 눈사람의 단단한 몸통을 핥아 거품이 일면, 배 아래서 뾰족한 풀잎이 파릇파릇하게 모습을 드러낸다. 지하실에 가로대가 놓이고, 남자들이 그 위를 커다란 섭금涉禽*처럼 거드름을 피우며 걸어 포도주 통으로 다가간다. 포도주가 꿀꺽꿀꺽 목구멍을 타고 넘어가면, 그들의 신발 안에서도 쿨렁쿨렁 물소리가 난다.

그 물은 누르스름하고 뻐세다. 그 물로 빨래를 하면 거품 대신 까끌까끌한 알갱이가 생긴다. 옷이 잿빛으로 물들고 꺼칠꺼칠해진다.

긴 덧옷을 입은 여자들이 거리에서 바람에 가냘프게 나부낀다.

한적한 오전이면 여자들은 주름진 블라우스 차림에 두건을 쓰고 가게에 가서 이스트나 성냥 한 갑을 산다. 빳빳한 테가 달린 두건이 머리에 뾰족하게 솟아 있다.

여자들이 주무르는 밀가루 반죽이 부풀어오르고, 이스트에 흠뻑 취해 집 안을 제멋대로 이리저리 기어다닌다.

늙은 여인들은 아침에 걸쭉하게 엉긴 우유를 홀짝이고 촉촉하게 적신 달콤한 빵을 씹는다. 아직도 간밤의 눈곱이 눈초리에

---

* 목, 부리, 다리가 길어 얕은 물속에서 먹이를 찾는 두루미, 백로, 해오라기 등의 새.

붙어 있다. 점심에는 동글동글한 흰 국수로 끓인 *끈끈한* 죽을 우물거린다.

겨울날 오후에는 창가에 앉아 껄끄러운 털실로 양말을 뜨면서 양말 속에 자신까지 함께 짜넣는다. 양말은 점차 겨울만큼이나 길어진다. 발꿈치와 발가락이 달리고 나자 영락없이 저 혼자 걸어갈 수 있을 듯 보인다.

여인들의 코가 뜨개바늘 위에서 점점 길어지고, 푹 삶은 고기처럼 번들거린다. 콧물이 방울방울 코끝에 매달려 반짝이다가 앞치마에 떨어져 자취를 감춘다.

벽에는 결혼식 사진이 걸려 있다. 그들은 머리와 밋밋한 블라우스 위에 무거워 보이는 검은 화환을 얹고 있다. 곱고 갸름한 손을 배에 올려놓았으며, 앳된 얼굴은 슬퍼 보인다. 그 옆의 사진에서는 아이들의 손을 잡고 있다. 블라우스 아래의 젖가슴이 통통하다. 그 뒤에는 건초를 가득 실은 마차가 서 있다.

뜨개질을 하는 동안, 턱에서 수염이 자라난다. 수염은 점차 허옇게 빛바랜다. 이따금 수염 한 올이 빠져 양말 속으로 휩쓸려 들어간다.

나이와 함께 코밑수염이 자라고 콧구멍과 사마귀에서 털이 난다. 몸에 털이 나고 젖가슴이 납작해진다. 그러다 완전히 늙으면 남자들과 비슷해지고 결국 죽을 결심을 한다.

집 밖에는 흰 눈이 반짝인다. 개들이 길가의 눈에 오줌을 갈겨 노르스름한 얼룩을 남긴다.

마을 변두리의 집들은 점점 나지막해진다. 점점 납작해져서 집들이 도대체 어디서 끝나는지 정확하게 구별할 수가 없다. 사람들에게 잊혀진 사마귀 모양의 늙은 호박들이 들판을 나뒹군다. 마을은 그 호박들을 타넘고 골짜기로 엉금엉금 기어올라간다.

어둠이 내려앉으면, 아이들은 섬뜩하게 너울거리는 호박등을 들고 마을을 돌아다닌다.

늙은 호박의 속을 파내고, 껍질을 도려내어 두 눈과 세모난 코, 입을 만든다.

그리고 호박 속에 촛불을 세운다. 눈구멍, 콧구멍, 입구멍을 통해 빛이 흘러나온다.

아이들은 그 목 없는 머리통을 어둠 속에서 이리저리 흔든다.

어른들이 그 옆을 지나간다.

여자들은 어깨의 숄을 더욱 단단히 여미고 손가락으로 숄을 꼭 붙잡는다. 남자들은 외투의 두툼한 소맷부리로 얼굴을 감싼다.

풍경이 어둠 속으로 깊이 빨려든다.

우리 집 창문이 호박등처럼 빛난다.

의사는 멀리 산다. 의사의 자전거에는 라이트가 없어서 외투 단추에 손전등을 묶고 다닌다. 무엇이 의사이고 무엇이 자전거인지 도통 구분이 가지 않는다.

의사는 너무 늦게 도착한다. 아버지는 간을 토해냈다. 아버지의 간이 양동이 안에서 썩은 흙처럼 악취를 풍긴다.

어머니가 눈을 휘둥그레 뜨고 달려와, 커다란 행주로 아버지의 얼굴에 부채질을 하며 운다.

아버지의 텅 빈 머릿속에서 장난치던 촛불이 꺼졌다.

마을 변두리에 낡은 살림살이들이 버려져 있다. 밑이 빠지고 우그러져 폐기처분된 냄비, 녹슨 양동이, 판때기가 깨지고 밑받침이 떨어져나간 화덕, 구멍 숭숭 뚫린 난로 연통. 밑이 빠진 세숫대야에서 풀이 자라나 노랗게 빛나는 꽃을 피운다.

벌레가 씁쓰름한 스피노자자두를 갉아 먹고 파란 자두 껍질 사이로 무색의 즙을 토해놓는다.

우거진 덤불 속의 이파리들이 숨이 막힌다.

길고 뾰족한 가시로 자라난 나뭇가지들이 빛을 찾아 구부러진다.

골짜기 안쪽에 튼튼한 철제다리가 있다. 기차가 그 다리를 지나, 우리 마을과 똑같은 평원에 놓여 있고 우리 마을과 똑같이 생긴 다른 고장을 향해 달려간다. 겨울에는 다리 아래 눈이 쌓이고 여름에는 그늘이 진다. 다리 아래로 물은 흐르지 않는다. 강물은 다리를 아랑곳하지 않고 그저 그 곁을 스쳐 흘러갈 뿐이다. 무더운 여름날에는 양들이 다리 아래로 모여든다.

쐐기풀 그늘이 마을까지 힘차게 쳐들어온다. 쐐기풀 불길이 손을 파고들어 빨갛게 부푼 상처를 남긴다. 상처가 쓰리고 아프다.

오리들이 연못의 따뜻한 흙탕물 속으로 잠수하더니, 다른 쪽 연못가에서 뽀송뽀송하고 하얀 자태로 다시 물 위로 올라온다. 마치 아까부터 거기 있었던 것처럼. 오리들은 통통하고 날개는 퇴화했다. 혈액순환이 원활하지 않은 오리들의 뇌는 자신들이 새라는 사실을 오래전에 잊었다.

여자들은 오리 날개로 식탁의 밀가루와 빵 부스러기를 쓸어낸다.

오리의 부리에서 흙탕물이 뚝뚝 떨어지면서 연못 수면에 파문을 일으킨다.

여름이면 여자들은 오리 배에서 하얀 솜털을 뜯는다. 털을 뜯긴 오리들은 여름 내내 풀숲을 뒤뚱뒤뚱 걸어다니고, 날개를 질질 끌며 어깨처럼 으쓱한다. 벌레가 지나가며 남긴 가느다란 홈을 쪼르르 쫓아가고, 폴짝거리는 개구리를 아작아작 씹어 먹는다.

그리고 가을이 오면 도살당한다.

목 아래쪽에서 엄지손가락 길이만큼 털을 뜯어낸다. 그러면

주정맥이 드러나는데, 오리가 겁에 질리면 더 푸르고 더 굵게 튀어나온다. 실내화를 신은 할머니가 오리의 양 날개를 밟고 선다. 오리의 머리가 뒤로 젖혀지고, 칼이 혈관의 가장 굵은 부위에 박힌다. 칼은 점점 깊고 점점 넓게 베어들어간다. 피가 방울져 흰 그릇으로 흘러든다. 피가 뜨겁다. 공기에 닿으면 거무죽죽해진다.

실내화를 신은 할머니가 오리의 날개를 밟고 섰다. 허리를 구부린 채, 눈으로 파리 한 마리를 쫓는다. 한 손으로 등을 받치면서 허리가 아프다고 하소연한다.

피가 멈추었다.

할머니가 오리의 날개에서 발을 뗀다. 죽음이 찾아온다. 새는 흰 깃털을 되찾는다. 이제 멀리 날아갈 것이다. 여름은 하늘 저 높이 있다.

오리가 양동이의 뜨거운 물속으로 사라진다. 할머니가 오리의 발을 잡고 끄집어낸다. 깃털이 물에 젖어 듬성듬성하다. 할머니는 새를 물에 푹 담그고, 눈을 감으려 하지 않는 머리에서 초라한 털양말 한 짝을 뽑아낸다. 노르스름한 살갗의 땀구멍에서 깃털을 뽑아 물속으로 던진다. 깃털들이 바닥으로 가라앉는다. 어떤 깃털들은 마치 뭔가를 찾는 듯 양동이 가장자리를 뱅글뱅글 맴돈다.

할머니가 오리의 가슴을 도려낸다. 도려낸 가슴을 높이 쳐든다. 온기의 냄새가, 반쯤 소화된 개구리 냄새가, 연못의 초록색 진흙 냄새가 난다.

내일은 일요일이다. 시계가 열두시를 알리면, 심장과 날개가 내 접시에 놓일 것이다. 근사한 일요일, 넘치는 식욕.

헛간 뒤의 미나리아재비 즙과 엉겅퀴 털 속에 뱀들이 똬리를 튼다. 이따금 잎과 줄기가 저 혼자서 움직인다. 주위에는 아무도 없다. 바람도 불지 않는다.

그쪽을 건너다본다.

밤이면 꿈이 뒷마당을 지나 침대로 찾아온다.

빗물에 썩은 짚더미가 진창처럼 질퍽하다. 새까맣고 기다란 뱀들이 짚더미 속을 파고든다. 안쪽의 지푸라기는 말라 있고 풀꽃처럼 노랗다. 뱀들은 차갑고 축축하다.

짚더미 속에서 마당이 사라지고 텃밭이 사라지고 집이 통째로 사라진다. 창문도 울타리도 나무도 지붕도 보이지 않는다. 어머니가 몽당비를 들고 길가로 나간다. 막 길을 쓸기 시작하는데, 뱀이 빗자루 위로 기어오른다. 어머니는 빗자루를 내동댕이치고 울면서 길 한복판으로 도망친다. 도와달라고 소리친다. 창문들은 굳게 닫혔고 블라인드도 내려졌다. 온 마을에 한 사람도 보이지 않는다.

어머니, 얼마나 외로운지 알아요.

나는 잠에서 깨어난다. 땀에 젖은 머리카락이 목덜미와 이마에 어지럽게 들러붙어 있다. 할머니는 내가 꿈을 꾸면서 비명을 질렀다고 말한다.

뱀들이 미나리아재비 속으로 물러난다.

그러던 어느 날, 할머니가 다시 뱀들을 데려온다. 할머니의 블라우스 앞자락에서, 성대에서, 늘 '예전에는'이라는 말로 시작하는 대화에서 뱀들이 기어나온다.

할머니가 밀가루에 소금을 넣어 반죽한다. 팔꿈치까지 온통 반죽에 파묻혔다. 나는 반죽에 물을 더 붓는다. 할머니, 힘이 엄청 세요.

예전에는 마을에 뱀이 많았다. 뱀은 숲에서 강을 넘어 들판으로, 들판에서 텃밭으로, 텃밭에서 마당으로, 마당에서 집 안으로 기어들어왔다. 낮에는 다락방으로 통하는 계단 뒤에서 똬리를 틀고 있다가, 밤이면 양동이 안의 차가운 우유를 마셨다. 여자들은 아이들을 데리고 마당이나 채소밭으로 일을 하러 갔다. 담요를 깐 버드나무 광주리에 아이들을 앉히고서 나무 그늘 아래 두었다. 그러고는 밭이랑에서 곡괭이로 풀을 뽑았다. 여자들은 숨을 내쉬고 곡괭이질을 하고 땀을 흘렸다.

그 여자는 마을 변두리에 살았다. 아이를 앉힌 버드나무 광주리를 나무 아래 두고는 채소밭에서 일했다. 광주리 옆에 우유병이 있었다. 여자는 감자밭에서 곡괭이질을 하다가 해를 올려다보았다. 땀 냄새가 났다. 곡괭이를 내려놓고 나무 아래로 갔다.

여자는 얼른 아이를 안아올리고는 흐느끼며 비명을 질렀다. 여인이 풀밭을 비틀비틀 걸어가는 동안, 뱀이 광주리 안에서 풀밭으로 스르르 기어나왔다. 몇 초 후에 여자의 머리카락이 허옇게 세었다.

채소밭에는 곡괭이가, 나무 아래에는 광주리가 그대로 있었다. 뱀은 우유를 남김없이 마셨다.

여자의 머리카락은 허옇게 센 그대로였고, 마침내 마을 사람들은 여자가 마녀라는 증거를 확보했다.

마을 사람들은 여자가 마술을 부린다며 상대하지 않았다. 길에서 여자와 마주치면 피해 가며 욕을 퍼부었다. 여자가 마을 사람들과는 다른 방식으로 머리를 빗고, 다른 방식으로 두건을 동여매고, 창문과 문을 다르게 칠하고, 다른 옷을 입고, 다른 명절을 쇠고, 길을 청소하지 않고, 소나 돼지를 잡으면 남자들만큼이나 술을 많이 마시고, 저녁이면 술에 취하고, 설거지를 하고 베이컨을 소금에 절이는 대신 혼자 빗자루를 들고 춤추었기 때문이다.

봄에 그 여자의 남편이 창백하고 해쓱해지더니, 어느 날 아침 차갑고 뻣뻣하게 침대에 누워 있었다.

여자는 남편을 묘지 뒤편의, 물이 첨벙거리는 갈대숲에 묻어야 했다.

그해 여름, 갈대가 전에 없이 무성하게 높이 자랐다. 개구리들이 개굴개굴 더 차갑게 울어댔고 더 통통하게 부풀었다. 잠자리들이 탁탁 소리를 내며 날아다니고 파르르 떨며 뱀꽃의 하얀 꽃가루에 매달렸다. 죽은 잠자리들이 우아하고 공허하게 갈대에 앉아 있었다.

저녁이면 갈대숲에서 연기가 피어올랐다. 마녀들이 다시 촛불을 밝혔다.

그해 여름, 마을에는 전에 없이 지독히도 시큼털털한 냄새가 진동했다. 잡초가 온갖 색으로 무성하게 우거졌다.

여자들은 소곤소곤 이야기를 나누었고, 뻣뻣한 두건을 깊숙이 눌러썼다.

그리고 오래 속삭이다보면 목소리가 남자들처럼 거칠어졌다.

남자들은 삐걱거리는 마차에 비좁게 올라타고 들판으로 나가서 말없이 일했다. 낫으로 풀을 베었고, 고된 일과 침묵 때문에 땀을 뻘뻘 흘렸다.

술집에서는 웃음소리도 노랫소리도 들리지 않았다. 벽에 붙은 파리들만 미친 듯이 윙윙 노래를 불렀다.

남자들은 각기 따로 테이블에 앉아 독한 술을 목구멍에 들이 붓고는 광대뼈를 이리저리 문질렀다.

채소밭에서 축축하고 씁쓰름한 냄새가 났다.

양상추가 검붉게 자라서 종이처럼 바스락거렸다. 감자는 푸르뎅뎅했으며 껍질을 까면 쓴맛이 나고 싹눈이 깊이 박혀 있었다. 겨우내 땅속에 묻혀 있었는데도 작고 딱딱했다. 그러나 잎은 무성하게 높이 자라 여름에 꽃송이를 흩날렸다.

밭이랑의 고추냉이는 겉으로는 탐스러운 듯 보였지만, 뿌리는 그 어느 때보다도 맵고 퍼석퍼석했다. 설익은 들장미열매는 시큼하고 푸르뎅뎅했다. 들장미열매가 익기에 그해 여름은 너무 습했다.

길모퉁이에 마녀가 서 있었다.

여자들이 흰 침대 시트를 찢어서 끈으로 길게 연결해 채소밭에 묶었다. 끈 위의 하늘이 허수아비들로 온통 시커멨다. 채소밭마다 허수아비 천지였다.

여자들은 남자들의 옷을 지푸라기로 채워 말뚝 높이 꽂았다. 모자도 씌웠다. 모자가 바람에 흔들렸다. 머리도 얼굴도 없이.

너희 위험한 검은 남자들.

겨울이 오자 채소밭은 삭막해졌다. 밭이랑이 텅 비었다. 허수아비들은 말뚝 위에 남았고, 눈이 내리자 하늘을 향해 경고하듯 높이 자랐다. 얼음과 사기沙器로 만든 커다란 마법사가 되어서 나무들 위로 더욱더 높이 치솟았다.

허수아비들의 모자에 쌓인 눈이 마을로 흩날렸고, 허수아비들의 어깨 위에 구름이 걸렸다.

거리보다 겨우 한 계단 높은 긴 복도에 눈이 들이쳤다. 마당의 메마른 풀이 바스러졌다. 닭들이 문가에 한데 뒤엉켜 웅크리고 있었다. 집 안 여기저기에 나뭇가지들이 널려 있었다. 방 안에서 숲속처럼 나뭇가지 부러지는 소리가 났다. 방 한가운데 모탕*이 있고 그 옆에 도끼가 놓여 있었다.

우물에 커다란 도르래가 달려 있다. 두레박이 위로 올라오고 두레박이 아래로 내려간다. 두레박에 물은 거의 없고 얼음만 가득하다.

도끼 소리가 우물 속에서 헤엄친다. 마녀가 다시 방 안에서 장작을 빠갠다. 마녀의 굴뚝에서 불에 탄 사과 냄새가 난다.

산타할아버지들이 마을을 이리저리 오간다.

아이들은 받아든 호두와 오렌지를 무서워한다.

새해에 편지 한 통이 마을에 도착한다. 우편집배원이 우체국

* 나무를 패거나 자를 때 받쳐놓는 나무토막.

소인을 오래 들여다본다. 국내 어디선가 모르는 곳에서 온 편지다. 우리 마을에는 레나라는 이름이 없다. 그 이주민 여자, 머리가 허옇게 센 젊은 마녀에게 온 편지일지도 모른다.

고드름이 주렁주렁 달려 있다. 고드름마다 커다란 거울이 들어있다. 꽁꽁 얼어붙은 영상, 마을의 영상이 고드름 속에 보인다.

우리는 모두 식탁에 둘러앉아 있다. 각자 음식을 먹으며 깊이 생각에 잠겨 있다.

나는 밥을 먹을 때마다 늘 딴생각을 한다. 나는 그들의 눈으로 보지 않고 그들의 귀로 듣지 않는다. 나는 그들의 손도 가지고 있지 않다.

이웃집 여자가 창문 밖에 서 있다. 이웃집 여자의 결혼생활은 겨우 사흘 만에 끝이 났다. 전시에 남편이 잠시 휴가 나온 틈을 타서 올린 결혼식이었다. 남편은 곧 다시 전방으로 돌아갔다. 그러고 나서 러시아가 매서운 겨울을 몰고 왔고, 그후로 남편이 살았는지 죽었는지 소식이 감감했다. 저녁마다 그 사람이 창문을 두드리길 기다렸어요, 이웃집 여자는 말한다.

아주 당연한 일을 말하듯 담담한 목소리다. 표정에 아무 변화가 없다. 이웃집 여자는 날씨 이야기를 할 때도 그런 눈빛이다.

어머니가 식탁으로 돌아온다. 어머니는 이따금 숟가락 자루를 물어뜯는다.

어머니는 많은 일들이 부질없다는 사실을 자신이 알고 있다는 걸 알지 못한다. 할아버지는 가끔 자신이 무엇을 알고 있는지 알지 못한다. 불현듯 그것을 깨달으면 혼자서 집 안과 마당을 서성이며 혼잣말을 웅얼거린다. 한번은 외양간에서 순무를 잘게 저미는 할아버지를 보았다. 할아버지는 나를 보지 못했다. 할아버지는 혼자서 큰 소리로 말하며, 도끼를 든 팔을 휘둘렀다. 허공에 대고 도끼질을 하고는 자리에서 일어나 순무 광주리 주위를 돌았다. 그 순간 아주 오랜만에 할아버지가 무척 젊어 보였다. 그것을 나 혼자 가슴에 묻어두든 아니면 사람들에게 말하든, 내 책임이 아니다. 그것에 대해 이야기하든 아니면 침묵을 지키든, 내 책임이 아니다. 나는 생각하는 걸 그만두었다.

할아버지가 숱 많은 콧수염을 잡아당긴다. 뽑힌 수염이 손에 남아 있다. 할아버지는 그 수염을 보더니 바닥에 내팽개친다. 그리고 잊지 않고 그걸 발로 자근자근 짓밟는다.

할아버지는 며칠 전부터 외양간의 사료 저장실에서 잠을 잔다. 젖소가 새끼를 낳으려고 한다. 젖소는 엉덩이를 할아버지 쪽으로 향한 채 묽은 초록색 순무 똥을 철퍼덕 짚에 떨어뜨린다. 소똥이 벽에 튄다. 회벽에 파리처럼 붙어 공기 중으로 증발한다. 그 따뜻한 공기에 취해 젖소가 새끼를 낳는 걸 잊어버린다.

부엌 벽에 걸린 천주교 달력에 표시해놓은 젖소의 출산예정일은 벌써 오래전에 지났다. 동그라미를 친 날짜 옆에 젖소 교배하다, 라고 쓰여 있다. 다른 숫자들 옆에는 암탉이 알을 품다, 담배를 팔다, 돼지를 사다, 라고 적혀 있다.

젖소의 부푼 배를 바라보고 있으면, 그런 배를 하고도 정말 살아남을 수 있을지 의심스럽다. 나는 그 안에 그냥 커다란 돌이 들어 있을 뿐이라고 믿는다.

오늘도 나는 젖소가 새끼를 낳는 자리에 있어서는 안 된다. 항상 일이 다 끝난 후에 어미 소 옆에 있는 송아지를 볼 수 있을 뿐이다. 여리디여린 송아지가 다리를 부들부들 떤다. 사람들이 송아지에게 밀기울을 뿌려놓았다. 젖소가 송아지 털의 미끌미끌한 막을 혀로 핥아준다.

송아지에게 밀기울을 뿌리는 술수. 그것도 속임수라는 걸 잘 안다.

고양이도 나한테 제 찢어진 귀를 보여준다. 흰 눈물에 피가 튀었다.

내 인형이 의자에 얼굴을 박고 엎어져 있다. 나는 인형을 똑바로 누인다. 인형의 코가 움푹 패었다. 인형은 두툼한 겨울옷을 입었다. 인형의 눈이 썩었다. 나는 그 눈을 들여다본다. 깊게 팬 구멍 안에 플라스틱 구슬들이 들어 있고, 그 구슬들은 깃털에 매달려 있다. 내 인형의 예쁜 푸른 눈은 그렇게 생겼다.

유리창에 얼음꽃이 무성하다. 나는 살갗에 오싹 소름이 돋는 걸 느낀다. 어머니가 손톱을 너무 짧게 깎아준 탓에 손가락 끝이 아프다. 손톱을 막 깎고 나면 제대로 걸을 수 없을 것 같은 느낌이 든다.

그럴 때마다 나는 손으로 걷는다. 그리고 손톱이 짧아서 제대로 말할 수도 없고 제대로 생각할 수도 없다고 느낀다.

유리창의 얼음꽃도 제 이파리를 꿀꺽 삼킨다. 얼음꽃에는 앞을 보지 못하는 우윳빛 눈이 달려 있다.

식탁의 뜨거운 국수 수프에서 김이 모락모락 피어오른다. 어머니가 이제 밥 먹으러 가자고 말한다. 밥 먹자는 소리가 떨어지자마자 내가 달려가지 않으면, 득달같이 식탁 옆에 서 있지 않으면, 내 볼에는 어머니의 매서운 손자국이 남는다.

할아버지는 여러 번 불러도 오지 않는다. 할아버지가 나 때문에 일부러 그런다는 생각이 가끔 든다. 나는 어머니 말을 듣지 않는 할아버지가 좋다.

할아버지가 손에 묻은 톱밥을 씻어내고 식탁 끝의 할아버지 자리에 앉는다.

아무도 말을 하지 않는다. 나는 목이 마르다. 하지만 식탁에서는 말을 해서는 안 되기 때문에 물을 달라고 할 수 없다.

나는 이담에 크면 얼음꽃을 끓일 것이다. 밥을 먹으면서 말을 하고, 한 입 삼킬 때마다 물을 마실 것이다.

올겨울에는 눈이 내리지 않는다.

겨우내 비구름이 마을을 뒤덮고서 눈 속을 달리는 썰매처럼 이리저리 내달린다. 그러다 갈가리 흩어져 새로 구름을 만들어낸다.

겨울에 눈이 내리면 저녁에도 환했다. 눈 속에서 얼어붙은 수정이 반짝였다. 길들은 마치 유리 가게처럼 보였다. 걸음을 내디디면 바스러지는 소리가 났다. 그럴 때는 굽 높은 단단한 구두나 장화를 신고 마을을 돌아다녔다.

아버지가 문으로 들어왔다. 아버지의 장화에서 미세한 조각들이 투명하게 반짝반짝 빛났다. 아버지가 장갑을 벗고 의자에 앉았다.

아버지가 서 있던 곳에 고인 물이 파르르 떨렸다. 아버지가 걸음을 옮길 때마다 젖은 구두창이 바닥에 흔적을 남겼다.

아버지는 장화를 벗었다. 장화는 발에 꼭 끼었으며 아주 튼튼한 젖소 가죽으로 만든 것이었다.

아버지는 장화 안에서 보온용 발싸개를 끄집어냈다.

아버지의 발에는 발바닥이 있었고, 그 발바닥의 뒤꿈치는 겨울에도 꺼칠꺼칠하게 갈라졌다. 저녁마다 아버지가 꺼칠꺼칠하게 갈라진 발꿈치를 기와로 벅벅 문질렀는데도, 발꿈치는 조금도 매끄러워지지 않았고 부드러워지지도 않았다. 나는 그렇게 발꿈치가 꺼칠꺼칠하게 갈라지지 않은 사람은 우리 마을에 단 한 사람도 없었다고 믿는다. 우리 마을은 다들 들판이라고 부르는 곳에 자리 잡고 있었는데, 그 들판 탓에 발꿈치가 전부 그렇게 되었는지도 모른다. 어머니는 발싸개를 화덕 위에 걸어놓았다. 발싸개는 작아서 못 입게 된 내 여름 원피스, 줄무늬 원피스로 만든 것이었다. 나는 그 원피스를 부활절에 선물받고서 무척 신났었다.

그 당시 마을에는 사진사가 있었다. 나는 포동포동 살이 올랐으며 손목이 잘록했다. 명절이면 머리카락에 설탕물을 묻히고서 커다란 요리용 숟가락 자루에 머리카락을 돌돌 말아 곱슬머리를 했다. 명절이면 늘 그랬듯이, 그날도 곱슬머리는 삐뚤어져 있었다. 아버지가 또 술집에서 거나하게 취해 돌아오는 바람에 어머니가 빗질을 해주며 울었기 때문이다.

명절이면 늘 그랬듯이, 그날도 우리 집 분위기는 엉망이었다.

이 사진에서도 그걸 알 수 있다. 설탕물을 묻혀 말아올린 내 삐딱한 곱슬머리와 내 삐딱한 미소에서.

나는 머리를 다 빗고 옷을 입고서 뒷마당으로 나갔다. 변소에 들어가 문을 걸어잠그고는, 바지를 내리고 구린내 나는 변소에 앉아 엉엉 울었다. 아무한테도 들키지 않고 싶었다. 밖에서 사람 소리가 나면 얼른 울음을 그쳤다. 집 안에서 이유 없이 울어서는 안 되는 걸 잘 알고 있었기 때문이다. 이따금 어머니는 우는 나를 매로 때리면서 말했다. 자, 이제 너한테도 실컷 울 이유가 생겼다.

나는 아래를 내려다보았다. 하얀 벌레들이 굼실굼실 기어다니는 똥통을 들여다보았다. 까맣고 동글동글한 작은 똥덩이들을 보고서, 할머니가 다시 변비로 고생하는 걸 알았다. 아버지의 노르스름한 똥과 어머니의 불그스름한 똥도 보았다. 할아버지의 똥은 어디 있나 찾아보는데, 어머니가 마당을 향해 날 크게 부르는 소리가 들렸다. 내가 마침내 방에 들어가 어머니 앞에 서자, 어머니는 스타킹을 신다 말고 내 따귀를 때렸다. 엄마가 부르면 대답을 해야지.

우리가 마을의 다른 쪽 끝에 사는 할머니 댁에 도착했을 때, 어머니는 울었다. 그러고는 아버지가 허구한 날 곤드레만드레 취해 돌아온다고 말했다. 식탁 앞에 앉아 있던 아버지는 할머니가 내놓은 술잔에 손도 대지 않은 채 몸을 일으키더니 윗도리를 겨드랑이에 끼고는 그대로 나가버렸다. 어머니는 몸을 난로에 기대고서 흐느꼈다. 나는 케이크 조각을 갉아 먹었다.

어머니는 온몸을 난로에 기대고 대성통곡했다. 그러다 내가 의자에 앉아서 어머니를 보고 있다는 걸 깨닫고, 하이니와 내게 버럭 소리를 질렀다. 어서 마당으로 나가, 나가 놀아!

하이니와 나는 말없이 우두커니 마당에 서 있었다. 하이니가 집게손가락을 잘근잘근 물어뜯었다.

나는 마당을 돌아다녔고, 하이니는 채소밭의 옥수수 줄기 사이로 사라졌다. 나는 모래 더미 옆에서 걸음을 멈추었다. 모래가 반짝거렸다. 반짝이는 모래는 축축해 보였는데도 속은 뽀송뽀송하게 말라 있었다.

나는 집을 짓기 시작했다.

어째서 어머니들이 하는 것은 전부 일이라고 할까. 그리고 아이들이 하는 것은 전부 놀이라고 할까. 내가 지은 집이 햇빛을 받아 금이 갔다. 나는 벽을 매끄럽게 매만졌다. 할머니 집의 벽은 습기가 차고 곰팡이가 피어 있었다. 할머니는 벽을 자주 하얗게 칠하지만, 곰팡이는 흰색을 금방 다시 먹어치웠다. 곰팡이는 짭짤했다.

여름에 날이 저물면 염소들이 들판에서 돌아와 벽을 핥아 먹었다. 집 안쪽 벽 둘레에는 개미들이 길가에서 날라온 모래 부스러기가 묻어 있었다.

방바닥에도 개미들이 있었다. 할머니는 개미들을 싫어하지 않았다.

한번은 개미들이 설탕통 안으로 기어들어간 적이 있었다. 설탕 알갱이보다 개미가 더 많았다. 개미들은 양귀비 씨앗처럼 보였다. 개미들이 우글우글했다.

나는 개미들이 무서웠다. 개미들은 너무 작고 너무 많았으며, 일을 하면서 아무 소리도 내지 않았다. 할머니는 설탕 알갱이를 일일이 골라내면서, 개미들은 더럽지도 않고 해롭지도 않아서 그 설탕을 먹어도 된다고 말했다.

나는 그 설탕을 조금도 먹고 싶지 않았다. 그래서 할머니가 부엌에서 나간 틈을 타, 마실 물이 들어 있는 양동이에 내 차를 쏟아버렸다.

낮 동안은 여름이었다. 그러다 어두워지면 계절이 눈에 전혀 보이지 않았기에 의미가 없었다. 그냥 저녁일 뿐이었다. 바깥에서 천둥 번개가 요란하게 날뛰었다. 빗방울이 후드득후드득 지붕을 때리고 처마 홈통에서 빗물이 콸콸 쏟아져내렸다.

할머니가 부대자루를 머리에 뒤집어쓰고서 커다란 함지박을 홈통 밑으로 끌고 갔다. 빗물을 받으려는 것이었다.

빗물을 보자 우단이 생각났다. 빗물이 어찌나 부드러운지, 머리카락이 비단결처럼 매끄럽고 보들보들해졌다.

어느새 밤이 되었다. 도대체 어떻게 소리 없이 밤이 되는지

나는 결코 알지 못했다. 저녁마다 여름이 마을 한복판으로 가라앉았다. 사방이 뒤주 속처럼 칠흑같이 어두웠고 죽은 듯이 고요했다.

여전히 천둥이 치고 번개가 번쩍거렸다. 이불이 무거운 눈처럼 내리눌렀다. 내 목덜미에 젖은 풀이 묻었다.

이따금 방 안이 밝아졌다. 할머니가 오래전부터 보관해온 커다란 빈 상자들이 부스럭 소리를 냈다. 빛과 그림자로 이루어진 짐승들, 수많은 발이 달린 짐승들이 천장에서 움직였다. 전봇대의 전깃줄이 서로 맞부딪치며 거리를 마구 뒤흔들었다.

어두운 밤, 바깥에서는 나무들이 서로를 후려쳤다. 나는 벽을 뚫고 나무들을 보았다. 나무들은 호리호리했는데도 부러지지 않았다.

나무들이 색깔이 없고 으스스하게 차가웠기 때문에 나는 들이마시고 싶지 않았다. 하지만 나무들은 내 얼굴을 깊이 에며 말했다. 우리는 물이 아니라 유리로 만들어졌어, 비도 마찬가지야.

천둥이 블라인드를 힘껏 잡아챘다.

하이니가 요강에 쫠쫠 오줌 누는 소리가 들렸다. 방 안에는 나 혼자만 있는 게 아니었다.

나는 하이니를 불렀다. 하이니가 물었다. 무서워.

조금. 번개가 번쩍 방 안을 비추었다.

한 손에 요강을 들고 어정쩡하게 서 있는 하이니의 모습이 보였다. 다른 한 손으로는 페니스를 쥐고 있었다. 페니스가 번개에 비쳐 새하얘 보였다.

나도 침대에서 일어나 요강에 앉았다. 소리나지 않게 오줌을 누려고 배를 잔뜩 움츠렸다. 그런데도 소리는 점점 커졌다.

졸졸 소리가 났다.

하이니가 자기 침대로 오라고 나를 불렀다. 나는 번개 따윈 무섭지 않아, 하이니가 말했다. 나는 하이니의 이불 밑으로 기어들어가 방 안을 둘러보았다. 빛이 만들어낸 짐승이 옷장 문에 매달려 있었다.

나는 그 짐승을 바라보았다.

그 기다란 대롱으로 오줌 누는 모습이 참 웃겨. 오줌만 그렇게 누지 않으면 널 좋아할 수 있을 거 같은데. 정말 보기 흉해.

좋아, 그럼 내일 잘라내버리지 뭐.

혹시 네 아이를 갖게 되면 어떡하지. 그럼 안 되는데, 우리 한 요강에다 오줌을 눴잖아.

좋아, 그럼 결혼하지 뭐.

하지만 우린 사촌이잖아.

할머니는 오줌을 엄청 많이 싸. 할머니 뱃속은 무지 깊어.

네가 그걸 어떻게 알아?

치마 아래로 다 보여.

그런 후에 우리는 잠이 들었다.

날이 밝았고, 여름의 소리가 벽을 뚫고 들어왔다. 길 위로 마을이 보였다.

나는 거위 떼를 뚫고 집으로 향했다. 거위들이 내 뒤에서 속닥거렸다. 나는 무서워서 걸음을 빨리했고 그러다 뛰기도 했다.

개가 낯선 사람을 보듯 날 보고 짖었다. 어머니가 일하고 있었다. 아버지가 일하고 있었다. 할아버지가 일하고 있었다.

할머니는 집 안에 있었다.

할머니는 우리 어머니의 어머니였다. 온 마을이 할머니들 천지였다.

나는 감자 껍질을 벗겨야 했다. 칼이 미끄러지면서 손가락을 파고들었다.

베인 상처에 감자 전분이 묻어 화끈거렸다. 껍질을 깎은 감자에 피가 묻어났다. 나는 감자알을 물속에 떨어뜨렸다. 감자알을 다시 물에서 꺼내 잘게 토막냈다. 감자를 잘 썰려면 얼마만한 두께로, 그리고 얼마만한 길이로 잘라야 하는지 알 수 없었다. 그걸 정말 아는 사람은 아무도 없었다.

마지막으로 썬 감자 조각이 삐뚤삐뚤 보기 흉했다. 나는 그걸 입에 집어넣고 꼭꼭 씹어서 감자 껍질 위에 뱉었다. 꼭꼭 씹은 감자는 마치 토해놓은 것처럼 보였다. 나는 기다란 감자 껍질로 그걸 보이지 않게 덮었다. 할머니가 빵 반죽에 밀가루를 뿌리고 위아래로, 양옆으로 넓게 밀었다. 반죽을 한 조각씩 잘라내 계란 흰자를 발랐다. 그러자 반죽은 유리로 만들어진 듯 보였다. 모든 게 유리로 만들어졌어, 나무들이 말했었다.

할머니의 치마가 요리조리 흔들렸다. 앞치마에 밀가루가 잔뜩 묻어 있었다.

친할머니의 가슴은 큰데, 외할머니의 가슴은 밋밋하다. 그리고 친할머니는 뱃속도 깊다. 하이니가 보았다. 어쩌면 할머니들은 전부 뱃속이 깊을지도 모른다. 하지만 외할머니의 뱃속은 치마에 가려 보이지 않는다.

혹시 모른다, 어쩌면 하이니의 눈에는 보일지도. 하지만 하이니에게는 할머니가 한 분뿐이다. 나는 할머니가 두 분이다. 하이니는 좋겠다. 하이니는 모르는 게 없다.

아침미사를 알리는 종이 울린다. 참새 떼가 성당 탑에서 푸드덕 날아올라 키 큰 포플러나무로 날아간다. 나뭇가지들이 몸을 부딪친다. 나뭇가지들은 끊임없이 움직이며 마을로 바람을 보낸다. 멀리까지 차가운 회오리바람을 일으켜, 길 가는 남자들은 한 손으로 모자를 꼭 붙잡아야 한다. 여름처럼 건강한 초록빛 나뭇잎들이 포플러나무에서 떨어진다. 벌써 몇 년 전부터 녹슬어서 제대로 울리지 않는 커다란 종 때문에 한여름에 나뭇잎이 떨어지는 거라고 이장은 말한다. 신부는 성당 탑의 작은 종이 너무 아래 매달려 있기 때문이라고 말한다. 그래서 마을 이장과 신부 사이에는 불협화음이 끊이지 않는다.

나뭇잎들이 떨어진다, 여름 내내. 그런데도 나뭇가지는 여전히 무성하게 잎에 둘러싸여 있다. 나무들은 푸르고 울창하다. 나무들을 오래 바라보고 있으면, 숨이 막히면서 나무들이 빙글빙글 돌기 시작한다. 그러면 길이 곧고 평탄한데도 비틀거리며 걷는다.

가을이 깊어 마을이 을씨년스러워지면, 나무들은 거대한 빗자루처럼 버티고 서서 구름들을 하나씩 단단한 가지로 잡아내린다. 안개가 일어 지붕 꼭대기를 며칠씩 뿌옇게 가리는 바람에, 길을 지나다보면 집들이 지붕을 잃어버린 듯하다.

가느다란 나뭇가지가 탁 소리를 내며 부러진다. 하지만 아무도 거기에 귀 기울이지 않는다. 사방 천지에 바람 소리와 나뭇가지 부러지는 소리들만 가득하기 때문이다.

포플러나무들에 황달이 퍼졌다. 나뭇잎들이 메말라 떨어진다. 포플러나무들은 벌써 앙상해졌는데도 나무 아래 풀들은 여전히 여름이다. 가을도 지나갔다. 하지만 이곳에서는 아무도 계절을 이야기하지 않는다.

마을은 투명하고 길고 비좁다. 집들도 울타리들도 정원들도 사람들도 모두 텅 빈 길처럼 보인다.

어디든 꿰뚫고 볼 수 있고, 꿰뚫고 만질 수 있고, 꿰뚫고 지나갈 수 있다. 사람들은 불안해한다. 마을은 무척 넓고, 골짜기는 덤불 속을 눈으로 더듬을 수 있을 정도로 환히 보이고, 숲은 금방이라도 길을 잃을 듯이 아주 가깝고, 누르스름한 강물 속에는 진흙이 보이고, 모든 것이 목구멍으로, 손끝으로 바싹 다가오기 때문이다. 나무들이 횅하니 비어 있어서 하늘도 횅하니 비어 있다. 앞을 가로막는 장애물도 없고 멀리 떼어놓는 거리도 없어서 절로 걸음이 비틀거린다.

여자들은 팔짱을 끼고, 남자들은 뒷짐을 진다.

여자나 남자나 여름에는 두 손을 휘젓는다. 낫, 곡괭이, 갈퀴, 바구니, 양동이를 든 손을 휘저으며 걷는다. 그리고 여유 있게 걸음을 옮긴다. 지금 어디서 오는 길이고 어디로 가는 길인지 금방 알 수 있다. 긴 치마 탓에 여자들이 두 손을 휘젓는 것인지 아니면 손 때문에 치마가 흔들리는 것인지는 알 수 없다.

여자들은 포플러나무 아래서 급히 숨차게 걸음을 옮긴다. 빠른 걸음에 치마가 팽팽하게 부푼다. 때로는 발을 땅에 대지도 않고 치마로만 걷는다. 그런데도 머리 위에서 나무들이 빙글빙글 돌까 무서워서 신발만 보고 걷는다. 나뭇잎이 얼굴을 뒤덮을까 무서워서.

여자들은 네거리를 지나면서 성호를 세 번 긋는다. 한 번은 이마에, 또 한 번은 입에, 나머지 한 번은 가슴에 손가락을 댄다.

그리고 계단 네 개를 올라가면서 치맛단이 밟히지 않도록 치마허리를 살짝 들어올린다. 치맛단은 치마에서 가장 무겁고 가장 폭이 넓고 가장 아름다운 부분이다.

거기에는 육중한 나무문과 두꺼운 맹벽盲壁이 있다. 아주 높이 달린 작은 창문들에는 유리가 알록달록하다. 성당에서도 거리에서도 그런 색깔은 찾아볼 수 없다. 미사가 거리로 새어나가도 안 되고, 거리가 성당 안으로 들어와도 안 된다. 삐걱거리는 소리가 나는가 싶으면 육중한 나무문은 이미 닫힌 뒤이다. 오르간 연주가 성당 안을 떠돈다. 꿀벌처럼 윙윙거리며 머리 주위를 맴돈다. 그러다 귀가 그 소리에 익숙해지고, 관자놀이가 음악 소리에 더는 쿵쿵 울리지 않고, 눈이 촛농 때문에 더는 따갑지 않게 된다.

여자들은 모래가 깔린 성수반聖水盤에 엄지손가락 끝을 살짝 담갔다가 이마와 입과 가슴에 다시 성호를 긋는다. 그러고는 치마들 사이에 아직 비어 있는 의자를 찾아 흔들흔들 걸어간다. 마치 자신의 몸을 느끼고 싶지 않은 듯 조심조심 걸어간다. 의자 옆에서 무릎을 굽히고 절을 한다. 치마가 통로 바닥에 닿는다. 그러고는 몸을 일으켜 빈자리에 앉아 다시 성호를 긋는다. 가슴에 세번째 성호를 긋는 사이, 기도는 이미 시작되었다.

위층의 성가대석에서 오르간이 윙윙거린다.

오르간 연주자는 파란 눈을 가느다랗게 뜨고 있다. 눈은 점점 작아져 머리통 안으로 점점 깊숙이 들어간다. 머리는 허옇게 세고, 코밑수염과 눈썹은 뻣뻣하게 얼어붙은 풀처럼 보이고, 입을 열면 의치가 달그락거린다. 아마 웃을 때 손으로 턱을 받치지 않으면 의치가 바닥으로 떨어질 것이다. 입을 너무 크게 벌리고 오래 웃다보면 틀니가 번번이 손바닥으로 떨어진다.

그래서 당황한 눈빛으로 틀니를 얼른 입 안으로 밀어넣지만 웃음은 이미 지나간 뒤이다. 결국 오르간 연주자는 마음껏 웃지 못한다. 그래서 늙는 것은 추한 일이라고 이따금 그는 말한다.

일 년 전에는 의치가 너무 작아서 잇몸을 아프게 눌렀다. 입 안에 하도 상처가 나는 바람에 오르간 연주자는 마을의 치과의사를 찾아갔다. 치과의사는 창문을 활짝 열더니 그 틀니를 성당 마당으로 훌쩍 내던졌다. 오르간 연주자는 토끼풀 밭을 향해 걸어들어갔다. 마침 풀을 벤 터라서 틀니는 멀리서도 잘 보였다. 틀니는 마치 개 이빨처럼 잠시 낯설어 보였다. 오르간 연주자는 틀니를 집어들어 손수건에 쌌다. 그때까지 창가에 서 있던 치과의사가 걱정스러운 듯 얼굴을 찌푸리고는 오르간 연주자를 향해 한 팔을 뻗었다. 마치 손짓하듯 손가락을 움직였다. 오르간 연주자는 넓적한 흰 손바닥에 틀니를 올려놓았다. 그가 다시 진료실 의자에 앉자, 치과의사는 새 틀니를 다 마무리해놓고서 짐짓 친절하게 굴었다. 하지만 오르간 연주자는 흰 수건 위에 놓인 집게와 가위를 아무 말 없이 뚫어져라 바라보았다. 의사가 새 틀니를 입 안에 밀어넣으려 하자, 입을 굳게 다물고 한 손을 내밀었다. 그러고는 의치를 손에 들고 인사도 없이 문을 향해 걸음을 옮겼다.

오르간 연주자는 문밖에서 의치를 윗도리 호주머니에 집어넣었다. 그리고 대문 앞에 이르러 그것을 입 안에 끼웠다. 이번에는 의치가 헐거웠다. 너무 컸다. 하지만 오르간 연주자는 그후로 두 번 다시 치과의사를 찾아가지 않았다.

그는 오르간페달을 밟는 동안에, 한 손으로는 모자를 들고 다른 한 손으로는 오르간 몸통을 짚는다. 마치 자전거를 타듯이, 오르간 몸통을 굴리려는 듯이, 적절하게 일정한 간격을 두고 페달을 계속 밟는다. 페달과 온 성당이 그의 발아래서 윙윙거리기 시작한다.

오르간 연주자는 페달을 밟으면서 눈을 지그시 감고 생각에 잠긴다. 때로는 페달을 밟으면서 잠이 드는 바람에 생각이 낡은 끈처럼 끊어진다. 그러나 잠을 자면서도 일정한 간격을 두고 계속 페달을 밟는다.

오르간 연주자가 페달을 밟을 때마다 바지 단추가 풀린다. 그러면 한 곡을 끝낼 때마다 단추를 채운다. 어쩌다 단추 채우는 걸 잊어버리면, 미사가 끝난 후에야 채운다. 그때도 잊어버리면, 집에 가서야 채운다. 오르간 연주자의 아내가 그릇과 냄비 사이를 오가며 창피스러운 일이라고 온 집 안이 쩌렁쩌렁 울려라 소리를 지른다. 그녀는 일요일마다 늘 그랬듯이 또 수프를 너무 짜게 끓이고 오븐에서 케이크를 꺼내는 걸 잊어버린다.

할머니는 나와 함께 다섯째 줄 의자에 앉아 있다. 내 옆에는 키가 후리후리한 레니가 앉아 있다. 레니는 우리 마을 여자 중에서 제일 크다. 거리에서는 그다지 커 보이지 않는다. 하지만 지금은 돌처럼 차가운 표정으로 꼼짝도 하지 않고 앉아 있다. 마치 말뚝처럼 뻣뻣해 보인다. 레니는 깨끗하게 다림질한 옷을 입었다. 덧옷과 블라우스에 우단 레이스가 여러 줄 박음질되어 있고, 앞치마에는 검은 비단으로 구멍들이 수놓여 있다. 검은 비단은 햇빛 한 점 비치지 않는데도 반짝인다. 키가 후리후리한 레니는 손가락도 아주 길고 반듯하며, 어깨도 옷걸이처럼 반듯하다. 아름답지만 무척 쌀쌀맞고 차가워 보인다. 나는 레니에게서 슬며시 떨어져 할머니의 앞치마 옆에 바싹 다가앉는다. 할머니가 화난 눈초리로 날 노려본다.

나는 고개를 한껏 뒤로 젖힌다. 성당에서는 하늘도 벽이다. 하늘은 하늘색이고 별들이 총총히 떠 있다.

나는 어떤 것이 저녁별이냐고 할머니에게 묻는다. 할머니는 소리 죽여 나더러 멍청이라고 핀잔을 주고는 기도를 계속한다. 나는 성모마리아가 진짜 마리아가 아니라 석고로 만들어진 여자일 뿐이라고 생각한다. 천사도 진짜 천사가 아니고 양도 진짜 양이 아니며 피도 단지 물감일 뿐이라고 생각한다.

키가 후리후리한 레니의 기도 소리가 내 귀에 들려온다. 레니는 진짜 레니다. 나는 할머니를 바라본다. 할머니의 얼굴이 아니라 할머니의 손을 바라본다.

할머니 손은 힘줄이 팽팽하다. 살은 한 점도 없이 오로지 뼈와 마른 살가죽뿐이다. 그 손이 언제 죽어서 차갑게 굳을지 알 수 없다. 하지만 아직은 기도하며 움직인다. 묵주가 짤랑거린다.

묵주가 할머니의 손뼈를 누르고 푸르스름한 반점을 앙상하고 작은 손 깊숙이 밀어넣는다. 할머니의 손은 일 그 자체처럼 보인다. 집 안 곳곳에 나뒹구는 단단한 목재처럼 여기저기 긁힌 상처가 나 있고, 당신의 가구처럼 고풍스럽다. 고무튜브처럼 보이는 푹신한 방석이 의자 이쪽 끝에서 저쪽 끝까지 길게 놓여 있다.

마을 사람들이 겨울에도 성당에 나올 수 있도록 신부가 마련

한 방석이었다.

나는 그 의자에 앉아 있으면 여름에도 춥다. 성당 안은 언제나 어두운데다가, 돌바닥에서 냉기가 올라와 온몸을 휘감는다. 이미 너무 오래 걸어왔기 때문에, 다리에 아무 감각이 없어도 계속 걸을 수밖에 없는 드넓은 빙판 위처럼 무섭게 느껴진다. 돌바닥은 그런 비슷한 두려움을 안겨준다.

벽, 의자, 나들이옷, 웅얼거리는 여자들이 나를 공격한다. 나도 기도하며 거기에 맞서보려 하지만 소용이 없다. 나 자신에게도 저항할 수 없다. 입술이 차가워진다.

벤델도 제 할머니를 따라 성당에 왔다. 나는 집에서부터 성당까지 벤델의 손을 잡아야 했다. 벤델의 손을 잡은 채 온 마을을 지나고, 텅 빈 마을 길을 지나고, 딱정벌레가 스멀스멀 기어가는 길을 건너야 했다. 벤델은 위층 합창대석의 오르간 연주자 옆에 앉아서, 검정 구두를 신은 오르간 연주자의 발을 쳐다본다.

벤델은 일요일마다 성당 문을 나서면서, 오르간 연주자가 되고 싶다고 말한다. 오르간 연주자는 페달을 밟으면서 머릿속의 생각을 쫓는다. 오르간 연주자가 페달을 밟으면 다른 사람들은 모두 노래를 부른다. 페달이 멈추면 노래도 멈춘다. 언젠가 벤델은 아이들을 위해 마련된 앞쪽 의자에 앉았다. 그때 큰 소리로 기도하며 심하게 더듬거리는 바람에 옆자리의 다른 아이들이 당황했다.

설교단에서 신부가 분필 조각을 던졌고, 분필은 벤델의 옷깃을 맞혔다. 벤델은 입을 다물고 꼼짝없이 앉아 있었다. 설교하는 동안에는 울어도 괜찮았지만, 미사 동안에는 절대 울면 안 되었기 때문이다. 자리에서 일어나도 안 되었다.

그후로 벤델은 성당 안으로 들어서자마자 좁은 나선형 계단을 지나 오르간이 있는 위층으로 올라간다.

그러고는 오르간 연주자 옆의 빈 의자에 앉는다.

오르간 연주자의 다른 쪽 의자에는 곱사등이 로렌츠가 앉아 있다.

로렌츠는 미사 동안에도 마른기침을 심하게 한다. 성가대원들은 노래를 부르며 성난 표정으로 로렌츠를 돌아본다. 로렌츠는 노래하는 성가대원들의 목울대가 오르락내리락하는 것을 바라본다. 목의 혈관이 부풀었다가 다시 피부 밑으로 뒷걸음치는 모양을 쳐다본다. 카티의 목에 불그스름하게 빨린 자국이 또 생겼다. 불그스름한 자국이 목을 따라 함께 움직인다.

로렌츠는 팔꿈치 아래 의자로 시선을 돌린다. 사람 이름이나 연도, 하트, 활과 화살이 의자에 새겨져 있다. 로렌츠가 직접 새긴 것도 있다.

로렌츠는 자기 이름을 긴 못으로 새겨놓았다.

오르간 바람통에도 자기 이름을 써놓았다. 그것은 멀리서도 잘 보인다. 로렌츠는 글자를 그림 그리듯 큼지막하게 쓰는 걸 좋아한다.

중앙 기둥에는 **로렌츠+카티**라고 쓰여 있다. 로렌츠가 직접 쓴 것이었다. 오르간 바람통의 먼지 낀 앞면에도 **로렌츠**라고 쓰여 있다. 그 글자는 성가대원 한 명이 거기에 등을 기댈 때까지 남아 있다.

노래가 끝나면, 아래층 의자에서 웅얼웅얼 기도 소리가 시작된다. 여자들은 모두 무릎을 꿇은 채 세 번 성호를 긋고는, 주님, 제 안에 주님을 모시기 합당치 않사오나, 하고 웅얼거린다. 다시 한번 성호를 긋고 일어난다.

나는 기도한다. 할머니가 무릎 끝으로 내 다리를 툭 친다. 나는 소리를 더 낮추어 기도한다. 내 죄를 사해달라고 기도한다. 나는 아버지가 송아지 다리를 부러뜨렸다는 걸 안다.

마을에서는 송아지를 도살해서도 안 되고 화주를 빚어서도 안 된다. 해마다 여름이면 온 마을에 어찌나 화주 냄새가 진동하는지, 마치 마을 전체가 화주를 빚는 커다란 솥 같다. 울타리 너머 마당 깊숙이에서 다들 각자 화주를 빚는다. 화주를 빚는다는 이야기를 하는 사람은 아무도 없다. 이웃한테도 절대 이야기하지 않는다.

아침에 아버지가 곡괭이 자루로 송아지 다리를 후려쳤다. 그러고는 수의사를 부르러 갔다.

점심 무렵 수의사가 자전거를 타고 마당에 도착했다. 수의사는 자전거를 자두나무에 기대놓았다. 그가 외양간 문을 열고 들어가자 닭들이 푸드덕 날아올랐다.

아버지는 송아지의 발 하나가 여물통을 묶은 사슬에 끼여 빠져나오지 못했다고 수의사에게 루마니아말로 설명했다. 그러다 장대 너머로 굴러떨어지는 바람에 다리가 부러졌다는 것이었다.

아버지는 이렇게 설명하면서 송아지의 등을 쓰다듬었다. 나는 아버지의 얼굴을 쳐다보았다. 표정만 보아서는 그 말이 사실이 아니라는 걸 알 수 없다. 나는 송아지 등을 쓰다듬는 아버지의 손을 밀쳐내고 싶었다. 아버지의 손을 마당에 내던지고 발로 짓밟고 싶었다. 거짓말을 하는 아버지의 이를 빼버리고 싶었다.

아버지는 거짓말쟁이였다. 그 자리에 서 있던 사람들 모두가 침묵을 지킴으로써 거짓말을 했다. 모두들 멍하니 허공을 응시했다. 나는 그 얼굴들을 하나하나 살펴보았다. 그 추한 얼굴들, 그 코, 그 눈, 그 덥수룩한 머리. 아버지의 짧은 수염이 두 배로 늘어나 아버지의 야비함을 뒤덮었다. 아버지의 손이 거짓말을 움켜쥐어 더욱 설득력 있게 만들었다.

수의사가 때 묻은 가방에서 부스럭거리며 공책 한 권을 꺼냈다. 그러고는 공책에 뭐라고 쓰더니 그 장을 찢어 아버지의 얼굴 앞에 디밀었다. 수의사가 뭐라고 끼적이는 동안, 아버지는 이미 수의사의 윗도리 호주머니에 백 레이짜리 지폐를 쑤셔넣었다. 수의사는 아무것도 모르는 척 계속 끼적였다.

그러더니 송아지가 사고로 죽었다고 쓴 종이를 손에 들었다. 응급상황에서 도살을 허락한다는 승인서였다.

수의사는 여덟번째 화주 잔도 단숨에 쭉 들이켰다. 그러고는 자전거 위의 닭들을 쫓아냈다. 닭들은 푸드덕거리며 허공을 향해 꼬끼오 시끄럽게 울었다. 자전거 안장에 방금 싼 닭똥 한 무더기가 묻어 있었다. 수의사가 안장을 닦는다며 손에 닭똥을 처바르는 꼴을 보고 나는 고소했다. 자전거가 대문을 향해 굴러갔다. 수의사가 자전거에 훌쩍 올라타더니 허리를 잔뜩 구부린 채 페달을 밟았다. 그릇 밖으로 부풀어 넘치는 할머니의 빵 반죽처럼 수의사의 엉덩이가 안장 양옆으로 축 처졌다. 자전거가 수의사의 무게에 눌려 신음했다. 삼촌이 뒷마당에서 커다란 망치를 가져왔다.

어머니가 삼촌에게 앞치마를 둘러주었다. 앞치마 끈으로 삼촌의 엉덩이에 커다란 리본을 묶었다. 어머니는 삼촌의 셔츠 소매를 팔꿈치까지 걷어올려주었다. 소매를 위로 한없이 말아올리며 깔깔 웃는 모습이 정말 넉살 좋아 보였다.

어머니는 아버지의 셔츠 소매도 걷어올려주었다. 하지만 이번에는 넉살 떨지 않고 얼른 끝냈다. 어머니는 자기 옷소매도 걷어붙였다. 후다닥 접어올리는 어머니의 얼굴에는 아무 표정도 없었다.

할아버지는 팔을 쭉 뻗어서 직접 팔소매를 높이 걷어붙였다.

나는 무서웠다. 모두들 팔에 털이 나 있었다. 나는 블라우스 소매를 손가락 끝까지 쭉 내린 다음, 마치 자루 주둥이를 봉하듯 손가락으로 부여잡았다. 나는 손을 휘두르지 않으려고, 손으로 할퀴거나 목을 조르지 않으려고, 한동안 소매 끝을 그대로 붙잡고 있어야 했다.

들보 옆의 제비가 허연 배를 둥지 밖으로 내밀고 이쪽을 건너다보았다. 제비는 지저귀지 않았다. 삼촌이 묵직한 망치를 높이 들어올렸을 때, 나는 마당의 자두나무 밑으로 달려가 양손으로 귀를 막았다. 공기가 숨 막힐 듯 뜨겁게 달아올랐다. 제비는 나를 따라오지 않았다. 틀림없이 송아지의 처형에 대해 곰곰이 생각하느라 그랬을 것이다.

낯선 개들이 마당에 우르르 모여들었다. 개들은 쓰레기 더미의 지푸라기에 묻은 피를 핥아 먹고 발굽과 가죽 찌꺼기를 타작마당으로 질질 끌고 갔다. 삼촌이 개들의 주둥이에서 그것들을 낚아챘다. 개들이 그걸 물고 거리로 나가서는 안 되었다.

눈알 두 개가 거름 더미 속에 놓여 있었다. 고양이가 눈알 하나를 송곳니로 덥석 깨물었다. 탁 소리가 나면서 푸르스름하고 걸쭉한 액체가 고양이 얼굴에 튀었다. 고양이는 온몸을 부르르 떨더니 뻣뻣한 다리로 그곳을 떠났다.

삼촌이 자기 팔뚝만큼이나 굵은 뼈 하나를 톱으로 썰었다.

아버지가 불긋불긋하게 얼룩진 커다란 가죽을 말리려고 헛간 벽에 못으로 박아 걸어놓았다. 한낮의 해가 헛간을 비추었다. 몇 주 후 송아지 가죽은 내 침대 앞에 양탄자로 깔렸다.

저녁마다 나는 그 양탄자를 방문 밖에 내놓았다. 밤에 양탄자의 털이 내 목을 스치는 것만 같았기 때문이다. 나는 나이프와 포크로 송아지 가죽을 먹는 꿈을 꾸었다. 그걸 먹고 토하면서도, 더 먹어야 했고 더 많이 토했다. 삼촌이 나더러 전부 먹어야 한다고, 안 그러면 내가 죽게 된다고 말했다. 나는 죽으려는 찰나에 꿈에서 깨어났다.

그 이튿날 밤에는 아버지가 나더러 송아지를 타라고 강요했다. 송아지는 우리를 풀밭으로 데려갔다. 꽃들이 무성하고 높게 피어 있었다. 우리가 풀밭 한가운데 이르렀을 때, 내 엉덩이 밑에서 송아지의 등뼈가 부러졌다. 나는 송아지 등에서 내리고 싶었다. 하지만 아버지는 소리를 지르며, 풀밭 사방 천지로 나를 몰고 다녔다. 풀밭은 한도 끝도 없이 이어졌다. 아버지는 우리를 몰고 강을 건넜다. 아버지는 큰 소리로 노래를 불렀고, 우리는 메아리를 쫓아 숲속으로 들어갔다.

송아지가 숨을 헐떡이며 극도의 공포에 질려 머리로 나무를 들이박았다. 송아지의 콧구멍에서 피가 흘렀다. 내 발가락에, 예쁜 여름신발에, 원피스에 피가 묻었다. 송아지가 고꾸라졌을 때 발밑의 땅은 온통 피바다였다.

어머니가 전등불을 켜고는 잘 잤느냐고 물으며, 불긋불긋하게 얼룩진 송아지 양탄자를 내 침대 앞에 깔았다. 침대에서 일어나는데 방 안이 빙빙 돌았다. 뜨거운 햇살이 내 얼굴에 쏟아졌다. 나는 다리를 크게 벌려 송아지 양탄자를 건너뛰었다. 점심 무렵 어머니가 우유통을 외양간에서 부엌으로 가져왔다. 우유에서 거품이 일었다. 나는 통 안의 우유가 발그스름한지 보았다. 틀림없이 우유에 피가 섞여 있을 거라고 생각했다. 우유통은 따뜻했다. 나는 양손으로 통을 감싸고서 오랫동안 바싹 달라붙어 있었다.

젖소는 며칠 동안 텅 빈 밀짚을 향해 음매음매 울었다. 먹이에 입도 대지 않고, 며칠 동안 물만, 차가운 물만 홀짝거렸다. 물통에 머리를 귀 끝까지 푹 담그고서 물을 마셨다. 어머니는 점심때마다 새로 짠 따뜻한 우유를 부엌으로 가져왔다. 누가 나를 강제로 데려가 도살하면 어머니도 슬퍼할 거냐고 나는 대뜸 물었다.

나는 찬장 문에 나가떨어졌다. 윗입술이 부르트고 팔에 보랏빛 멍이 들었다. 따귀를 맞아서였다.

어머니는 내가 이제 울 만큼 울었다고 말했다. 그러니 당장 울음을 그치고 공손한 얼굴로 대화에 응하라는 것이었다. 아이들은 절대 부모에게 불만을 품어서는 안 되었다. 부모가 무슨 일을 하든 아이들은 당연하게 받아들여야 했다. 괜히 내가 따귀 맞을 짓을 했다는 것을 스스로 깨달아야 했다. 회초리가 빗나가면 아깝기밖에 더하냐는 것이었다. 할머니가 커다란 비를 들고 왔다. 내가 찬장에 부딪히면서 그릇 하나가 바닥으로 떨어졌다.

할머니가 바닥을 쓸기 시작했다.

어머니가 할머니 손에서 빗자루를 낚아채어 내 앞에 들이밀었다. 나는 그릇 조각을 쓸어모았다. 눈물이 펑펑 쏟아져서 부엌이 온통 흐릿해 보였다.

빗자루가 나보다도 컸다. 빗자루가 눈앞에서 오락가락했다. 빗자루가 빙빙 돌고 부엌이 빙빙 돌았다.

어머니가 얼굴을 잔뜩 찌푸렸다. 어서 쓸어.

슈바벤 치마를 입은 어머니들이 길을 간다. 슈바벤 치마를 짓는 데는 옷감 한 두루마리가 통째로 든다. 슈바벤 치마를 입고 길을 가면, 치맛주름이 마치 마을의 지붕들을 거만하게 내려다보며 마을을 풀 속으로 내리누르는 무성한 수관樹冠 같았다. 바람이 불면 그 수관들은 지붕을 때리고 기와를 부쉈다. 어머니들은 다림질한 흰 손수건을 앞치마 끈 아래 찔러넣었다. 오늘 아침 어머니들은 울기 위해 침대에서 일어났으며, 울기 위해 아침을 먹고 점심을 먹었다.

어머니들은 손을 놀려 집안일을 해치우면서, 머릿속으로는 자기 자신에게서 어디론가 도망칠 궁리만 한다. 하루 동안 자신에게서 벗어나 나무와 수건과 양철의 집 안 살림 속으로 도피한다.

그러다 정오 무렵, 앞치마와 덧옷의 끈을 풀어 바닥에 벗어놓는다. 그리고 옷장에서 검은 옷을 꺼낸다.

옷장으로 걸어가면서 자신의 벗은 몸을 보지 않으려고 천장을 올려다본다. 언제 어느 방에서 남부끄럽거나 수치스러운 일이 일어날지 모르기 때문이다. 알몸은 그저 거울에만 비춰봐야 하고, 스타킹을 신을 때는 내 피부에 손이 닿는구나 하고 생각해야 한다. 옷을 입고 있으면 사람이지만, 옷을 입고 있지 않으면 사람이 아니다. 그저 한 겹의 피부일 뿐이다.

어머니들은 울기 위해 신발에서부터 빳빳한 두건의 술장식에 이르기까지 검은색 일색으로 차려입는다. 그러고는 주름에 둘러싸여 흔들흔들 걸어간다.

딸들은 겉으로만 슈바벤 옷에서 벗어난 듯 보일 뿐, 그들의 몸

놀림에는 슈바벤 옷감의 흔적이 배어 있다. 몸은 말랐는데도 옷이 맞지 않는 듯하고 옷과 따로 노는 듯하다. 뇌는 슈바벤 옷을 입고 있다.

몸에 꼭 끼는 옷을 입고 맨다리를 드러낸 딸들이, 그늘을 드리우며 흔들거리는 덧옷을 말없이 총총걸음으로 뒤따른다. 딸들도 검은 신발, 검은 스타킹을 신고, 검은 옷을 입고 있다. 하지만 딸들의 스타킹은 훤히 비친다.

딸들은 세모 모양의 커다랗고 검은 에나멜 핸드백을 들고 있다. 반질반질 빛나는 핸드백은 양철로 만들어진 듯 뻣뻣하게 이리저리 흔들린다. 핸드백은 홀쭉하다. 그 안에는 바닥에서 딸랑거리는 동전 몇 개와 손수건, 묵주뿐이다.

딸들은 자신들이 왜 핸드백을 들고 다녀야 하는지 모른다. 핸드백을 드는 것은 빗자루나 곡괭이나 부엌칼을 다루는 것과도 상관없고, 가축이나 아이들을 혼내주는 것과도 상관없기 때문이다. 딸들은 핸드백을 손에 들고 몇 걸음 걷다가 팔에 걸친다. 핸드백은 마치 뾰족한 고리에 걸리듯 팔에 매달려 대롱거린다. 딸들이 걸음을 옮기면 핸드백이 펑퍼짐한 엉덩이를 툭툭 친다.

딸들은 숨 막힐 듯 무더운 날씨인데도 머리에 검은 두건을 썼다. 머리카락이 금발이라서, 아니 흑발이더라도 울기에는 충분히 검지 않기 때문이다.

그들은 검은 새떼처럼 야간경비원이 사는 집으로 들어간다. 마당을 지르밟고 열린 여름부엌문을 지나면서, 아직 들보에 매달려 있는 새끼줄을 바라본다.

그들은 표정 없는 커다란 눈을 더욱 커다랗게 뜨고 으스스 몸을 떨며 촛불이 켜진 방 안으로 들어간다. 방 안은 플라스틱 꽃과 시신 냄새로 가득 차 있다. 산 사람들의 기도와 죽은 사람의 영혼이 천국에 이를 수 있도록 검은 슈바벤 앞치마로 가려둔 문 뒤의 거울 속에 사탄이 꼼짝 않고 서 있다. 어머니들과 딸들은 상록수 가지에 성수를 묻혀 관에 뿌린다. 성수가 곱고 섬세한 헝겊 사이로 스며들어 죽은 사람의 광대뼈를 지나 으깨진 목으로 흘러내린다. 얼굴이 누르스름한 초록빛 밀랍처럼 보인다.

그들은 눈으로 의자를 찾는다. 어머니들은 의자에 앉으면서 치맛주름을 잡아당기고, 딸들은 세모난 핸드백을 허벅지 위에 가지런히 놓는다. 어머니들은 코를 훌쩍이며 그릇처럼 쩔그렁거리는 묵주를 손에 감고, 딸들은 손수건으로 눈언저리를 토닥거리며 억지로 눈물을 흘리려 한다.

어머니들과 딸들이 마당으로 나온다. 남자들이 둘씩 짝을 지어 앞장서서 거리로 나간다. 여자들이 둘씩 짝을 지어 팔짱을 끼고 그 뒤를 따른다.

커다란 관악기가 햇빛에 반짝인다.

음악이 담벼락에 부딪혀 산산이 흩어졌다가, 길이 끝나는 곳에서 한 번 더 마을을 덮친다.

시신을 실은 검은 마차에 올라탄 검은 마부가 검은 말에 채찍질을 한다. 파리가 말들의 다리에 새까맣게 붙어 있다. 말들이 마부의 얼굴 앞으로 엉덩이를 쭉 내밀고 걸음을 뗀다. 소변을 먼지 속으로 졸졸 흘려보내며, 요란한 음악 소리에 겁을 집어먹는다. 당황한 나머지 발이 엇갈린다.

신부가 향로를 철렁철렁 흔들며 성당을 지나친다. 하느님이 생명을 거두어가시고 죽음을 내리실 때까지 충직하게 기다리지 않은 사람들, 하느님을 두려워하지 않고 스스로 목숨을 끊은 사람들은 성당 안으로 데리고 들어가서는 안 되기 때문이다.

묘지 높이 솟은 커다란 흰 대리석 십자가 위로 새까만 까마귀 떼가 날개를 퍼덕이며 날아간다. 참새들이 길 양편에 늘어선 스피노자자두나무에서 들판으로 무리 지어 날아간다.

무덤 앞에서 신부가 향불로 커다란 하얀 괴물을 만들어내 허공으로 날려 보낸다. 그러면서 종교시간에 벼룩의 피로 립스틱을 만든다고 이야기할 때와 같은 목소리로 노래한다. 신부가 커다란 흙덩이를 관 뚜껑에 던진다. 무덤 파는 인부들이 화주병을 윗도리 호주머니에 찔러넣고 양손에 침을 탁 뱉는다. 삽으로 축축한 봉분을 쌓는다. 조문객들 무리가 마을로 흩어져 울타리들과 집들 사이로 슬며시 사라진다. 거리가 텅 빈다. 해가 뿌옇고 빨간 얼굴을 한 채 옥수수 들판으로 자취를 감춘다.

마을은 이따금 마을 사람들을 두려워한다.

마을이 스산하게 아름다워진다.

마을에는 이제 중심이 없다. 정원에는 열기와 함께 몰려온 땅거미가 부풀어오르기 시작한다. 들풀이 노랗게 빛나는 꽃봉오리를 오므린다.

어쩌다 가끔 조용한 저녁이 있었다.

마을은 정적에 감싸여 있었다. 저녁이 검은 부대자루를 활짝 펼쳤다. 자루는 텅 비어 있었다. 헛간들도 두려움에 떨었다.

사방의 울타리에 밤이 등을 기대고 있었다.

내 신발이 조심조심 마당을 향해 걸음을 옮겼다. 언제 덫에 걸릴지 알 수 없었다.

나무 사이로 바람 한 점 불지 않았다. 고양이 한 마리만 나뭇가지에서 폴짝 뛰어올랐다. 고양이는 허공에서 몸을 쭉 뻗었다. 네 다리가 몸뚱이에서 떨어져나갔다. 땅바닥으로 떨어지기 직전, 고양이는 다리들을 다시 찾아내 사뿐히 내려섰다.

어디로 걸음을 내디뎌도 나와 사물들 사이를 유리가 가로막고 있었다.

유리에 비친 수없이 많은 영상들 속에 많은 고양이들이 앉아 있었다. 그러더니 맨발의 내 모습이 보였다.

날이 저물면서 비가 그쳤다. 밤이 세상을 뒤덮었다.

비가 오면, 할머니는 포석을 때리는 빗방울을 보고 비가 얼마나 더 내릴지 알았다.

또 젖소와 말, 파리, 개미를 보고서도 언제 비가 올지 미리 알았다. 오늘은 비바람이 불겠어, 할머니가 이렇게 말하면 그 이튿날 비가 왔다. 할머니는 빗속으로 팔을 쭉 내밀고는 빗물이 팔꿈치를 타고 뚝뚝 떨어질 때까지 가만히 서 있었다. 손이 비에 젖으면 아예 빗속으로 걸어나갔다.

비가 오면, 할머니는 늘 일거리를 찾으며 온몸이 흠뻑 젖을 때까지 마당에 있었다. 두건을 쓰지 않은 할머니의 모습을 평소에는 볼 기회가 별로 없지만, 그런 날에는 두툼하게 땋아올린 할머니의 머리카락을 볼 수 있었다. 물기를 잔뜩 머금은 머리가 무게를 이기지 못하고 아래로 처졌다.

채소밭에서 야생 자두 냄새가 내 얼굴로 날아왔다. 숨을 들이쉬면, 자두 냄새가 입 안을 씁쓰름하게 맴돌았다. 풀덤불이 할머니의 몸에 달라붙어 질질 끌려왔다. 빗물이 뚝뚝 떨어졌다.

나는 축축한 공기로 지은 옷을 입었다. 문 옆에 커다란 신발 한 켤레가 놓여 있었다. 집 안의 물건마다 임자가 있고, 그 신발의 임자는 아버지였다. 특히 옷과 신발, 침대는 모두 임자가 각기 따로 있었다. 침대나 방의 임자가 바뀌는 일은 단 하룻밤도 없었다. 점심 식탁의 자리 또한 단 한 번도 바뀌지 않았고, 아침에 할아버지와 아버지의 옷 또한 단 한 번도 바뀌지 않았다. 오직 나만, 어머니가 일할 때, 가끔 낡은 펠트 슬리퍼나 아버지의 기름 묻은 구두를 신고 나프탈렌 냄새 나는 할머니의 숄을 어깨에 두른 채 집 안을 돌아다녔다.

두꺼비가 포석 위를 폴짝폴짝 뛰어갔다. 두꺼비 살갗은 지나치게 늘어진데다가 온통 주름이 자글자글했다. 두꺼비는 딸기 사이로 기어들어갔다. 생기 없이 늘어진 살갗 덕분에 딸기 이파리 하나 바스락거리지 않았다.

나는 추웠다.

너무 추워서 광대뼈가 삐걱거렸다. 이가 시렸다. 눈동자가 시렸다. 머리카락이 아팠다. 머리카락이 머릿속에 얼마나 깊이 박혀 있는지 느껴졌다. 머리카락 뿌리까지 흠뻑 젖었거나 아니면 그냥 추운 것일 수도 있었다. 어쨌든 그게 그거였다. 어쩌면 머리카락이 길고 무거웠기 때문인지도 몰랐다.

나는 깜깜한 밤을 마당에 가두었다. 집 안은 따뜻하고 보송보

송했다. 손끝에 와 닿는 나뭇결이 기분 좋게 느껴졌다. 나는 나뭇결을 여러 번 쓰다듬다가, 문득 문을 쓰다듬고 있다는 걸 깨닫고 깜짝 놀랐다. 나는 두 발을 가지런히 모으고 아버지의 구두에서 발을 빼고 복도를 디뎠다. 양말 신은 발로 맨바닥에 내려섰다. 발목이 서둘러 앞장서서 부엌으로 달려갔다. 나는 부엌문을 열고 오들오들 떨었다. 어머니가 밖이 춥냐고, 또 춥냐고 물었다. 어머니는 또라는 말을 강조했다. 나는 밖이 춥기는 하지만, 추운 것도 날마다 다르기 때문에 또 춥지는 않다고 생각했다. 추운 것도 매번 다르다. 날마다 서리가 잔뜩 내리면서 새로운 추위가 닥친다. 또 무섭더냐, 어머니가 물었다.

어머니와 아버지는 벌써 저녁을 먹었다.

할머니와 할아버지는 방으로 들어가고 없었다. 벽 너머에서 라디오 소리가 들려왔다.

부엌 식탁 위에 절인 양배추와 훈제 소시지를 담은 접시가 보였다. 소시지 껍질과 빵 부스러기가 식탁에 떨어져 있었다. 아버지는 의자를 뒤로 멀찌감치 밀쳐두고 벽에 기대고 서서 성냥개비로 이를 쑤시고 있었다.

그런 저녁이면 나는 아버지의 머리를 빗길 수 있었다. 아버지는 머리숱이 많았다. 아버지 머리카락 사이로 손을 집어넣으면 손목까지 가려 보이지 않을 정도였다. 아버지의 머리카락은 거칠고 굵었다. 이따금 머리카락 한 올이 살을 찔렀고, 그러면 온 몸에 소름이 쫙 끼쳤다.

나는 아버지의 흰머리를 찾았다. 흰머리를 찾으면 뽑아도 되었지만, 흰머리는 별로 많지 않았다. 하나도 찾지 못하는 날도 있었다.

나는 아버지의 머리에 가르마를 타고 리본으로 묶고 철사로 만든 머리핀을 깊숙이 찔러도 되었다. 아버지의 머리에 두건을 씌우고 어깨에 숄을 두르고 목걸이를 걸어도 되었다.

다만 아버지의 얼굴에 손을 대서는 안 되었다.

그런데도 아버지의 얼굴에 손이 닿으면, 어쩌다 실수로 그런 일이 일어나게 되면, 아버지는 리본과 핀, 두건, 목걸이를 잡아 빼서 바닥에 내동댕이치고는 나를 팔꿈치로 밀어내며 버럭 소리를 질렀다. 이제 저리 가. 그럴 때마다 나는 바닥에 나가떨어져 울음을 터뜨리며 나에겐 부모가 없다고 생각했다. 그런 순간이면 이 두 사람이 나하고는 아무 상관 없는 존재라는 생각이 들었으며, 내가 어째서 이 집에, 이 부엌에 이 사람들과 함께 있는지 나 자신에게 물었다. 내가 어째서 이 사람들과 한솥밥을 먹고 이 사람들의 습관을 따라야 하는지 물었다. 어째서 여기를 벗어나 다른 마을로, 낯선 이들에게로 도망치지 않는지. 집집마다 잠시 머물다가 사람들이 고약하게 굴기 전에 얼른 다시 떠나면 될 텐데.

아버지는 아무 말도 하지 않았다. 나는 아버지가 얼굴에 손이 닿으면 무척 질색하는 걸 명심해야 했다. 그것은 나에게 죽음을 의미했다.

나는 아버지의 뺨이나 코에서 손이 자라나길 빌었다. 그러면 아버지는 그 손을 절대로 뿌리칠 수 없어 항상 달고 다녀야 할 것이었다. 아버지는 세수할 때만 얼굴에 손을 대었다. 하지만 그 손은 아버지의 손이었고, 얼굴에 손보다는 비누와 비누거품이 더 많았다. 아버지의 분노가 광대뼈와 턱에서 꿈틀거렸다.

아버지는 너랑 놀기 좋아하셔, 어머니가 말했다. 그런데 왜 항상 망쳐버리니. 이제 그만 울어라.

나는 뭐라고 대답하고 싶었지만, 혀가 입 안을 틀어막아 단 한 마디도 나오지 않았다.

나는 내 손을 바라보았다. 손은 마치 토막난 듯 꿈쩍 않고 내 앞의 창틀에 놓여 있었다. 손톱이 또 더러워졌다. 손의 냄새를 맡아보았지만, 무슨 냄새인지 딱히 말할 수 없었다. 더러움은 냄새가 없었고, 내 살갗도 냄새가 없었다.

손가락이 몹시 차가운 것 같아서 이리저리 꼼지락거려보았다. 나는 바닥에 쓰러지고 싶었지만, 꼿꼿하게 의자에 앉아 있었다.

빨간 리본이 식탁 다리 옆에 떨어져 있었다. 나는 리본을 주워 창틀에 올려놓았다. 하지만 금방 도로 집어들고는 그것을 마구 짓이겼다. 나는 철사 핀으로 손톱 소제를 하면서 손톱이 참 넓적하다고 생각했다.

아버지의 얼굴은 신문에 가려 보이지 않았다. 아버지는 글자 사이로 엉금엉금 기어다녔다. 벽 너머에서 할아버지의 라디오가 아데나워*에 대해 말하고 있었다. 어머니는 하얀 헝겊에 바느질을 했다. 바늘이 어머니의 이마와 무릎 사이에서 오르락내리락했다. 늘 그랬듯 어머니와 아버지는 서로 거의 말이 없었다. 어쩌다 몇 마디 나누면, 대부분 젖소나 돈에 대한 것이었다. 두 분은 낮에는 일하느라 서로 얼굴을 보지 못했고, 밤에는 등을 맞대고 자느라 서로 얼굴을 보지 못했다.

어머니는 벽걸이용 수건을 만들었다. 화덕 위에 걸려 있는 수건은 빨랫줄의 녹이 많이 묻은데다 이미 해졌다. 벽걸이용 수건에서 화덕을 굽어보는 여자는 눈이 하나뿐이었다. 나머지 눈과 코 한 귀퉁이는 세탁기 속에서 영영 나오지 못했다. 여자는 그릇과 조리용 숟가락을 양손에 들고 머리에는 꽃을 꽂고 있었다.

여자는 하이힐을 신고 있었는데, 그 하이힐이 내 맘에 쏙 들었

---

* 콘라트 아데나워. 독일의 정치가. 1949년부터 1963년까지 독일연방공화국의 초대 수상을 지냈다.

다. 구두 아래 이런 글귀가 수놓여 있었다. 사랑하는 당신, 제 말 명심하세요. 술집, 포도주와 맥주를 멀리하세요. 저녁은 꼭 집에서 드세요. 당신의 아내를 사랑하세요. 그러지 않으면 모든 게 끝이에요.

어머니는 벽걸이용 수건을 집 안 곳곳에 걸어두었다. 부엌 식탁 위의 수건에는 사과와 배, 포도주 병과 목 없는 통닭구이가 수놓여 있었다. 그 아래는 이런 글귀가 있었다. 맛 좋은 음식은 시름을 잊게 한다. 사람들 모두 이 문구를 좋아했다. 우리 집을 찾아오는 사람들도 이 문구를 수놓고 싶어해서 어머니는 신문지 조각에 문구를 수도 없이 써주었다.

어머니는 벽걸이용 수건들이 참 교훈적이라고 말했다.

어머니는 집 안을 깨끗이 치운 다음, 밖이 너무 춥고 깜깜해서 마당에 나갈 수 없는 저녁에만 바느질을 했다.

낮에는 도통 바느질할 시간이 없었다. 어머니는 시간이 없어서 할 일을 다 못한다고 날마다 입버릇처럼 말했다. 바느질은 일이 아니었고, 그래서 저녁에 바느질을 했다.

어머니는 고된 일에서 도무지 헤어나지 못했다. 그런데도 마을 사람들은 어머니가 부지런하다고 칭찬하지 않았다. 다만 이웃집 여자는 아무짝에도 쓸모없어서 훤한 대낮에 빈둥빈둥 책이나 읽으며 집 안 살림을 난장판으로 만든다고 말했을 뿐이다. 그런 꼴을 두고 보는 남편도 똑같이 아무짝에도 쓸모없는 인간이라고 말했다.

어머니가 무릎을 꿇고서 미끄러지듯 마루 위를 움직인다.

나는 어머니를 알아보지 못한다. 어머니가 점점 더 어머니 자신이 되고 점점 더 동작 그 자체가 되기 때문이다.

어머니 앞의 마룻바닥이 반들반들 빛난다.

어머니의 눈이 요리조리 살핀다. 눈 속의 검은 반점 같은 동공이 빙글빙글 돈다. 온종일 동작으로 지내지 않을 땐, 어머니의 눈은 잔잔하고 아름답다.

어머니의 시선이 양동이와 마룻바닥 사이를 오간다.

어느 날 어머니는 마룻바닥에 쌓인 모래 꿈을 꾸었다. 어머니는 모래 더미 한복판에 무릎을 꿇고 길을 말끔하게 닦는다. 모래가 손톱 밑을 파고든다. 모래가 마르면서 다시 수북이 쌓인다. 어느 날 밤 어머니는 그런 꿈을 꾸었다. 아침에 꿈 이야기를 하면서 웃었지만, 꿈속의 영상들은 어머니의 살갗을 아프게 파고들었다.

어머니가 허구한 날 열심히 물로 닦아대는 바람에 온 집 안의 마룻바닥이 썩어들어갔다. 나무를 갉아 먹는 벌레가 습기를 피해 문으로, 식탁으로, 문손잡이로 숨어들었다. 가족사진을 걸어둔 액자도 벌레가 홈을 파먹어 가루가 묻어났다. 어머니는 새로 산 비로 가루를 쓸어냈다.

어머니는 항상 빗자루 장수 하인리히에게서 비를 샀다. 어머니의 빗자루는 투박하고 기름때로 범벅지고 설탕이 눌어붙어 끈적거렸다. 빗자루 장수의 아내는 날이면 날마다 케이크나 빵을 구웠다. 어떤 날은 크라펜*을 만들었고, 또 어떤 날은 달팽이빵을 구웠다. 케이크가 다 구워졌는데도 이스트 냄새가 물씬 났다.

온 집 안이 설탕과 이스트 천지였다. 화덕 위에 이스트를 녹인 우유 냄비가 있었는데, 냄비 가장자리에서 뿌연 기포 하나가 크게 부풀었다. 그것은 마치 누군가를 삐딱하게 꼬나보는 사람의 눈처럼 보였다.

빗자루 장수의 아내는 집 안에서 고양이 일곱 마리를 키웠다. 고양이들은 이름이 없는데도, 서로 누가 누구인지 잘 알았다. 빗자루 장수 부부도 그걸 잘 알았다. 가장 어린 새끼고양이는 달걀 바구니에서 잠을 잤는데, 아직까지 달걀을 깬 적은 한 번도 없었다. 가장 늙은 고양이는 십자 모양의 식탁 다리 받침 위에서 잠을 잤다. 식탁 다리 양옆으로 고양이 배가 늘어져 있었다. 고양이는 자면서 코를 골았고, 그럴 때마다 빗자루 장수는 고양이가 늙은 탓이라고 말했다. 고양이가 도대체 몇 살이냐고 사람들이 물으면, 빗자루 장수는 아주 늙었다고 대답하면서 시선을 피했

---

* 과일잼 등으로 속을 넣고 기름에 튀긴 빵.

다. 그러고는 얼른 허리를 숙이고 일감을 찾았다. 고개를 아래로 향하고 엉덩이를 위로 높이 치켜들었다.

겨울에 태어난 새끼고양이들은 뜨거운 물이 든 양동이에 빠져 죽었다. 여름에 태어난 새끼고양이들은 차가운 물이 든 양동이에 빠져 죽었다. 겨울과 여름에 죽은 고양이들은 각기 겨울과 여름에 거름 더미 속 깊이 묻혔다.

여름이면 빗자루를 만드는 잔가지들이 무성하고 길게 자랐다. 줄기들이 집보다도 높았다. 바람이 불어와도 정원을 뚫고 나갈 수 없었다. 길을 잃고 헤맸다. 잔가지들을 뿌리치려 들면 갈가리 찢어졌다.

밤에 뜰에서 바스락거리는 소리가 들리면, 빗자루 장수는 잠에서 깨어 부엌의 양탄자 위를 서성였다.

그러고는 이튿날 아침에 낫으로 잔가지를 잘라 다발을 만들었다.

빗자루 장수는 한동안 잔가지를 자르고 한동안 술을 들이켰다. 저녁 무렵에는 한동안 허공을 응시하고 한동안 술을 들이켰고, 그러고 나서는 또다시 허공을 응시하며 한동안 들이켰다. 그리고 또다시 술을 들이켰으며, 잔가지들을 묶는 일은 이미 오래전에 끝냈는데도 뜰에 그대로 머물러 있었다. 빗자루 장수는 늘 화주병을 윗도리 속에 지니고 다녔다. 빗자루 장수의 땀에서도,

뜰에 촬촬 누는 오줌에서도 화주 냄새가 났다.

땀에 흠뻑 젖 셔츠 안에서 바람이 장난을 쳤다.

덩그러니 빈 뜰은 마치 커다란 구덩이 같았다. 빗자루 장수의 신발은 그 구덩이 안에서 빠져나오지 못했다. 걸음을 떼는데 무릎이 맞부딪쳤다. 발이 꼬이고 엇갈렸다. 눈앞에 신발들이 어른거렸는데, 빗자루 장수와는 상관없는 것들이었다. 그는 마찬가지로 자신과는 별 상관없는 신발들로 계속 그 신발들을 밟았다. 그 많은 신발들 가운데 어느 것도 그의 신발이 아니었고, 그 많은 다리들 가운데 어느 것도 그의 다리가 아니었다.

빗자루 장수는 울타리에 몸을 기대고서 마을을 바라보았다. 마을의 집들은 거기에 지은 게 아니라 어딘가에서 가져다놓은 듯, 날라온 듯 보였다.

고양이들은 지금 집 안에서 잠을 자거나 가르랑거리거나 먹이를 먹고 있다. 마당으로 나갈 때면 부스스한 털과 뻣뻣한 다리로 문턱을 넘는다. 몸에 약간의 온기가 다시 돌 때까지 털을 곤두세운다.

저녁이면 고양이들은 젖소의 뒷다리를 에워싸고 앉아, 우유를 짜는 빗자루 장수 아내의 손을 바라본다. 고양이들은 뱃속이 답답해져서 조급하게 혀를 깨문다.

고양이들의 시선은 우유 짜는 손가락에서 떨어질 줄 모른다.

소의 젖통에서 뽀얀 우유가 튄다. 고양이들의 눈이 포도알처럼 멍하니 투명해진다. 빗자루 장수의 아내가 우유통을 다리 사이에 꼭 낀다. 아랫입술을 꽉 문다. 길게 꼭 다문 입이 일자를 그린다. 코밑의 혈관이 부풀어오른다. 빗자루 장수의 아내는 이마로 젖소의 배를 누른다. 젖소가 여물통에 고개를 처박고 여물을 먹는다. 이따금 지저분한 꼬리로 맥없이 원을 그린다. 다리가 짚더미 위에 버티고 서 있다.

빗자루 장수의 아내는 우유를 짤 때 앉는 의자를 치운다. 우유통을 들고, 커다란 그릇에 거품이 이는 우유를 따른다. 빵을 자른다.

빗자루 장수의 아내가 그릇을 바닥에 내려놓는다. 고양이들이 빗자루 장수 아내의 팔을 폴짝 뛰어넘어 그릇 주위로 모여든다. 탐욕스럽게 신음소리를 낸다. 혀가 더욱 길어지고 빨개진다. 힘이 달리는 고양이들은 그릇 가까이 가지 못한 채 서 있다. 보기만 해도 배가 부르다는 듯 뒤에서 바라만 보고 있다.

겨울밤에는 고양이들이 다락방 층계를 지나 지붕 아래까지 올라간다. 반짝이는 눈을 앞세운 채로. 고양이들은 밀가루 상자 안에 주둥이를 들이밀거나 훈제실을 어슬렁거린다. 넙적한 베이컨에 코를 박고 짭짤한 가장자리를 핥아 먹는다. 그러다 다시 아래층으로 내려오면, 수염에는 벌레들의 등딱지와 말벌들의 껍질이 붙어 있고 귓속에는 돼지기름이 지저분하게 묻어 있다.

완성된 빗자루들은 언제나 자루를 아래로 향한 채 통로 벽에 기대세워져 있었다. 고양이들은 그 빗자루들 사이를 지나다녔다. 그러다 빗자루를 넘어뜨려 단단하게 다져진 흙바닥에서 먼지 구름이 일었다. 고양이는 통로 문을 단숨에 뛰어넘고 도망갔다.

어머니는 세워져 있는 빗자루들 가운데 하나를 다달이 샀다. 빗자루들에서는 항상 크라펜과 자두 술 냄새가 났으며, 항상 먼지가 수북하고 작은 거미들이 득실거렸다.

어머니는 새 빗자루를 들고 대문에 들어서자마자 곧장 우물가로 가서 빗자루에 물을 흠뻑 들이부었다. 깨끗한 물이 빗자루 속으로 흘러들어갔고, 지저분한 물이 마당으로 흘러나왔다.

어머니가 빗자루로 울타리를 두드리면 판자들은 신음을 내뱉었고, 잔가지에서 작고 반짝거리는 씨앗들이 포석 위로 튀어나와 돌 위로 떼구루루 굴러갔다. 그러다 마침내 멈추면 더는 눈에 띄지도 않고, 더는 반짝거리지도 않게 된다.

어머니는 새로 산 비로 맨 먼저 벽을 쓴다.

어머니는 방, 부엌, 앞마당, 뒷마당, 외양간, 돼지우리, 닭장, 땔감창고, 헛간을 쓰는 비를 따로 하나씩 가지고 있다. 집 안의 바닥을 쓰는 비, 훈제실을 쓰는 비도 있고, 골목을 쓰는 비도 따로 두 개나 있다. 하나로는 포석을 쓸고, 다른 하나로는 풀밭을 쓴다.

어머니는 여름철에 떨어지는 나뭇잎을 쓰는 비도 여러 자루 가지고 있고, 겨울철에 마당과 길에 수북이 쌓이는 눈을 쓰는 비도 여러 자루 가지고 있다. 그런 비들은 모두 자루가 길다. 어머니는 자루가 짧은 비도 많이 가지고 있다. 서랍 안에는 빵 부스러기를 쓰는 비가 있고, 창틀에는 양탄자를 터는 비가 있고, 부부 침대 사이에는 침대 시트를 터는 비가 있다. 옷장 안에는 옷을 터는 비가 있고, 옷장 위에는 가구의 먼지를 터는 비도 있다.

어머니는 어머니의 비로 온 집 안을 깨끗이 청소한다.

어머니는 비로 벽시계의 먼지를 턴다. 시계 문을 열고 숫자판의 먼지도 턴다. 어머니는 물 항아리와 촛대, 전등갓, 안경집, 약 상자를 아주 작은 비로 깨끗이 쓴다. 라디오 스위치와 기도서 표지와 가족사진도 깨끗이 쓴다.

어머니는 새로 산 기다란 비로 벽을 쓴다.

거미들의 몸통에 붙은 거미줄을 떼어낸다. 거미들은 가구 아래로 도망친다. 어머니는 가구 아래서 거미들을 찾아내어 발랑 뒤집어놓고 엄지손가락으로 눌러 죽인다.

어머니가 새 수건을 벽에 건다. 아침 시간은 천금의 값어치가 있다. 이 글귀 위로, 새 한 마리가 부리를 활짝 벌린 채 초록색 구름 속에서 나오고 있다. 나는 처음으로 세상을 보는 법을 배웠을 때부터 이 새를 보았다. 이 새에 대한 이야기는 훨씬 나중에야 들었다. 이 새는 방에 아무도 없을 때만 노래한다. 누군가 방에 들어오면 노래를 멈춘다. 그리고 노래를 부르지 않을 때도 부리를 크게 벌리고 있다.

그런데 한번은 그 새가 부리를 다문 적이 있다. 나는 후다닥 달려가 할머니를 데려왔다. 하지만 할머니와 함께 침대 옆으로 돌아왔을 때는 부리가 다시 활짝 벌어져 있었다. 새가 한 눈을 찡긋했다. 그러나 그 말은 할머니에게 하지 않았다. 그러잖아도 할머니는 뒷마당에서 어이없이 끌려오는 바람에 잔뜩 화가 나 있었기 때문이다. 할머니는 내 귀를 잡아당기며 뽑아버리겠다고 소리쳤다.

어머니가 창문을 떼어내 커다란 양철통에 넣고 닦는다. 창문이 어찌나 깨끗한지 온 마을이 물에 비치는 것만 같다. 창문이 물로 만들어진 듯 보인다. 마을도 물로 만들어진 듯 보인다. 유리창에 비친 마을을 오래 바라보고 있으면 어지럽다.

모든 것이 깨끗하다. 어머니는 방문과 창문을 닫고 블라인드를 내린다. 온 집 안이 적막과 어둠에 휩싸인다. 파리들도 당황스러운 듯 왱왱거리며 아직 열려 있는 문으로 날아간다. 어머니는 그 문마저 닫는다. 어머니는 마치 집에서 쫓겨난 듯 한동안

마당에 서 있다. 강렬한 햇빛 때문에 한동안 눈이 부시다. 어머니는 한 손으로 이마를 가린다.

처마의 홈통에서 짹짹거리는 소리가 들린다. 참새들이 둥지를 틀었다. 어머니는 또 세상을 보는 법을 배운다. 어머니는 긴 사다리를 가지러 벌써 뒷마당으로 가고 있다.

참새 둥지는 작고 엉성하다. 그 둥지가 어머니의 빗자루에 매달려 땅에 떨어진다. 조글조글한 잿빛 몸뚱이에서 터져나온 비명이 포석에 부딪친다. 고양이가 뒷다리로 서 있다. 뒤로 길게 늘어진 꼬리가 꼼짝도 하지 않는다. 새끼 새들은 아직까지 목청껏 짹짹거리고 있다. 아직은 목구멍으로 저항한다. 고양이가 유유히 해를 올려다본다.

나는 살구나무 아래 서 있다. 땅바닥에 벌레똥이 잔뜩 널려 있다. 파란 점이 박히고 초록색 털이 난 통통한 벌레들이 이따금 마당으로 기어내려온다. 벌레들은 창자도 초록색이다. 나는 벌레만 보면 소리를 지르고, 그러면 할아버지가 달려와 벌레를 발로 밟아 죽인다. 벌레들은 병든 나무로 찾아간다고 할아버지는 말한다. 우리 집 살구나무들은 병이 들었다. 나는 노르스름한 살구를 보면서, 병든 살구라는 생각을 한다. 나도 살구병에 걸리고 싶어서 병든 살구를 먹는다. 나는 할아버지를 바라본다. 할아버지도 살구병에 걸렸다는 걸 알 수 있다. 할아버지는 다시 일하러

간다.

어머니는 여전히 긴 사다리 위에 서 있다. 사다리의 디딤판이 어머니의 발바닥을 넓적하게 누른다. 어머니는 그 발바닥으로 내 위에 서 있다. 내 얼굴을 짓밟는다. 내 눈을 밟고 누른다. 내 눈동자를 흰자위 속에 밀어넣는다. 어머니의 발바닥에는 검푸른 오디 얼룩이 묻어 있다.

어머니가 비스듬히 나를 내려다본다. 반쪽만 보이는 어머니의 얼굴은 반달처럼 크고 차가워 보인다. 어머니의 얼굴은 반쪽뿐이고, 그 얼굴의 눈은 마치 가늘게 찢어진 틈새처럼 보인다. 사다리가 흔들리고, 어머니는 마을 위에서 그네를 탄다. 어머니는 하늘에 있는 죽은 자들을 손으로 만질 수 있다.

마을 위의 대기가 뜨겁게 달아오른다. 공중에 새 한 마리 날지 않는다. 늦은 오후다.

대문이 삐걱거린다. 아버지가 들어온다. 아버지가 벌써 온 것이다. 오늘은 아버지가 똑바로 걷는다. 오늘은 술에 취하지 않았다. 가슴이 설렘으로 쿵쿵 뛴다. 나는 저녁이 되길 기다린다. 내 설렘에는 두려움이 섞여 있다. 가슴이 설레면서도 두려워 쿵쿵 뛴다. 더는 설레지 못할까봐 두려워 쿵쿵 뛰고, 두려움과 설렘이 하나일까봐 두려워 쿵쿵 뛴다.

나는 저녁을 먹으려고 애쓴다. 이가 맞물리지 않는다. 입 안의 침이 마치 내 것이 아닌 것만 같다. 물도 삼키기 어렵다.

조용히 넘어가는 날이 별로 없는데, 어쩌면 오늘 저녁은 그런 날일지도 모른다. 어쩌면 다시 아버지의 머리를 빗길 수 있을지도 모른다. 어쩌면 흰머리를 찾아내어 뽑을 수 있을지도 모른다.

어쩌면 아버지의 머리를 빨간 리본으로 묶을 수도 있지 않을까. 오늘은 아버지의 관자놀이에 손대지 말아야지.

다시는 아버지의 얼굴을 건드리지 않을 것이다. 그것은 아버지에게 죽음을 의미한다.

할머니가 또 우물가에서 넘어졌고, 나는 깔깔 웃었다. 할머니가 그렇게 세게 넘어진 것은 돌이 미끄러워서가 아니라 내가 깔깔 웃어서라는 걸 나도 알고 있었다.

그 때문에 할머니는 팔에 깁스를 했다. 여름 내내 그러고 다녔다. 깁스 끝에 할머니의 손, 원래 손이 삐죽 나왔다. 할머니의 깁스한 팔은 정말 멋졌다. 무척 뽀얗고 무척 힘세 보였다. 나는 그 팔이 할머니에게 잘 어울린다고 말했다. 할머니는 화가 나서 나한테 슬리퍼를 던졌다. 슬리퍼에 맞지 않았는데도 나는 울음을 터뜨렸다.

할머니의 깁스한 팔은 차츰 지저분해졌다. 할머니의 팔에 깁스를 해준 도시의 의사는 얼굴이 퉁퉁하고 무척 창백했는데, 할머니의 깁스한 팔을 보더니 커다란 얼굴이 더욱 커졌다.

팔은 군데군데 소똥이 튀고, 초록색 토마토 이파리 물이 들고, 기름이 묻은데다가 온통 파란 자두 얼룩투성이였다. 온 여름이 거기 묻어 있었고, 의사는 그 여름을 좋아하지 않는 눈치였다. 의사가 할머니의 팔에 새로 깁스를 해주었다. 먼젓번 것이 훨씬 더 멋졌다. 새로 한 깁스는 내 맘에 들지 않았다. 깁스가 하얘서 할머니가 조금 어색해 보였다.

그날, 할머니는 나를 도시에 데려갔다.

할머니의 팔에 새로 깁스를 한 후에, 우리는 공원을 찾았다. 공원에서 할머니는 내게 흰 빵과 살라미를 먹으라고 주었다. 우리가 앉은 벤치 앞에서 비둘기들이 이리저리 종종거렸다. 비둘기들은 나를 무서워하지 않았고, 내가 빵 부스러기를 던져주는 족족 쪼아 먹었다.

할머니가 앞치마에 묻은 빵 부스러기를 털어냈고, 우리는 벤치에서 일어났다. 그리고 큼지막한 분홍빛 아이스크림이 내 손에 쥐여졌다. 내가 아이스크림을 핥아 먹기 전에, 할머니는 내가 실은 아이스크림을 먹을 자격이 없다고 강조했다. 기차 안에서 얌전히 자리에 앉아 있지 않았기 때문이다. 나는 들판의 붉은 양귀비꽃을 꺾고 싶었고, 그래서 기차를 세우라고 졸랐다. 꽃을 꺾는 데는 오래 걸리지 않았을 것이다. 금방 꺾을 수 있었을 것이다. 하지만 기차는 미친 듯이 달려 붉은 양귀비꽃을 지나쳐버렸다.

할아버지와 함께 아랫녘 골짜기에서 모래를 팔 때마다 더 멋진 기차가 강을 따라 달려갔다. 멀리서부터 기차 소리가 들려왔다. 기차는 박자를 맞춰 멋진 소리를 냈고, 차창으로 사람들의 머리가 보였다. 나는 반가워서 폴짝폴짝 뛰며 손을 흔들었다. 차창의 손들도 반갑다며 나를 향해 흔들어댔다. 손들은 아주 멀어질 때까지도 계속 흔들어댔다.

이따금 차창으로 여자들도 보였다. 여자들은 아름다운 여름옷을 입고 있었다. 얼굴은 자세히 보이지 않았지만, 여자들은 입고 있는 옷만큼이나 아름다우며 우리 마을의 역에서는 절대 내리지 않을 것이 분명했다. 그 여자들이 내리기에 우리 마을의 역은 너무 작았다. 그토록 아름다운 여자들이 뭣 하러 우리 마을의 역에 내리겠는가.

나는 손을 흔들어서 그 여자들을 겁주고 싶지는 않았다. 어쩌면 그 여자들은 겁이 많을지도 몰랐다. 그래서 손짓하던 내 손은 점점 무겁게 아래로 떨어졌다.

나는 질주하는 기차 옆에 서서 기차 바퀴를 바라보았다. 기차가 내 목에서 달려나가는 듯한 느낌이었다. 내 창자를 갈가리 찢어놓고, 내가 죽어도 기차는 전혀 아랑곳하지 않을 것만 같았다.

기차는 아름다운 여자들을 도시로 데려간다. 그리고 나는 여기 파리들이 윙윙거리는 말똥 더미 옆에서 죽어갈 것이다.

나는 죽음이 찾아오길 기다렸다. 이대로 고꾸라지면 죽겠지 싶었다. 풀숲에 머리를 박으면 끝이겠지.

나는 돌멩이가 없는 풀밭을 찾았다. 얼굴에 상처가 나지 않게 드러눕고 싶었다. 그늘에서 몸을 차갑게 식혀 아름답게 죽고 싶었다.

내가 죽으면 틀림없이 예쁜 새 옷을 입혀줄 것이다.

한낮이었고, 죽음은 찾아오지 않았다.

내가 왜 갑자기 죽었는지 사람들이 궁금해하는 장면을 떠올려보았다. 어머니는 나를 위해 눈물을 철철 흘릴 것이다. 그리고 온 마을 사람들은 어머니가 나를 얼마나 사랑했는지 알게 될 것이다.

하지만 죽음은 여전히 찾아오지 않았다.

여름이 내게 무성한 풀밭의 진한 꽃향기 세례를 퍼부었다. 야생 아르메리아가 살갗을 파고들었다. 나는 강을 따라 걸으며 팔에 물을 끼얹었다. 살갗에서 풀이 무성하게 자라났다. 나는 아름다운 늪지대였다.

무성한 풀숲에 누워 나를 땅속으로 졸졸 흘려보냈다. 나는 커다란 버드나무들이 강을 건너와 내 안에 가지를 치고 이파리를 흩뿌리길 기다렸다. 버드나무들이 이렇게 말하길 기다렸다. 너는 세상에서 가장 아름다운 늪이야. 우리 모두 너를 찾아왔어. 크고 늘씬한 물새들도 데려왔어. 물새들이 네 안에서 날개를 퍼덕이며 지저귈 거야. 그래도 너는 울면 안 돼. 늪은 용감해야 하거든. 네가 우리랑 같이 지내기로 한 이상 모든 걸 참아내야 해.

커다란 날개를 가진 물새들이 내 안에서 살 수 있게, 내 안에서 날아다닐 수 있게 나는 한껏 넓어지고 싶었다. 그리고 제일 예쁜 동의나물도 가지고 싶었다. 동의나물은 무겁고 반짝반짝 빛이 난다.

할아버지는 강가에서 모래를 벌써 한 무더기 퍼놓았다. 나는 조개껍데기를 모았다. 그걸 들고 강가로 가 물을 떠마셨다. 하얀 조개껍데기들이 에나멜처럼 반짝였다. 누르스름한 흙과 흙처럼 보이지만 꿈틀거리는 작은 벌레들이 물에 가득했다.

잇새에 모래가 끼였다. 나는 모래를 씹었다. 뽀드득 소리가 나면서 입천장과 혀가 모래에 긁혔다. 문득 조개들이 죽으면 얼마나 아플지 알 것 같았다.

바지 속에도 모래가 들어갔다. 걸음을 떼자 맨살이 모래에 쓸렸다. 조개가 죽을 때도 이렇게 아플 것이다.

배가 물에 잠길 때까지 나는 강물 속으로 걸어들어갔다. 바지가 물에 젖으면서 부풀어올랐다. 물이 내 배와 하나가 되었다.

나는 손을 바지 고무줄 아래로 집어넣어 모래를 씻었다.

그런데 내가 금지된 일을 하고 있다는 느낌이 들었다. 하지만 날 쳐다보는 사람은 아무도 없었다. 할아버지는 끊임없이 강둑으로 떨어지는 모래만 지켜보고 있었다. 그렇지만 하느님은 어디에나 계신다. 종교시간에 귀가 닳도록 듣던 말이 생각났다. 나는 나무들 속에서 하느님을 찾았다. 나뭇잎 위에 저 높이, 여름 속 저 높이, 흰 수염을 길게 기르신 하느님이 보였다.

내가 교회에서 다른 아이들과 함께 앉아 있을 때면 성모마리아는 집게손가락을 치켜세우고 계셨다. 하지만 그러면서도 언제나 다정한 표정이었고, 나는 성모마리아가 조금도 무섭지 않았다. 성모마리아는 언제나 밝은 하늘색의 긴 옷을 입고 있었으며 입술이 아주 빨갛고 예뻤다. 신부가 벼룩이나 다른 끔찍한 동물들의 피로 립스틱을 만든다고 말했을 때, 나는 보조제단의 성모마리아가 왜 입술을 빨갛게 칠했는지 궁금했다. 그래서 신부에게 그 이유를 물었고, 신부는 내 손바닥이 빨개지도록 자로 때리고서 집으로 쫓아 보냈다. 그뒤로 며칠 동안 손가락을 구부릴 수 없었다.

나는 마당의 짚더미 뒤로 돌아가서 토끼풀 위에 드러누워 여름을 올려다보았다. 그 더운 여름날에 구름 한 점 없었다. 그 넓고 커다란 세상 어디서도 하느님의 수염은 보이지 않았다. 그날

하느님은 어디에나 계시지는 않았다.

할아버지는 여전히 삽으로 강물의 모래를 퍼내고 있었다.

무릎까지 내려오는 헐렁한 팬티가 다리에 휘감겼다. 허벅다리 사이의 긴 팬티가 마치 물갈퀴처럼 보였다.

팬티 아래 불룩 솟은 것이 보였다. 할머니는 거기에 털이 나 있었다. 그러니까 그것은 어른들의 커다란 비밀이었다.

할아버지는 가슴과 다리, 팔, 손에 털이 아주 많았다. 넓적한 등에도 털이 나 있었다.

할아버지의 털이 물에 젖어 살갗에 달라붙었다. 마치 혀로 핥은 것처럼 보였다. 털은 보기 흉하지도 않았지만 보기 좋지도 않았다. 그런데 뭣 하러 쓸데없이 거기 났을까 싶은 생각이 들었다.

할아버지의 발가락은 아주 길었고 굳은살이 많이 박여 뒤틀려 있었다. 할아버지가 발가락을 물에 담그고 있어서 그나마 마음이 놓였다.

할아버지가 모래를 강가에서 좀 떨어진 곳에 쌓아놓으려고 한 발을 높이 쳐들면, 물에 씻긴 뽀얀 발이 보였다. 물에 퉁퉁 불은 발은 죽은 것처럼 보였다.

별안간 할아버지가 강가에 삽을 훌쩍 내던지더니 번개처럼 빠르게 나를 물속에서 들어올렸다. 할아버지 바로 앞에서 검은 실뱀이 움직였다. 뱀은 아주 길고 가늘었으며 몸뚱이로 물결을 일으켰다. 헤엄을 치면 납작하고 뾰족한 머리가 수면 위로 떠올랐다.

뱀의 몸뚱이는 물에 떠다니는 나뭇가지처럼 보였다. 하지만 나뭇가지보다 훨씬 매끄럽고 윤기가 흘렀다. 할아버지는 멀리서부터 다가오는 뱀을 본 것이었다.

뱀은 아주 차가웠을 거라는 생각이 든다.

할아버지는 뱀이 지나가지 못하게 삽으로 앞을 막았다. 삽자루로 뱀을 건져내어 강가의 모래 더미 위로 내던졌다.

뱀이 너무나 아름답고 역겹고 치명적으로 위험해서, 뱀이 죽으면 어떡하나 걱정스러웠다. 감히 뱀이 죽기를 바랄 수조차 없었다.

할아버지가 삽으로 뱀의 머리를 토막냈다.

갑자기 나는 늪이고 싶었던 마음이 사라졌다.

할아버지는 다시 강에서 모래를 퍼냈다.

말이 기찻길을 따라 높이 자란 풀을 뜯어 먹었다. 말의 머리와 배에는 우엉 열매가 잔뜩 달라붙어 있었다.

저녁은 강을 더욱 깊어 보이게 했다. 골짜기는 아직 대낮처럼 환했다. 하지만 강은 벌써 어둠에 물들었고, 물도 벌써 무겁게 가라앉아 있었다.

할아버지가 강에서 나와 모래를 마차에 퍼날랐다.

강가에 말을 데려가 물을 먹였다.

말은 긴 목을 숙이고서 물을 꿀꺽꿀꺽 깊이 들이마셨다. 나는 말의 뱃속이 얼마나 클지 도저히 상상이 가지 않았다. 하지만 말이 목마르면 빗물을 모조리 마실 수 있다는 건 알고 있었다.

할아버지가 말을 마차에 매었고, 우리는 마을을 향해 산을 올랐다. 마차 판때기에서 물이 뚝뚝 떨어졌다. 모래가 강물에 흠뻑 젖어 있었다. 마차와 물, 모래, 말이 우리 뒤에 지나간 흔적을 남겼다.

우리는 대문 가까이 마차를 몰았다. 할아버지가 마차에서 뛰어내려 대문을 활짝 열었다. 우리는 마당까지 마차를 타고 들어갔다.

할머니가 채소밭에서 버드나무 광주리를 들고 왔다. 할머니는 자두나무 뒤편의 고철 더미에서 또다시 수프 냄비를 찾아냈다.

할머니는 수프 냄비에 흙을 담고 제라늄을 심었다.

할머니의 제라늄은 종이로 만든 꽃처럼 생기가 없었다. 할머니는 수프 냄비의 제라늄을 세상에서 제일 아름답게 여겼다.

할머니는 복도에도, 층계의 문 옆에도, 채소밭으로 통하는 문 옆에도 널빤지를 깔고 거기에 제라늄을 가득 키웠다.

방과 부엌의 창문에도 수프 냄비에 심은 제라늄이 가득했다.

돼지우리 옆 모래 더미에도 꺾꽂이한 제라늄이 가득했다. 집 안의 발코니마다 수프 냄비가 가득했다.

할머니의 제라늄은 죽을 때까지 꽃을 피웠다.

할아버지는 그에 대해 아무 말도 하지 않았다. 평생 제라늄이라는 말을 입에 올리지도 않았다. 할아버지는 제라늄을 추하다고도 아름답다고도 여기지 않았다. 할아버지의 털이 나에게 아무 의미가 없듯이, 제라늄은 할아버지에게 아무 의미가 없었다. 아니면 아예 눈에 보이지 않았던지.

할아버지가 세상을 떠나자 할머니는 그동안 키우던 제라늄을 모조리 할아버지의 방으로 옮겼다.

할아버지는 수프 냄비의 제라늄 숲에 안치되었다. 제라늄은 그때도 아무 의미가 없었다. 할아버지는 그때도 아무 말을 하지 않았다.

그런데 할아버지가 세상을 떠난 후에 변화가 일어났다. 할머니는 이제 제라늄이나 수프 냄비를 집으로 가져오지 않았다.

하지만 그때까지 키우던 제라늄과 수프 냄비는 지금도 그대로 간직하고 있다.

그 제라늄과 수프 냄비는 이제 오래되었다. 아주 오래되었지만 갈수록 아름다워지고, 죽을 때까지 꽃을 피운다.

나는 잠에서 깨어났다. 할아버지가 다시 뚝딱뚝딱 망치질을 하고 있었다. 망치질이 마당에서 재주넘기를 하는 소리가 들렸다. 모든 것이 한동안 물구나무를 섰다가 홱 고꾸라졌다. 공기조차 시끄럽게 굴었고 풀줄기도 쿵쾅쿵쾅 법석을 떨었다.

나는 잠이 싹 달아났다. 옆방에서 할머니가 침대의 온기를 털어내고 있었다. 솜털이 방 안에 흩날려 할머니의 눈 속으로 스멀스멀 기어들어갔다.

그러더니 할머니는 찰랑거리는 요강을 뒷마당으로 내갔다. 방에서부터 복도, 현관, 마당까지 오줌 방울이 줄줄이 이어졌다.

낮 동안에 요강은 부부 침대 사이의 의자 아래 놓여 있었다. 신문지로 덮어두어서 눈에 띄지는 않았지만, 방 안에 들어서면 요강 냄새가 났다.

밤마다 옆방에서 할머니의 오줌이 요강 속으로 좔좔 떨어지는 소리가 들렸다. 오줌 누는 소리가 고르지 않고 뜸하면 할아버지가 요강 앞에 서 있다는 걸 알 수 있었다. 할머니는 매일 새벽 두시 반에 잠에서 깨어나 펠트 실내화를 신고 요강에 앉았다. 새벽 두시 반에 깨지 않으면, 아침까지 깨지 않았다. 그러면 할머니가 아파서 깊은 잠에 빠졌으며, 다음 사흘간은 침대에 앓아누우리라는 걸 알 수 있었다.

할머니는 아픈 데가 전혀 없거나 아니면 온몸이 아팠다. 깊이 자다가 선잠을 잤고, 선잠을 자다가 깊이 곯아떨어졌다. 그러다 나흘째 되는 날 아침 일찍 일어나 집안일에 뛰어들었다. 오후 늦게까지 수프 냄비를 달그락거렸으며, 설거지를 하고 집 안을 쓸고 빨래를 하고 채소밭의 풀을 뽑으며 저녁을 맞이했다.

할머니의 양귀비는 마을에서 가장 예뻤다. 할머니의 양귀비는 울타리보다 높이 자라 하얀 꽃을 탐스럽게 피웠다. 바람이 불면 긴 줄기들이 서로 맞부딪쳤고 꽃들이 파르르 떨었다. 하지만 꽃잎은 한 장도 땅에 떨어지지 않았다.

하얀 꽃잎들이 할머니의 눈 속에 들어 있었다. 할머니는 꽃밭의 잡초란 잡초는 하나도 남기지 않고 모조리 뽑았다.

양귀비 꽃부리가 밀짚처럼 노르스름하게 바싹 마르면, 할머니는 서랍에서 커다란 칼을 꺼내 꽃부리들을 모두 자른 다음 버드나무 광주리에 담았다. 할머니는 요리를 하면 냄비를 떨어뜨렸다. 할머니의 손에서 접시가 깨지고, 유리잔이 바닥에 떨어져 산산조각나고, 행주는 마를 날이 없이 고약한 냄새가 나고, 칼날의 이가 빠졌다. 고양이들은 부엌 의자에서 꾸벅꾸벅 졸고 가르랑거리고 코를 골았다. 할머니는 바느질을 하면서 어린 시절의 양귀비 꽃부리 이야기를 들려주었다.

지금 할머니 침대 위에 걸려 있는 사진 속의 증조할머니는 할머니의 목에 양귀비 꽃부리 세 개를 한 번에 털어넣었다. 할머니는 깊은 잠에 곯아떨어졌다. 부모님과 일꾼들은 잠든 할머니 혼자 집에 남겨두고 들로 일하러 나갔다. 저녁 늦게 집에 돌아와보니, 그때까지도 할머니는 자고 있었다.

할머니에게 까마귀 똥을 먹인 적도 있었다. 까마귀 똥은 석고 맛이 났으며, 석회처럼 하얗고 꺼끌꺼끌하고 톡 쏘았다. 똥 부스러기가 혀에 닿으면 따끔따끔 아팠다. 그걸 먹으면 까마귀처럼 새까만 잠에 깊이 빠져들었다.

어느 날, 할머니의 남동생인 울보 프란츠는 까마귀 똥을 너무 많이 먹었다. 프란츠는 다시는 잠에서 깨어나지 않았다. 온몸이 뻣뻣하게 굳고 얼굴이 온통 시푸르죽죽해졌다. 프란츠가 계속 잠만 자자, 집에서는 거칠고 껄끄러운 사과 궤짝 판자로 얼기설기 관을 짰다. 프란츠는 장례식도 음악도 없이 땅에 묻혔다.

마부가 관을 손수레에 싣고 묘지로 향했다. 거리의 먼지와 마을의 정적을 가르고서. 사람이 죽어나가는데도 마을에서는 아무도 몰랐다. 집 안에서도 누구 하나 눈치채지 못했다. 아이들은 충분히 넘쳐났다. 방에도 가득했고, 거실에도 가득했고, 난로 옆 의자에도 가득했다. 겨울에는 한 명씩 마을에 가고, 교대로 학교에 갔다. 모두가 신을 만큼 집 안에 신발이 충분하지 않았기 때문이다. 누구 하나가 없어도 찾는 사람이 없었다. 하나가 없으면, 다른 하나가 있었다.

이제는 집 안에 아이가 하나뿐이고, 그 아이는 일곱 켤레의 신발을 가지고 있다. 이 정도는 아무것도 아니다. 집은 텅 비었는데 신발은 많다. 그리고 아이가 이제 더는 더러운 곳을 돌아다니지 않기 때문에 그 신발들은 언제나 깨끗하고 반짝반짝 빛난다. 비가 내리면 아이는 누군가의 품에 안겨 다닌다.

할머니는 헛기침을 하고 몇 시간 동안 아무 말도 하지 않는다. 때로는 집 안을 서성거리며 노래를 부른다. 눈물짓는 여인들의 눈은 푸른 수레국화 빛이라네. 할머니는 한 번은 눈물짓는 여인으로 부르고 또 한 번은 포도주를 마시는 여인으로 가사를 바꿔 부른다. 할머니의 기억 속에는 양귀비가 가득 핀 수백 개의 꽃밭이 있다. 지금까지 정원에 피어나던 하얀 꽃들이 모두 할머니의 얼굴에서 시들고 할머니가 걸어가는 땅에 떨어진다. 그리고 까만 양귀비 씨앗들이 모두 할머니의 치마에서 흘러내린다. 양귀비 때문에 치마가 너무 무거워서 할머니는 걸음을 거의 옮기지 못한다.

어머니가 운다. 어머니는 울면서 우는 것 못지않게 말을 많이 한다. 평소에 그랬듯이 말을 많이 하면서, 물과 유리로 이루어진 콧물을 흘린다. 콧물을 옷소매에 닦는다.

아버지가 또 술에 취했다. 아버지는 텔레비전을 켜고 텅 빈 화면을 바라본다. 텔레비전 속에서만 빛이 어른거리고 그 어른거리는 빛 속에서 음악이 들려온다. 아버지의 얼굴은 화면처럼 텅 비어 있다. 어머니가 텔레비전을 끄라고 말한다. 아버지는 소리만 줄일 뿐 어른거리는 빛은 그냥 내버려둔다. 그러고는 **인생을 찾아 떠난 세 친구**라는 노래를 부르기 시작한다.

떠난이라는 대목에서 아버지의 목소리가 우렁차게 커진다. 아버지는 창밖의 거리를 가리킨다. 포석이 거위 똥으로 온통 뒤덮여 있다. 그들은 커다랗고 커다란 드넓은 세상 어디에 있느냐. 아버지의 목소리가 차츰 부드러워진다. 그 누구도, 그 누구도 그들의 편이 되지 않았던 탓에 바람이 쫓아버린 것이다. 마을의 바람이 풀줄기와 거위 똥 위에서 파르르 떤다. 아버지는 얼굴이 있고 눈이 있고 입이 있다. 아버지의 귀는 거친 노랫소리로 넘친다. 아버지는 죽도록 슬픈 짐승이다.

부엌에 김이 잔뜩 서려 있다. 순무 냄비에서 퀴퀴한 증기가 뭉실뭉실 천장으로 올라가며 우리 얼굴을 삼켜버린다.

우리는 그 뜨거운 안개를 바라본다. 안개가 우리의 두개골을 무겁게 짓누른다. 우리는 우리의 외로움과 우리 자신을 외면하고 다른 사람들과 우리 자신을 참아내지 못하며, 우리 옆의 다른 사람들도 우리를 참아내지 못한다.

아버지가 노래를 부른다. 노래를 부르는 아버지의 얼굴이 식탁으로 떨어진다. 제기랄, 우리는 행복한 가족이다. 제기랄, 행복이 순무 냄비 안에서 수증기가 되어 증발한다. 제기랄, 증기가 이따금 우리 머리를 물어뜯는다. 행복이 이따금 우리 머리를 물어뜯는다. 제기랄, 행복이 우리 삶을 먹어치운다.

내 얼굴이 할머니의 찢어진 펠트 신발 속으로 떨어진다. 신발 속은 어둡다. 신발 속은 캄캄하고 아늑해서 숨을 쉬면 안 된다. 신발 속에서는 나 자신 때문에 숨이 막힐 수도 있다. 어머니가 울면서 말을 한다. 어머니가 말을 하면서 운다. 어머니는 울면서 말을 하고, 말을 하면서 운다.

아버지의 노랫소리와 어머니의 말소리가 뒤섞인다. 두 분은 외롭다고 말하고 싶으면 혼자라고 말한다. 두 분뿐만 아니라 온 마을 사람들이 외롭다는 말을 모른다. 자신들이 누구인지 모른다.

어머니는 울면서 한도 끝도 없이 말을 한다. 도무지 문장이 끊어질 줄 모른다. 만일 나와 아무 상관 없다면, 그 문장들은 아름다운 문장일 것이다. 하지만 그 문장들에는 무거운 낱말들이 담겨 있다. 아버지가 다시 노래를 부르기 시작한다. 노래를 부르며 서랍에서 칼을, 제일 큰 칼을 꺼낸다. 나는 아버지의 눈이 무섭다. 내가 생각하려는 모든 것을 그 칼이 잘라낸다.

갑자기 어머니가 말을 멈춘다. 아버지는 칼을 높이 쳐들고 위협하고 있다. 아버지는 노래를 부르며 칼로 위협하고, 어머니는 이제 소리 죽여 흐느낀다.

그러더니 이미 차려놓은 식탁에 흰 접시를 올려놓는다. 접시 가장자리에 숟가락이 부딪히는 소리조차 들리지 않을 만큼 아주 조심스럽게 숟가락을 접시에 내려놓는다.

나는 식탁이 무너질까 무섭다. 우리가 앉기도 전에, 아니면 식사를 하는 동안 무너질지도 모른다.

할아버지가 뒷마당에서 돌아온다. 할아버지의 구두에는 오물과 풀이 묻어 있고, 윗도리 호주머니에서는 못이 달그락거린다.

할아버지의 옷이란 옷에는 온통 못이 가득 들어 있다. 심지어 나들이옷의 호주머니에도 잔뜩 들어 있다. 어머니가 할아버지의 잠옷에서 못 하나를 찾아낸 적도 있다. 그때 어머니는 몹시 화를 내며 집 안이 쩌렁쩌렁 울리도록 소리를 질렀다.

망치와 못을 보관하는 상자와 궤짝이 집 안 구석구석 놓여 있다. 할아버지가 망치질을 하면, 두 가지 소리가 동시에 들린다. 하나는 망치 소리, 또 하나는 마을에서 들려오는 소리. 돌처럼 단단한 마당 바닥에 망치 소리가 메아리친다. 섬세하고 하얀 카밀레 꽃잎이 떨어진다. 마당이 내 발가락을 얼마나 무겁게 짓누르는지 느껴진다. 마당은 내 발을 무겁게 내리누르고, 걸어가는 내 무릎을 후려친다. 마당은 제멋대로 커지고 딱딱해지고 사나워진다.

할아버지는 망치질을 하고 못을 박는 일에 대해 이야기하길 좋아하고, 못에 박힌 사람들 이야기도 한다.

할아버지의 못은 뾰족하고 반짝반짝 빛나는 새것이다. 할아버지의 망치는 투박하고 묵직하고 녹슬었으며 아주 굵은 자루가 달려 있다.

이따금 마을은 울타리와 벽으로 이루어진 거대한 상자가 된다. 할아버지는 그 상자에 못을 박는다.

길을 걸으면, 망치 소리가 귀에 들려온다. 망치 소리는 울려 퍼지고 또 울려 퍼진다. 이 울타리가 저 다른 울타리에게 그 소리를 전해준다. 울타리 사이를 걸어다니면, 공기가 파르르 떨고 풀이 파르르 떨고 파란 자두들이 나무에 대고 숨을 내쉰다. 그리고 한여름이면 어머니는 여전히 뼈빠지게 일을 하고, 할머니는 양귀비에 매달려 거의 꼼짝도 하지 않고, 할아버지는 젖소를 돌보고 못을 박고, 아버지는 어제 마신 술기운에 취해 오늘 또 술을 들이켠다.

벤델은 아직 말을 제대로 못하는 탓에, 거리에서 먼지와 돌멩이 세례를 받고 시궁창 냄새가 진동하는 도랑이나 물웅덩이에 떠밀리는 수모를 겪는다. 다른 아이들이 분필로 벤델의 등에 낙서를 하고, 벤델은 등에 분필가루를 잔뜩 묻힌 채 길을 걷는다. 얼굴은 잉크 자국투성이고, 울음을 터뜨려야 겨우 집에 갈 수 있다. 벤델의 얼굴이 두려움으로 일그러지면 그제야 아이들은 벤델을 놓아준다. 벤델의 목덜미가 애벌레와 지렁이와 진딧물로 뒤덮이고 나서야.

벤델은 아무도 없는 곳에서 혼잣말을 할 때면 거침없이 술술 말을 한다. 나는 이따금 뒷마당에서 벤델이 말하는 소리를 듣는다. 벤델네 집과 우리 집은 이웃해 있다. 우리는 한 울타리 앞에 앉아 있다. 벤델은 자기 집 마당 울타리에, 나는 우리 집 마당 울타리에. 나는 먹으면 멍청이가 된다는 아욱 열매를 먹고, 벤델은 초록색 살구를 먹고 이따금 고열에 시달린다. 그러다 건강해지면 다시 초록색 살구를 먹고 혼잣말을 한다.

나는 두 집의 마당을 가르는 울타리가 누구네 거냐고 어머니에게 물었다. 실은 우리 집 울타리라는 말을 듣고 싶었다. 벤델이 울타리에 기대면 쫓아낼 작정이었다. 하지만 어머니는 그 울타리가 두 집 모두의 것이라고 말했다. 그래서 나는 울타리 너머의 마당에서는 아욱 한 포기도 자라지 말라고 저주를 퍼부었다. 거칠고 뻣뻣한 풀만 자라길 바랐다.

도시의 의사들 말로는, 벤델이 말을 더듬는 게 두려움 때문이라고 한다. 언젠가 벤델의 마음속에 깊이 뿌리내린 두려움이 사라지지 않기 때문이라는 것이다. 벤델은 두려움을 떨쳐내지 못한다. 늘 새로운 두려움이 벤델을 덮친다. 벤델은 언제 어디서나 두려움에 시달린다. 마을에는 두려움에 시달리는 사람이 많다.

집이 있는 곳, 어머니들과 아버지들과 할머니들과 할아버지들과 아이들과 가축들이 모여 있는 곳이면 어디나 늘 두려움이 따라다닌다.

나도 그런 두려움을 느낄 때가 있다. 나는 그 두려움이 두렵다. 그것은 진짜 두려움이 아니다.

벤델이 마당의 울타리에 기대고 앉아 푸르뎅뎅한 살구를 먹는다. 나는 벤델을 부르면서, 벤델이 또 말을 더듬으리라는 걸 안다.

벤델이 울타리를 넘어온다. 푸르뎅뎅한 살구들이 벤델의 손에서 땅바닥으로 굴러떨어진다. 지금 벤델은 초록색 살구를 많이 먹지 못할까봐 두려워한다. 벤델이 우리 집 타작마당에 서 있다. 우리는 엄마 아빠 놀이를 한다. 나는 초록색 털실 뭉치 두 개를 블라우스 안에 집어넣고, 벤델은 초록색 털실로 콧수염을 붙인다.

우리는 엄마 아빠 놀이를 한다. 나는 벤델이 술에 취했고 집에 돈이 떨어졌고 젖소 여물이 없다고 잔소리를 늘어놓는다. 벤델을 게으름뱅이, 비열한 인간, 건달, 술주정뱅이, 불한당, 놈팡이, 오입쟁이, 야비한 인간이라고 부른다. 우리는 이런 식으로 논다. 나는 놀이가 싫지 않고 재미있다. 벤델은 가만히 앉아 침묵을 지킨다.

벤델이 통조림깡통에 손을 베였다. 피가 풀밭으로 줄줄 흘러 내린다. 나는 벤델을 멍청이라고 부르며 상처는 아랑곳하지 않는다. 그저 얼간이라고 말할 뿐이다.

나는 모래로 요리를 하고 인형에게 옷을 입혔다가 벗긴다. 모래 케이크와 풀꽃 수프를 인형에게 먹인다.

벤델은 뭘 하든 늘 도망치는 듯이 보인다. 벤델이 통나무처럼 꼼짝 않고 내 앞에 서 있다. 벤델은 무기력하게 침묵을 지킨다. 벤델은 저항하지 않는다. 벤델은 움직이지 않는다. 벤델은 자신을 사랑하지 않는다. 벤델은 벤델의 반대이다. 언제나 자기 자신의 반대이다. 벤델은 언제나 나를 잘 참아준다. 나는 모래 케이크를 내던지고 발로 짓밟는다. 풀꽃 수프가 벽으로 날아가 땅바닥으로 줄줄 흘러내린다. 나는 벌거벗은 인형을 들고 집 안으로 달려가다가 부엌문 앞에서 앞가슴을 잃어버린다.

벤델이 혼자 타작마당에 서 있다. 타작마당의 막대기처럼 말없이 뻣뻣하게.

나는 다시는 벤델과 놀지 않겠다고 다짐한다. 하지만 그 결심은 하루를 넘기기가 힘들다.

나는 이제 겨우 꽃봉오리 속에 자리 잡기 시작한 초록색 살구로 다시 벤델을 꼬드긴다. 그러면 벤델은 따라온다.

우리는 다시 엄마 아빠 놀이를 한다.

할머니가 세번째로 나를 부른다. 그러다 끝내 나를 데리러 온다. 나는 뺨을 얻어맞고서 등 떠밀려 낮잠을 자러 간다. 할머니는 화가 누그러지면 낮잠을 자야만 내가 튼튼하게 자란다고 말한다. 내가 튼튼하게 크고 나면 할머니는 누구를 때릴까, 누가 그 거친 손바닥에 반항할 수 있을까.

나는 낮잠이 정말 싫다. 낮잠에 진저리를 치며 침대에 눕는다. 할머니는 방 안을 어둡게 하고 문들을 전부 차례로 닫는다. 방문, 곁문, 현관문. 두 시간 동안 그 어둠 속에서 나가서는 안 된다. 나는 잠이 들까봐 무섭다. 할머니는 나에게 마법을 걸려고 한다. 할머니가 양귀비 씨앗을 먹고 곯아떨어졌던 깊은 잠에 나는 저항한다. 깊은 잠을 자는 동안 나는 아무것도 아니다. 죽은 것이다. 잠이 방 안을 떠돌며 이미 내 살갗을 스친다. 견딜 수 없을 만큼 모든 것이 점점 깊어진다. 머리 위 천장에 물거품이 부글부글 인다. 새떼가 물을 가른다. 새들의 부리에서 굶주림이 번득인다. 새들은 나를 덮쳐 내 살갗을 쪼아 먹을 것이다. 나더러 껍질뿐인 비겁한 인간이라고 외칠 것이다. 나는 감정 없이, 두려움 없이 깨어날 것이다.

잠이 내 얼굴에 토시를 덮어씌운다. 토시에서 할머니의 치마 냄새, 양귀비 냄새, 죽음의 냄새가 난다. 잠은 할머니의 잠이고 할머니의 독이다. 잠은 죽음이다.

죽음에게 나는 아직 어린아이라고 말할 것이다. 지금까지 벌써 몇 번이나 죽으려고 했지만 내 뜻대로 되지 않았다. 지금은 한여름이고, 새떼가 물을 가른다. 이제 나는 죽고 싶지 않다. 이제는 나 자신에게 익숙해졌고 나를 잃고 싶지 않다. 나는 이불을 차낸다. 선선한 공기가 몰려든다. 침대가 넓고 크고 하얗게 텅 비어서 추운 밤에 오들오들 떨며 설원에 누워 있는 것만 같다.

안마당의 문이 삐걱거리고, 복도의 문이 끽끽대고, 곁방 문이 신음하고, 방문이 장롱에 부딪힌다. 할머니가 방에 서 있다. 할머니는 요란한 소리를 내며 블라인드를 올린다. 바깥은 환한 대낮이다. 여름을 이기지 못하고 가금의 깃털에서 김이 피어오른다.

벤델이 타작마당에 앉아 콧수염을 붙이고 털실뭉치 두 개를 나한테 내민다. 나는 그것을 말없이 옷 속에 집어넣는다. 우리는 다시 엄마 아빠 놀이를 한다. 우리는 마음대로 끝까지 놀지 못한다.

땅거미가 내려앉고, 어머니와 아버지가 우리의 놀이를 물려받는다.

골목 끝에서 해가 진다. 주둥이를 봉한 부대자루 같은 밤이 마을을 덮친다.

불이 꺼지고 깜깜한 어둠이 방들을 에워싼다.

두려움이 찾아온다. 두려움이 곁에 있는 한, 내게는 아무 일도 일어나지 않을 것이다. 이렇게 나 자신을 타일러보지만, 실은 단 한 순간도 그걸 믿지 않는다.

그것은 진짜 두려움이 아니라 두려움에 대한 두려움이다. 혹시라도 두려움을 잊을지 모른다는 두려움, 두려움을 두려워하는 마음에 대한 두려움.

블라인드의 이음매에서 삐걱 소리가 난다. 처마 홈통에서 모래가 사그락거린다. 잠의 모래언덕이 내 머릿속을 지나간다. 정원 문이 삐걱거리고, 바람이 밤새도록 꽃밭을 지나간다. 마을에는 무서우리만큼 나무가 많다. 나무들이 바람에 흔들리는 소리가 머릿속에서 들려온다.

침대가 마치 젖소의 배 같아서 모든 것이 뜨겁고 어둡고 땀에 절어 있다. 할아버지의 바지 멜빵이 못에 걸려 있고, 할아버지의 빈 바지가 방 안을 지나간다. 손을 뻗으면 바지를 잡을 수 있다. 어쩌면 바지 주머니에 못이 들어 있을지도 모른다.

어머니들이 잠을 자고, 아버지들이 잠을 자고, 할머니들이 잠을 자고, 할아버지들이 잠을 자고, 아이들이 잠을 자고, 가축들이 잠을 잔다.

마을이 상자처럼 서 있다.

어머니는 눈물을 흘리지 않고, 아버지는 술을 마시지 않고, 할아버지는 못을 박지 않고, 할머니는 양귀비를 심지 않고, 벤델은 말을 더듬지 않는다.

모두들 내일을 위해 푹 쉬고, 내일은 또 오늘과 변함없는 사람들일 것이다.

밤은 괴물이 아니다. 밤에는 다만 바람과 잠만 있을 뿐이다.

옆방에서 소변이 요강 속으로 촬촬 떨어지는 소리가 들린다. 할아버지가 요강 앞에 서 있다. 다섯시다.

할머니는 두시 반에 깨지 않았다. 할머니는 아파서 깊은 잠에 빠졌다.

이런 일은 오랜만이다.

어느 날 아침, 할머니는 영영 눈을 뜨지 않을 것이다.

그날 저녁, 마을이 자리 잡고 있는 언덕이 골짜기 아래 놓여 있고 지하수가 서서히 차갑게 길로 솟구치는 듯한 느낌이 들었다.

눈에 띄지 않는 곳에는 수많은 작은 짐승이 늘 죽어 나자빠져 있었다. 그 짐승들이 내뿜는 악취가 허공을 맴돌았다.

웅덩이의 물이 줄어들면, 개구리의 등이 마른다. 그러면 뜨거운 열기가 개구리의 뱃속으로 스며들고, 결국 개구리에게는 딱딱한 껍질만 남는다.

개구리가 마당 아무 데나 나자빠져 있다. 사람들은 개구리가 죽어야 비로소 개구리도 집에 살고 있었다는 것을 깨닫는다. 개구리가 층계를 올라가고 다락에 올라가고 시커먼 굴뚝에 들어가는 것을.

우리 집에는 굴뚝이 두 개 있는데, 그 굴뚝들 안에는 개구리가 우글우글할 것이다. 굴뚝 하나는 빨간색이고 다른 하나는 검은색이다.

빨간 굴뚝은 식구들이 쓰지 않는 방 위에 있다. 그 굴뚝에서는 연기가 오른 적이 한 번도 없다.

그 안에는 올빼미 여러 마리가 산다. 어머니는 해마다 굴뚝 세를 내야 한다. 지금까지 낸 세를 전부 합하면 꽤 될 거라고 어머니는 말한다. 그런데 굴뚝 하나는 오로지 올빼미들을 위한 것이다.

지난주에는 올빼미들이 야단법석을 떨었다. 지붕 기와 위에서 밤새도록 올빼미들의 소리가 들려왔다. 올빼미들은 두 가지 소리를 낸다. 더 높은 소리와 더 낮은 소리. 하지만 더 높은 소리도 실은 아주 낮다. 그리고 더 낮은 소리는 훨씬 더 낮다.

올빼미들은 암컷과 수컷임이 틀림없다. 올빼미들은 서로 말을 할 수 있다.

나는 몇 번 마당으로 나갔지만, 올빼미들의 눈 말고는 아무것도 보이지 않았다. 온 지붕이 올빼미들 천지였다. 올빼미들이 반짝였고, 온 마당이 빙판처럼 환하게 어른거렸다. 달빛은 비치지 않았다. 그날 밤, 이웃집 할아버지가 죽었다. 이웃집 할아버지는 저녁도 잘 먹었고 아픈 데도 없었다. 아침에 이웃집 할머니가 나를 깨워서, 할아버지가 자다가 숨이 막혀 죽었다고 했다. 그 순간 올빼미들이 생각났다.

우리 집과 이웃집 사이에는 나무딸기가 무성하게 자라는 정원이 있다. 잘 익은 나무딸기를 따다보면 손가락이 핏빛으로 물든다. 몇 년 전까지만 해도 우리 집 정원에는 나무딸기가 없었다. 이웃집 정원에만 몇 그루 있었다. 지금은 그 나무딸기가 우리 집으로 넘어와 이웃집에는 단 한 그루도 없다. 나무딸기는 옮겨다닌다. 언젠가 이웃집 할아버지가 자기는 나무딸기를 심은 적이 없다고 말해주었다. 딸기가 다른 집 정원에서 저 혼자 우리 집으로 왔단다. 아마 몇 년 후에는 너희 집 정원에도 딸기가 남아 있지 않을 거야. 또다시 어디론가 옮겨가겠지. 그러니까 지금 실컷 먹어둬라. 우리 마을이 작아서 다른 마을로 옮겨갈 거다.

어제 장례식이 있었다. 몇 달 전, 할아버지의 아들이 산에서 할아버지를 데려왔다. 갑자기 불어난 계곡물이 덮치는 바람에 할아버지의 집이 무너졌다고 한다. 사람들은 산속에서 더 건강하다. 할아버지는 해트*도 아니고 캡**도 아닌, 차양이 앞쪽에만 달린 모자를 가져왔다. 우리 마을 사람들만 그런 모자를 쓴다.

---

* 챙이 둥글게 에워싼 모자.
** 챙이 없는 모자.

이웃집 할아버지는 그 모자를 쓴 채 묻히고 싶다고 했다. 사실은 죽고 싶지 않아서 농담을 한 것이다. 할아버지는 아픈 데가 전혀 없었다.

사람들은 죽은 할아버지의 머리에 그 모자를 씌워주었다. 처음에는 관 뚜껑이 잘 닫히지 않아서 망치로 뚜껑을 두드렸다.

어머니의 다리와 내 다리가 한이불 아래 있었다. 나는 머릿속으로 정맥류가 심한 어머니의 맨다리를 그려보았다. 한없이 많은 다리들이 나란히 들판에 놓여 있었다.

전쟁터에서는 항상 남자들만 쓰러진다. 나는 수많은 여자들이 전쟁터에 쓰러져 있는 것을 보았다. 옷이 벗겨지고 다리에 상처를 입은 채. 알몸으로 추위에 떨며 러시아에 쓰러져 있는 어머니의 모습을 보았다. 어머니의 다리는 상처투성이고 입술은 사료용 순무의 초록색으로 물들어 있었다.

굶주려서 쭈글쭈글하고 창백한 어머니의 모습을 보았다. 너무 지쳐 의식을 잃고 쓰러진 처녀의 모습을.

어머니는 잠이 들었다. 어머니가 깨어 있을 때는 어머니가 숨쉬는 소리를 한 번도 들은 적이 없다. 잘 때의 어머니는, 시베리아의 바람이 여전히 목구멍을 스치는 양 그르렁거렸다. 끔찍한 꿈을 꾸는 어머니 옆에서 나는 추위에 으스스 떨었다.

집 밖의 웅덩이 물이 점점 불어났다. 마을에는 달빛이 비치지 않았다. 물은 갈 길을 잃고 얼어붙었다.

죽은 아버지의 새까만 폐 속에서, 그르렁거리는 할아버지의 뻣뻣한 기관지에서, 정신이 오락가락하는 할머니의 굳어진 혈관에서 개구리들이 개굴개굴 시끄럽게 울었다. 우리 마을의 모든 산 사람들과 죽은 사람들 안에서 개구리들이 개굴개굴 시끄럽게 울었다.

모두들 이곳으로 멀리 떠나오면서 개구리를 한 마리씩 가져왔다. 그들은 이 땅에 존재하게 된 후로 자기들이 독일인이라고 자랑하면서 자기들의 개구리에 대해서는 결코 말하지 않는다. 그리고 자기들이 말하길 거부하는 것은 존재하지 않는다고 믿는다. 마을은 어디서나 끝이 있기 마련이다. 마을의 진짜 끝은 묘지이다.

이제 잠이 찾아왔다. 나는 커다란 잉크병에 빠진다. 그 안은 울창한 숲속처럼 어두웠다. 밖에서는 독일 개구리들이 개굴개굴 시끄럽게 울었다.

어머니도 러시아에서 개구리 한 마리를 가져왔다.

어머니의 독일 개구리 소리가 나의 잠 깊숙이 들려왔다.

썩은 배

정원들이 눈부시게 푸르다. 울타리들이 젖은 그림자를 뒤쫓아 헤엄친다. 유리창들이 반들반들 맨몸으로 이 집에서 저 집으로 미끄러진다. 성당 탑이 빙그르르 돌고, 전적비가 빙그르르 돈다. 전몰장병들의 이름이 길고 희미하게 이어진다. 케테 언니가 아래에서 위로 이름들을 읽어나간다. 밑에서 세번째가 우리 할아버지야, 언니는 말한다. 그러고는 성당 앞에서 성호를 한 번 긋는다. 방앗간 앞의 연못이 반짝인다. 좀개구리밥이 초록빛 눈처럼 보인다. 골풀 속에 통통한 뱀이 살고 있어, 케테 언니는 말한다. 야간경비원이 그 뱀을 보았다. 뱀은 낮에는 물고기와 오리를 잡아먹고, 밤에는 방앗간으로 기어들어가 밀기울과 밀가루를 먹는다. 뱀이 먹다 남긴 밀가루가 침에 젖어 축축하다. 방앗간 주인은 그 밀가루가 사람에게 해롭다며 연못에 내다버린다.

들판이 배를 깔고 엎드려 있다. 하늘 높이 구름 속에서 들판이 물구나무서기를 한다. 해바라기 뿌리들이 구름을 칭칭 동여맨다. 아버지의 양손이 운전대를 돌린다. 토마토 궤짝 너머 작은 유리창에 아버지의 머리카락이 보인다. 자동차가 씽씽 달린다. 마을이 푸른 허공 속으로 가라앉는다. 성당이 시야에서 사라진다. 아버지의 바짓가랑이에 바싹 붙어 있는 이모의 허벅지가 보인다.

길가의 집들이 스쳐 지나간다. 내가 이곳에 살지 않으니 나에게 이 집들은 마을이 아니다. 빛바랜 바지를 입은 키 작은 남자들이 낯선 모습으로 길을 지나간다. 바람 부는 좁은 다리 위에서 낯선 여인들의 치마가 나부낀다. 바지를 입지 않은 아이들이 앙상한 허벅지를 그대로 드러낸 채 우람한 나무들 아래 외로이 서 있다. 아이들은 사과를 들고 있다. 그것을 먹지는 않는다. 아이들이 손을 흔든다. 텅 빈 입으로 소리친다. 케테 언니가 잠깐 손을 흔드는가 싶더니 금방 딴 데로 눈길을 돌린다. 나는 손을 오래오래 흔든다. 앙상한 허벅지를 오래오래 바라본다. 그 윤곽이 희미해지고 우람한 나무들만 보일 때까지.

언덕들 아래로 평원이 펼쳐진다. 우리 마을의 하늘이 언덕들을 떠받치고 있다. 언덕들은 구름을 뚫고 평원으로 추락하지 않는다. 벌써 아주 멀리 왔어, 케테 언니가 말하고는 해를 향해 하품을 한다. 아버지가 빨갛게 불붙은 담배를 차창 밖으로 내던진다. 이모가 손짓을 해가며 뭐라고 말한다.

울타리 사이로 작고 설익은 자두들이 보인다. 풀밭에서 젖소들이 풀을 우물거리며, 자동차 바퀴가 일으키는 먼지를 쳐다본다. 풀밭에서 기어나온 땅이 헐벗은 돌과 뿌리와 나무껍질을 넘어간다. 케테 언니가 말한다, 저건 산이고 저 돌들은 바위야.

자동차 바퀴에서 이는 바람에 덤불들이 흩날린다. 덤불 뿌리에서 물이 졸졸 흐른다. 양치류가 그 물을 받아 마시며 뾰족한 잎을 살랑살랑 흔든다. 자동차가 비좁은 잿빛 길을 달린다. 고불고불한 산길이야, 케테 언니가 말한다. 길들이 이리저리 고부라진다. 우리 마을은 저기 산 아래 있어, 나는 말한다. 언니가 웃는다. 산들은 여기 산악지방에 있고, 우리 마을은 저기 평원에 있어, 언니는 말한다.

하얀 이정표가 나를 쳐다본다. 운전대 위로 아버지의 얼굴이 반쪽만 보인다. 이모가 아버지의 귀를 만진다.

작은 새들이 이 가지에서 저 가지로 폴짝폴짝 옮겨다닌다. 그러다 숲속으로 사라진다. 크게 지저귀는 소리가 잠깐 들린다. 새들은 발이 나뭇가지에 닿지 않으면 그대로 날아가버린다. 두 발을 배에 바싹 붙이고서, 아무 소리도 내지 않고. 그 새들의 이름이 무엇인지는 케테 언니도 모른다.

언니는 오이 궤짝 안에서 가시 돋친 자그마한 오이를 찾는다. 입을 오므려 한 입 베어 물고는 껍질을 뱉어낸다.

제일 높이 솟은 산봉우리 너머로 해가 떨어진다. 산이 흔들리며 빛을 삼킨다. 우리 마을에서는 해가 묘지 너머로 지는데, 내가 말한다. 산속은 우리 마을보다 더 빨리 어두워져, 케테 언니가 커다란 토마토를 베어 먹으며 말하고는, 뽀얗고 갸름한 손을 내 무릎에 올려놓는다. 언니의 손과 내 살갗 사이에서 자동차가 웅웅거린다. 산속은 우리 마을보다 겨울도 더 빨리 와, 나는 말한다.

자동차가 쿵쿵거리며 초록색 불빛으로 숲 언저리를 탐색한다. 양치류가 어둠 속으로 뾰족한 잎을 흩날린다. 이모는 차창에 뺨을 대고 잠이 든다. 아버지의 담배가 운전대 위에서 빨갛게 달아오른다.

밤이 자동차 위의 궤짝들을 날름 먹어치우고, 궤짝 안의 채소들을 날름 먹어치운다. 산속에서는 토마토 냄새가 집에서보다 더 강렬하다. 케테 언니는 팔도 없고 얼굴도 없다. 언니의 손이 내 차가운 무릎을 따뜻하게 쓰다듬는다. 언니의 목소리가 내 옆에 앉아 있는데도 멀리서 들려오는 듯하다. 나는 어둠 속에서 입을 잃어버리지 않으려고 말없이 입술을 깨문다.

자동차가 덜컥 선다. 아버지가 초록색 불을 끄고는 자동차에서 내리며 다 왔다고 외친다. 자동차는 길쭉한 집 앞의 전등불 아래 서 있다. 지붕이 숲처럼 새까맣다. 이모가 자동차 문을 닫고 아버지의 손에 잠옷을 쥐여준다. 굽은 집게손가락으로 어둠 속을 가리키며 말한다, 저기 위쪽에 마을이 있어. 나는 이모의 집게손가락이 가리키는 곳을 바라본다. 달이 보인다.

여기 물레방아가 있어, 케테 언니가 말한다. 아버지가 잠옷을 겨드랑이에 끼고는 이모에게 열쇠를 내민다. 이모가 초록색 현관문을 연다. 케테 언니가 말한다, 이 집 할머니는 저기 윗마을의 여동생 집에서 살아.

이모가 까만 문을 열고 들어간다. 아버지는 거기가 이모 방이라고 말한다. 그러고는 좁은 나무계단을 올라가 벼락닫이 문을 닫는다. 케테 언니와 나는 곁방의 옹색한 침대에 나란히 눕는다. 침대 위의 작고 까만 창문에 하얀 레이스 커튼이 쳐져 있다. 벽 너머에서 졸졸 물 흐르는 소리가 들린다. 케테 언니가 말한다, 냇물 소리야.

언니의 머리카락이 내 귓가에서 서걱거린다. 작고 까만 창문 밖에서 달이 구름의 까만 주둥이에 매달려 있다. 거기가 마을이다.

케테 언니의 허벅지는 내 허벅지보다 아래에 있고, 언니의 머

144

리는 내 머리보다 위에 있다. 언니의 배가 뜨거운 공기를 내뿜는
다. 나의 짧고 마른 몸뚱이 아래로 짚을 채운 매트리스가 바스락
거린다.

까만 문 뒤에서 침대가 바스락거린다. 벼락닫이 문 뒤에서 건
초가 바스락거린다.

케테 언니의 배가 내뿜는 뜨거운 공기에서 썩은 배 냄새가 풍
긴다. 언니의 숨결이 자는 동안 새근새근 속삭인다. 하얀 레이스
커튼에서 하얀 꽃 뭉치가 자라나 물을 뚝뚝 떨어뜨린다. 꽃자루
가 손을 내밀고 꽃잎이 고불고불 굽이친다.

끼익하는 소리가 층계를 굴러내려간다. 나는 고개를 쳐들었
다가 도로 떨어뜨린다. 아버지가 그 끼익하는 소리를 뒤따르고
있다. 아버지는 맨발이다. 아버지의 커다란 손이 까만 문에 닿는
다. 까만 문은 끼익 소리를 내지 않는다. 아버지의 발가락에서
탁 소리가 나고, 까만 문이 아버지의 등뒤에서 소리 없이 닫힌
다. 이모가 킬킬거리며 말한다. 발이 차가워. 아버지가 쩝쩝거리
며 말한다, 쉬하고 건초 때문이야. 침대가 삐걱거린다. 베개가
크게 숨을 내쉰다. 이불이 들썩거린다. 이모가 신음한다. 아버지
가 헐떡인다. 나무침대가 움찔거린다.

집 뒤에서 냇물이 웅얼거린다. 자갈이 밀치고 돌들이 내리누른
다. 케테 언니가 자면서 손을 움찔한다. 이모가 킬킬거리고, 아

버지가 속삭인다. 까만 창문 너머, 둥근 꽃잎이 살랑거린다.

까만 문이 찰칵 소리를 낸다. 아버지가 맨발에 발꿈치를 들고 좁은 나무계단을 올라간다. 셔츠는 풀어헤친 채로. 걸음걸이에서 썩은 배 냄새가 난다. 벼락닫이 문이 끼익 소리를 내며 천천히 닫힌다. 케테 언니가 자면서 얼굴을 돌린다. 아버지의 허벅지가 건초 속에서 바스락거린다.

내 두 눈 사이에서 냇물이 웅얼거린다, 나는 부정한 짓을 했어, 나는 부정한 짓을 보았어, 나는 부정한 짓을 들었어, 나는 부정한 짓을 읽었어. 나는 두 손을 이불 아래로 집어넣는다. 허벅지에 손가락으로 고불고불 길을 그린다. 우리 마을이 내 무릎 위에 있다. 잠든 케테 언니의 배가 움찔한다.

꽃 뭉치의 하얀 꽃자루가 고개를 숙인다. 까만 창문에 회색빛 금이 간다. 구름에 불그스름한 끈들이 가득 달려 있다. 전나무의 뾰족한 이파리 끝이 초록으로 물든다.

이모가 흐트러진 모습으로 까만 문에 서 있다. 잠옷 아래로 멜론이 바르르 떤다. 이모는 불그스름한 구름과 바람에 대해 뭐라고 말한다. 케테 언니가 빨간 입을 크게 벌려 하품을 하며 작은 창문 앞에서 두 팔을 쳐든다. 벼락닫이 문이 끼익 소리를 낸다. 아버지가 허리를 숙이고 좁은 계단을 내려온다. 아버지의 꺼칠꺼칠한 얼굴이 말한다, 잘 잤니. 나는 대답한다, 네. 케테 언니는 고개를 끄덕인다. 이모가 블라우스 단추를 채운다. 멜론 사이의 단추는 아주 작아서 단춧구멍 속으로 미끄러지듯 쏙 들어간다. 이모가 아버지의 얼굴을 쳐다보며, 바람과 불그스름한 구름에 대해 또 뭐라고 말한다. 아버지가 나무계단에 몸을 기대고 머리를 빗는다. 기름진 빗에서 검은 머리카락 한 움큼이 계단 옆으로 떨어진다. 두시에 너희를 데리러 오마, 아버지가 말한다. 이모가 웃는 얼굴로 초록색 문을 바라보며 말한다, 케테가 알고 있어.

자동차가 부릉거린다. 이모가 아버지 옆에 올라탄다. 이모가 기름진 빗으로 머리를 빗는다. 귀밑머리가 허옇다.

나는 멀리 보이는 빨간 지붕들 쪽으로 눈길을 돌린다. 케테 언니가 말한다, 저기 위쪽에 마을이 있어. 나는 묻는다, 그 마을은 커. 언니가 대답한다, 작고 볼품없어.

나는 풀밭에 눕고, 케테 언니는 냇가의 돌 위에 앉는다. 언니의 허벅지 사이로 보이는 파란 팬티에 썩은 배의 노르스름한 얼룩이 묻어 있다. 언니는 치마로 허벅지를 가린다. 그러고는 막대기로 물을 때려 돌들 아래로 흘려보낸다.

나는 물을 응시하며 묻는다, 언니는 벌써 어른이야. 케테 언니는 조약돌을 물속에 던지며 대답한다, 여자는 남자가 있어야만 어른이 되는 법이야. 그럼, 언니 엄마는. 나는 입속의 자작나무 이파리를 물어뜯으며 묻는다. 언니는 마거리트 꽃잎을 떼며 웅얼거린다. 날 사랑한다, 날 사랑하지 않는다. 꽃잎을 전부 떼어내고는 노란 마거리트 꽃꼭지를 물속에 던진다. 하지만 우리 어머니는 자식들이 있어, 언니는 말한다. 남자가 없으면 어떻게 자식이 있겠니. 그 남자는 어디 있는데, 나는 묻는다. 언니는 양치류 이파리를 잡아 뜯는다. 날 사랑한다, 죽었다, 날 사랑하지 않는다. 내 말을 못 믿겠으면 네 엄마한테 물어봐. 나는 마거리트 꽃을 꺾는다. 엘리 아줌마는 나이가 많은데도 자식이 없어, 나는 말한다. 엘리 아줌마는 남자가 한 명도 없었어, 언니가 말하고는 갈색 반점으로 뒤덮인 개구리를 돌로 으깬다. 엘리 아줌마는 노처녀야, 언니는 말한다. 빨간머리는 유전된대, 나는 물을 응시한다. 아줌마네 닭들도 빨간색이고, 아줌마네 토끼들도 눈이 빨개, 나는 말한다. 마거리트 꽃 속에서 나온 새까맣고 작은 딱정벌레들이 내 손등으로 기어오른다. 엘리 아줌마는 저녁마다 정원에서 노래를 불러, 나는 말한다. 케테 언니가 나무 그루터기에 올라서서 소리친다. 엘리 아줌마는 술을 마시니까 노래를 하는 거야. 여자들은 결혼해야 돼, 그래야 술을 안 마셔. 그러면 남자들은, 나는 묻는다. 남자들이야 남자니까 술을 마시지, 언니가 풀밭으로 껑충 뛰어내리며 말한다. 남자들은 여자가 없어도 남자야. 그럼 언니 신랑감은, 나는 묻는다. 그 사람은 다들 마시니까 그냥 마시는 거야, 언니가 말한다. 그럼 언니는, 나는 묻는다. 언니가 눈을 부라린다. 난 결혼할 거야. 나는 돌멩이를 물속에 던지며 말한다. 난 술도 안 마시고 결혼도 안 할 거야. 언니가 웃는다. 물론 지금은 그렇게 말하지만 너도 이담에 크면 결혼하게 될 거야. 넌 아직 너무 어려. 그래도 내가 하기 싫으면, 나는 말한다. 언니는 산딸기를 따며 말한다. 너도 크면 결혼하고 싶어질 거야.

언니는 풀밭에 누워 산딸기를 먹는다. 언니 잇새에 빨간 모래알이 끼었다. 허벅지는 길고 창백하다. 팬티에는 축축한 흑갈색 얼룩이 묻어 있다. 언니는 딸기 꼭지를 자기 얼굴에 내던지며 노래한다. 내게 데려다줘요, 내가 이 세상 누구보다 사랑할 남자를, 날 행복하게 해줄 남자를. 언니의 혀가 입속의 하얀 실 끝에 매달려 빨갛게 빙글빙글 돈다. 엘리 아줌마는 저녁마다 정원에서 노래를 불러, 나는 말한다. 언니가 입을 다문다. 노래 계속해봐, 나는 말한다. 언니가 풀밭에 무릎을 꿇고서 손짓한다. 저 멀리 지붕 사이로 자동차가 굴러온다. 자동차 위에서 빈 상자들이 덜그럭거린다.

아버지가 자동차에서 내려 초록색 현관문을 걸어 잠근다. 이모는 조수석에 앉아 돈을 센다. 나는 케테 언니와 함께 차에 올라탄다. 자동차가 부릉부릉한다. 언니가 내 옆의 빈 오이 궤짝 위에 앉는다.

자동차는 빠르게 달려간다. 숲이 정말 울창하다. 이름 모를 작은 새들이 길 위로 푸드덕 날아간다. 나뭇가지가 언니의 얼굴에 물결 모양의 그림자를 드리운다. 언니의 입술은 윤곽이 거무스름하고 선명하다. 속눈썹은 전나무 잎처럼 뾰족하고 숱이 많다.

마을을 오가는 남자들도 여자들도 보이지 않는다. 우람한 나무들 아래 벌거벗은 아이들도 보이지 않는다. 우람한 나무들 사이에서 시든 과일이 나뒹군다. 털이 덥수룩한 개들이 멍멍 짖으며 자동차 바퀴를 뒤쫓아온다.

언덕들이 넓은 들판으로 이어진다. 평원이 까만 배를 깔고 엎드려 있다. 바람이 잠잠하다. 케테 언니가 말한다, 곧 집에 도착할 거야. 언니는 늘어진 아카시아 가지를 잡아당긴다. 뽀얀 손으로 아카시아 잎을 잡아 뜯는 언니의 얼굴에는 표정이 없다. 언니의 목소리가 낮게 말한다, 날 사랑한다, 날 사랑하지 않는다. 언니는 아카시아 이파리를 전부 떼고 앙상한 줄기를 입에 넣고 씹는다.

들판 너머에 회색빛 성당 탑이 보인다. 저기 우리 성당이 보여, 케테 언니가 말한다. 마을은 평평하고 거무죽죽하고 적막하다. 마을 어귀에서 십자가에 매달린 예수가 고개를 떨어뜨리고 양손을 내보인다. 예수의 발가락은 앙상하고 길다. 언니가 성호를 긋는다.

연못이 휑하니 검게 빛난다. 커다란 뱀이 방앗간의 밀기울과 밀가루를 먹어치운다. 마을은 휑하다. 자동차가 성당 앞에 멈춘다. 이제 성당 탑은 보이지 않는다. 나는 포플러나무들 뒤로 길게 이어지는 울퉁불퉁한 벽을 바라본다.

케테 언니가 이모와 함께 까만 길을 따라 내려간다. 그 길에는 방향이 없다. 포석이 보이지 않는다. 나는 아버지 옆에 앉는다. 이모 허벅지의 온기가 아직 좌석에 남아 있어 따뜻하고 썩은 배 냄새가 난다.

아버지는 자동차를 운전하고 또 운전한다. 한 손으로 머리카락을 쓸어넘기고 혀로 입술을 훑는다. 아버지는 두 손과 두 발로 휑하니 빈 마을을 달린다.

집은 보이지 않고 창문 뒤에서 불빛만 너울거린다. 아버지는 대문 그림자를 가로질러 마당으로 자동차를 몰고 간다. 자동차에 덮개를 씌운다.

어머니가 전등불 아래 식탁 언저리에 앉아 있다. 구멍 난 양말 발꿈치를 회색 털실로 꿰맨다. 털실이 어머니 손에 매끄럽게 휘감긴다. 어머니는 아버지의 윗도리를 똑바로 바라보며 미소 짓는다. 미소가 보일 듯 말 듯 입가에서 서성인다.

아버지가 파란 지폐를 식탁에 펼쳐놓고 센다. 그러고는 크게 말한다, 만 레이야. 우리 언니는, 어머니가 묻는다. 제 몫은 벌써 가져갔지, 아버지가 대답한다. 그리고 기술자한테도 팔천 레이를 줘야 해. 이 돈에서, 어머니가 묻는다. 아버지는 고개를 젓는다. 어머니는 돈을 두 손으로 받아들고 장롱으로 가져간다.

나는 침대에 눕는다. 어머니가 몸을 숙여 내 볼에 입을 맞춘다. 어머니의 입술은 손가락처럼 딱딱하다. 어젯밤에 잠은 어떻게 잤니, 어머니가 묻는다. 나는 눈을 감는다, 아버지는 위층의 건초에서 자고 이모는 자기 방에서 잤어. 나는 케테 언니하고 곁방에서 잤고, 나는 말한다. 어머니가 내 이마에 살짝 입을 맞춘다. 어머니의 눈이 차갑게 빛난다. 어머니는 몸을 돌려 방을 나간다.

시계 소리가 째깍째깍 방 안에 울려 퍼진다, 나는 부정한 소리를 들었어. 내 침대가 얕은 강물과 평원의 생기 없는 활엽수림 사이에 있다. 벽 너머에서 침대가 움찔움찔 요동친다. 어머니가 신음한다. 아버지가 헐떡거린다. 까만 침대와 썩은 배가 평원에 주렁주렁 달려 있다.

눈꺼풀 아래 잠이 까맣다.

숨 막히는 탱고

어머니의 스타킹을 고정시키는 가터벨트가 엉덩이를 깊이 파고들고, 힘껏 졸라맨 배 아래 위장을 내리누른다. 가터벨트는 튤립 무늬가 어른거리는 밝은 하늘색 다마스크로 만들어졌으며, 스테인리스 철사 고리 두 개와 하얀 고무꼭지 두 개가 붙어 있다.

어머니는 검은색 실크스타킹을 탁자에 내려놓는다. 실크스타킹의 장딴지는 통통하고 투명하다. 장딴지는 검은 유리로 만들어졌다. 실크스타킹의 발꿈치는 둥그렇고 불투명하며, 발가락은 뾰족하고 불투명하다. 발꿈치와 발가락은 검은 돌로 만들어졌다.

어머니는 검은색 실크스타킹을 다리 위로 끌어올린다. 어른

거리는 튤립이 어머니의 엉덩이에서 배 위로 헤엄쳐간다. 고무
꼭지가 검게 변하고 고리가 잠긴다.

어머니는 돌로 만들어진 발가락을 검은구두 안에 집어넣고,
돌로 만들어진 발꿈치를 검은구두 안에 밀어넣는다. 어머니의
발목은 돌로 만들어진 검은 목이다.

종소리가 둔탁하고 단호하게 같은 말을 반복한다. 종소리는
묘지에서 울려온다. 종이 울린다.

어머니가 짙푸른 전나무 가지와 하얀 국화로 엮은 음울한 화
환을 든다. 할머니는 하얀 돌멩이들로 엮은 쩔렁거리는 화환을
든다. 할머니의 화환에는 미소를 머금은 성모마리아가 그려진
둥그런 그림과 함께 Szüz Mária Köszönom(성모마리아께 감사
를)이라는 옛 헝가리 왕조의 빛바랜 문자가 붙어 있다. 할머니
의 집게손가락 아래 빨갛게 쓸린 가녀린 손목 위에서 화환이 흔
들린다.

나는 서로 뒤얽힌 양치식물 한 다발을 안고 내 손가락처럼 허
옇고 차가운 양초를 한손 가득 든다.

어머니의 옷에 검은 주름이 생긴다. 어머니의 구두가 또각또
각 종종걸음을 친다. 어머니의 튤립이 어머니의 배 주위를 헤엄
친다.

종이 울리며 같은 말을 반복한다. 앞뒤로 메아리치며 끊이지

않고 이어진다. 어머니가 유리로 만들어진 장딴지와 돌로 만들어진 발목으로 메아리치는 말을 향해, 종소리를 향해 총총히 걸음을 옮긴다.

어머니보다 몇 걸음 앞에서 키 작은 제프가 상록수와 하얀 국화로 엮은 화환을 들고 걸어간다.

나는 음울한 전나무 가지 화환 사이에서, 쩔렁거리는 하얀 돌멩이 화환 사이에서 걸음을 뗀다. 서로 뒤얽힌 양치식물을 뒤따라간다.

묘지 정문을 지나가는 내 얼굴에 종소리가 울려 퍼진다. 종소리는 머리카락 아래로 깊이 파고든다. 눈가의 맥박을 파고들고, 이리저리 뒤얽힌 양치식물 아래의 지친 손목을 파고든다. 흔들흔들 종을 치는 줄의 매듭이 내 숨통을 틀어막는다.

할머니의 집게손가락은 손톱뿌리가 푸르스름하게 죽어 있다. 할머니는 쩔렁거리는 하얀 돌멩이 화환을 묘비 옆 아버지 얼굴 위에 건다. 이제, 아버지의 움푹 팬 눈이 있는 곳에 미소를 머금은 성모마리아의 붉게 여윈 심장이 있다. 이제, 아버지의 굳은 입술이 있는 곳에 옛 헝가리 왕조의 문자가 있다.

어머니가 음울한 전나무 가지 화환 위로 몸을 숙인다. 어머니의 위장이 배를 내리누른다. 어머니의 뺨에 눌려 하얀 국화가 안으로 말린다. 무덤 주위를 스쳐 지나는 바람에 어머니의 검은 옷이 부풀어오른다. 어머니의 검은 유리 발에 가느다랗고 하얗게 금이 가 있다. 하얀 금은 어머니의 허벅지를 지나 고무꼭지까지, 튤립이 헤엄치는 어머니의 배까지 이어진다.

할머니가 무덤가에 놓인, 서로 뒤얽힌 양치식물을 죽은 집게손가락으로 매만진다. 나는 양치식물 줄기 사이에 흰 양초를 꽂고 차가운 손끝으로 땅을 후빈다.

성냥불이 어머니의 손에서 파르스름하게 가물거린다. 어머니의 손가락이 떨리고, 불꽃이 떨린다. 땅이 내 손가락 마디를 갉아 먹는다. 어머니가 불꽃을 들고 무덤을 한 바퀴 돌며 말한다. 무덤을 후비면 안 돼. 할머니가 미소를 머금은 성모마리아의 붉게 여윈 심장을 죽은 집게손가락으로 가리킨다.

예배당 계단에 신부가 서 있다. 신부의 구두 위로 검은 주름이 늘어져 있다. 주름은 배를 넘어 턱 아래까지 기어올라간다. 신부의 머리 뒤로 종을 치는 줄이, 줄의 두툼한 매듭이 왔다갔다한다. 신부가 말한다. 살아 있는 영혼들과 죽은 영혼들을 위해 기도합시다. 그러고는 뼈마디가 불거진 두 손을 배 위에 모은다.

전나무 가지의 뾰족한 잎들이 합장하고, 양치식물의 이리저리 뒤얽힌 줄기들이 고개를 숙인다. 국화에서 향긋한 눈₁ 냄새가 나고, 촛불에서 향긋한 얼음 냄새가 난다. 무덤 위의 대기가 새까매지면서 기도를 흥얼거린다. 주 하느님, 천상의 지배자시여, 우리를 이 속박에서 구하소서. 예배당 탑 위에서 밤이 어머니의 유리 발처럼 새까매진다.

어머니의 손가락에서 촛농이 뚝뚝 떨어져 덤불처럼 쌓인다. 덤불 같은 촛농이 공기에 닿아 내 늑골처럼 뻣뻣하게 굳는다. 새까맣게 탄 심지가 불꽃을 지탱하지 못하고 바스러진다. 양초가 부러지면서 흙덩이가 양치식물 아래로 구른다.

어머니가 안으로 말린 국화를 이마에 대며 말한다. 무덤 위에 앉으면 안 돼. 할머니가 죽은 집게손가락을 곧게 뻗는다. 어머니의 유리 발에 생겨난 금이 할머니의 죽은 집게손가락만큼 넓어진다.

신부가 말한다. 친애하는 교우 여러분, 오늘은 모든 성인을 위한 대축일입니다. 이 세상을 떠난 사랑하는 사람들, 죽은 영혼들이 기쁨의 축제를 벌이는 날입니다. 오늘, 우리의 죽은 영혼들이 헌당 기념 축제를 벌입니다.

키 작은 제프가 상록수 화환 위에 두 손을 모으고서 이웃 무덤에 서 있다. 오, 하느님, 우리를 이 속박에서 구해주소서. 파르르 떠는 불빛 속에서 제프의 허연 머리카락이 파르르 떤다.

키 작은 제프가 붉은 손풍금으로 하얗게 나부끼는 새색시들을 온 마을에 울려 퍼지도록 연주한다. 하얀 밀랍 리본을 달고서 제단 주위로, 미소를 머금은 성모마리아의 붉게 여윈 심장 아래로 쌍쌍이 모여드는 결혼식 하객들을 연주한다. 바닐라 케이크의 꼭대기에 앉아 새색시의 얼굴 앞으로 다가가는 하얀 밀랍 비둘기 두 마리를 연주한다. 키 작은 제프는 남자들과 여자들의 팔다리를 위해 붉은 손풍금으로 숨 막히는 탱고를 연주한다.

키 작은 제프는 손가락도 짧고 신발도 짧다. 짧은 손가락을 곧게 펴서 건반을 누른다. 넓은 건반은 흰 눈으로 이루어졌고 좁은 건반은 흙으로 이루어졌다. 키 작은 제프는 좁은 건반은 거의 누르지 않는다. 좁은 건반을 누르면 음악이 차가워진다.

아버지의 허벅지가 튤립이 어른어른 헤엄치는 어머니의 배에 바싹 달라붙는다.

바람에 나부끼는 새색시는 이웃집 여인이다. 이웃집 여인이 손가락으로 손짓한다. 이웃집 여인은 케이크에서 갈비뼈를 잘라 내게 건네고, 소심한 미소를 지으며 하얀 밀랍 비둘기들을 손에 쥐여준다.

나는 손을 꼭 쥔다. 비둘기들이 내 피부처럼 따뜻해지면서 땀을 흘린다. 나는 하얀 밀랍 비둘기들을 고기 경단과 빵 속에 넣고 베어 먹는다. 빵을 삼키면서 숨 막히는 탱고를 듣는다.

어머니가 헤엄치는 튤립과 삼촌의 허벅지와 춤을 추며 테이블 옆을 지나간다. 어머니 입가에 안으로 말린 국화가 붙어 있다. 어머니는 말한다. 먹는 걸 가지고 장난치면 안 돼.

신부가 뼈마디 굵은 두 손을 하느님의 이름으로 높이 쳐든다, 우리를 이 속박에서 구하소서. 신부의 손에서 연기 덤불이 뭉실뭉실 올라간다. 종을 치는 줄의 매듭을 맴돌며 탑으로 높이 올라간다.

무덤이 내려앉았어, 어머니가 말한다. 꽃이 자라려면 마차 두 대분의 흙과 마차 한 대분의 거름을 새로 갖다 부어야 해. 어머니의 검은구두가 모래에서 사각거린다. 네 삼촌이 죽은 형을 위해 그 정도는 할 수 있을 거야, 어머니는 말한다.

할머니가 하얀 돌멩이 화환을 죽은 집게손가락에 건다.

아버지의 움푹 팬 눈이 하얗게 금 간 어머니의 검은 유리 발을 바라본다. 어머니의 검은 구두가 두더지가 파헤친 흙더미를 넘어 낯선 무덤 사이를 걸어간다.

우리는 묘지 정문을 나선다. 마을이 전나무 가지와 양치식물, 국화와 밀랍 덤불의 냄새를 풍기며 주저앉는다.

키 작은 제프가 나보다 앞서 걸어간다.

마을은 온통 검다. 구름은 검은 다마스크로 이루어져 있다.

할머니가 하얀 돌멩이 화환을 쩔렁거린다. 어머니가 내 손가락을 꽉 누른다.

아버지는 우리의 죽은 영혼이다. 아버지는 오늘 헌당 기념 축제를 벌이고, 춤을 추며 마을 언저리를 지나간다.

어머니의 가터벨트가 엉덩이 깊이 파고든다.

아버지가 숨 막히는 탱고를 추며, 검은 다마스크 구름에 허벅지를 바싹 붙인다.

창문

어머니가 여덟번째 끈으로 내 허리를 조인다. 하얀 끈들이 몸을 조인다. 끈들이 뜨겁게 허리를 누르고 숨통을 조인다.

페터가 식탁 모서리의 의자에 앉아 기다린다.

속치마에는 빳빳한 주름이 잡히고 레이스가 달려 있다. 레이스 구멍들과 가느다란 결들이 퀴퀴한 냄새를 풍기며 무겁게 짓누른다. 낡은 방앗간의 기다란 벽처럼 레이스에는 석회질의 하얀 결이 있다.

아홉번째 치마는 아침나절의 자두처럼 연한 잿빛이다. 치마가 돌처럼 단단한 속치마 위에서 헤엄을 친다. 치마의 뜨거운 끈만 느껴진다. 아홉번째 치마는 실크처럼 보드랍고 희미하게 빛나는 회색빛 바탕에 하얀 꽃무늬가 있다. 종 모양의 꽃부리를 숙인 작은 꽃들. 꽃부리들이 주름 속에 숨어 있다. 내가 빙그르르 몸을 돌릴 때만, 손풍금이 끽끽거리고 검은 클라리넷이 울부짖고 북의 팽팽한 송아지 가죽이 웅웅거릴 때만, 꽃부리들은 모습을 드러낸다.

페터가 나를 빙그르르 돌린다.

하얀 종들이 아찔하게 현기증을 느끼며 찰랑찰랑 박자를 맞춘다. 내 구두가 타닥타닥 박자를 맞추고, 내 스카프의 수술이 하늘하늘 박자를 맞춘다. 내 머리카락이 나풀나풀 박자를 맞춘다. 곱슬머리 한 가닥이 귓가로 흘러내리고, 곱슬머리 한 가닥이 목덜미로 흘러내리고, 곱슬머리 한 가닥이 콧잔등으로 흘러내린다. 북이 다리처럼 둔탁하게 웅웅거린다.

바르바라의 머리 뒤에서 토니가 반쪽만 보이는 얼굴을 빙그르르 돌린다. 내 눈이 토니의 귀를 스치며 빙그르르 돈다. 내 귀가 페터의 머리 주위를 빙그르르 돈다.

송아지 가죽이 내 관자놀이에서, 내 팔꿈치에서, 내 무릎에서 웅웅거린다. 송아지 가죽이 내 스카프 아래서, 내 살갗 아래서 웅웅거리며 내 가슴을 내리누른다. 내 허리가 뜨겁고 내 허벅지가 팽팽하고 내 근육이 배 위에서 빙그르르 돈다.

토니와 나 사이에서 네 개의 스카프가 술장식을 펄럭인다. 토니와 나 사이에 빵집 주인의 얼굴과 그의 검은 클라리넷이 있다.

내 속치마가 살랑거리며 장딴지 주위를 돈다. 실크처럼 보드라운 회색빛 치마가 페터의 검은 바짓가랑이 주위를 빙그르르 돈다. 하얀 종들이 주름 밖으로 고개를 내민다. 실크처럼 보드라운 회색빛 치마는 침묵을 지키는 종이다.

페터의 허벅지가 뜨겁게 움찔한다. 페터의 무릎은 단단하고 뾰족하다. 페터의 눈이 내 얼굴 앞에서 반짝인다. 페터의 입언저리가 촉촉하고 빨갛게 빛난다. 페터의 손은 크고 단단하다. 토니가 바르바라의 손을 들어올려 자신의 귀 밑으로 가져간다.

검은 클라리넷이 입을 다문다. 빵집 주인이 클라리넷을 흔들어 침을 턴다. 빵집 주인이 노래를 부른다, 날이 새도록 나와 춤추세. 페터가 하얀 셔츠의 빳빳한 칼라를 내 목에 누른다.

나는 눈을 감고서 실크처럼 보드라운 회색빛 치마를 입고 토니와 춤추며, 마을 변두리로, 방앗간 뒤로, 높은 전등불이 내뿜는 하얀빛의 마지막 속눈썹 뒤로, 우묵한 다리 아래로 간다.

내 블라우스는 부드러우며, 블라우스 단추는 작고 단춧구멍은 크다. 내 치마가 어른어른 안개처럼 위로 올라간다. 내 배 위에서 토니의 손이 뜨겁게 불탄다. 내 무릎이 사르르 벌어진다, 내 허벅지 길이만큼 넓게 벌어진다. 내 배가 움찔하고, 내 관자놀이가 눈을 내리누른다. 우묵한 다리가 신음을 내뱉고, 그 메아리가 내 입속으로 추락한다. 토니가 숨을 헐떡이고, 풀밭은 한숨을 내쉰다. 내 치마가 내 팔꿈치 아래서 어른거린다. 토니의 등이 내 손에 땀을 흘린다. 하늘 높이 달 속에서, 내 머리카락 뒤에서 개들이 미친 듯이 짖어댄다. 야간경비원이 낡은 방앗간의 기다란 석회 벽에 기대 잠들어 있다. 다리가 내 손 주위를 빙그르르 돌고, 내 혀가 토니의 입 안에서 빙그르르 돈다. 토니가 헉헉거리는 숨결로 내 배에 구멍을 뚫는다. 내 무릎이 다리 끝으로 헤엄쳐간다. 다리가 내 눈 속으로 무너져내린다. 뜨거운 진창이 내 배 속으로 흘러들어와 내 위로 넓게 퍼지고 내 숨을 틀어막는다.

나는 눈을 뜬다. 내 이마에서 물방울이 파르르 떤다. 우묵한 다리 아래서 피곤에 지친 비가 내 목을 타고 흘러내린다.

페터가 커다란 엄지손가락으로, 끈적거리는 땀으로 내 손을 짓누른다. 페터가 나를 빙그르르 돌리고, 자신도 내 주위를 빙그르르 돈다. 나는 페터 주위에서 헤엄친다. 내 무릎은 납처럼 무겁다.

빵집 주인이 검은 클라리넷을 흔들어 침을 털고, 목을 불룩거리며 노래를 부른다. 안 돼, 안 돼, 키스는 싫어, 그녀는 말했지. 빵집 주인의 눈이 포도주 항아리 안에서 돌듯 빙그르르 돈다. 토니의 검은 어깨가 바르바라의 나부끼는 술장식 주변을 빙그르르 돈다.

페터가 나와 함께 손을 모아 창문을 만든다. 내 손가락이 페터의 손가락에 끈끈하게 달라붙는다. 내 팔이 페터의 팔꿈치에 휘감긴다. 페터의 살과 내 짓눌린 손으로 만든 창문이 내 얼굴 앞에서 빙그르르 돈다. 그 창문을 통해 토니의 얼굴 반쪽이 보인다.

우리의 창문들 사이로, 우리의 반쪽 얼굴들 사이로, 검은 실크 두건을 쓴 어머니의 모난 얼굴이 보인다. 반점이 박힌, 찌르는 듯 날카로운 어머니의 눈, 이 빠진 어머니의 입.

찌르는 듯 날카로운 두 눈이 모난 얼굴에서, 검은 실크 두건에서 헤엄쳐나온다. 탁 트인 길 끝으로, 가로막힌 마을 끝으로 헤엄쳐간다. 찌르는 듯 날카로운 두 눈은 정원들 너머에서, 우묵한 다리 너머에서 땅을 파고 그 안으로 부서져내린다.

마을 언저리에 십자가가 서 있다. 길가에서 예수가 십자가에 매달려 피를 흘린다. 부러진 자두나무들이 만들어낸 창문 사이로 멍하니 순무밭을 바라본다.

내 눈이 창문에서 헤엄쳐나간다. 내 머릿속에서, 내 뜨거운 입속에서, 내 은밀한 땀 속에서 헤엄쳐나간다. 내 창문은 앞을 못 본다. 내 팔은 페터의 팔에 얽혀 죽어 있다. 나는 앞을 못 보는 내 창문을 한 번 더 바라보고는 재빨리 소리 죽여 말한다. 속이 메슥거려.

혀가 내 입속으로 떨어진다. 나는 실크처럼 보드랍고 희미하게 빛나는 회색빛 종에 걸려 넘어진다. 늙은 여인들이 입은 검은 치마의 어수선한 주름 속으로, 내민 손 안으로, 이 빠진 입속으로 가라앉는다.

검은 치마들은 길처럼 탁 트여 있고 마을처럼 가로막혀 있다. 정원들 너머에서, 찌르는 듯 날카로운 눈 너머에서, 이 빠진 입 너머에서, 치마들은 손에 쥔 흙처럼 바스러진다.

성냥갑을 든 남자

저녁마다 마을이 잿더미로 변한다. 맨 먼저 구름이 불탄다.

해마다 여름이 헛간을 앗아간다. 사람들이 춤추고 카드놀이를 하는 일요일마다 헛간들이 불에 탄다. 땅거미가 거리를 굴러온다. 그러면 밀짚과 나무줄기에서 연기가 피어오른다. 단 한 사람, 마음속에 증오를 품고서 감자밭을 지나 옥수수밭 너머로 가는 남자, 성냥갑을 든 남자만이 그것을 안다. 이 텃밭에서 연약한 어린아이인 그는 무거운 자루를 힘겹게 나르고 순무를 캤다. 이 집의 외양간에서 잠을 잤다. 이 집에서 금발을 매끄럽게 땋아내리고 겨울에 오렌지를 먹었던 동갑내기 여자아이에게 머슴이라고 불렸다. 지금 그는 옥수수밭을 지나고 있다. 등뒤에서 사각거리는 소리가 들린다. 그는 바람 소리라고 믿는다.

이제 불꽃이 너울너울 타오른다. 뜨겁게 달아오른 붉은 치마를 휘날리며 지붕의 기와 위로 높이 올라간다. 마을의 하늘에서 벌써 불꽃이 꿈틀댄다.

불이야, 한 사람이 외친다. 그러더니 두 사람이 외치고, 급기야 모든 사람이 똑같은 말을 외친다. 마을이 언덕 위에서 요동친다. 남자들이 양동이를 들고 달려온다.

소방축제를 벌이던 소방대원들이 빨간색 이동식 소방펌프를 들고 달려온다. 소방펌프가 끼익 소리를 내며 나무들을 향해 흔들흔들 팔을 내뻗는다. 와사삭 소리가 나면서, 시뻘겋게 달아오른 커다란 헛간 주위가 환히 밝아진다. 그러더니 우지끈 소리와 함께 들보들이 동강나 무너져내린다. 얼굴들이 빨개지고 까매지고 겁에 질려 부풀어오른다.

나는 마당에 서 있다. 내 목에서 다리들이 자라난다. 내게는 꽉 막힌 목구멍만이 남아 있다. 내 목구멍이 울타리들을 껑충껑충 뛰어넘는다.

불길이 날 꼼짝 못하게 에워싸고 위협한다. 불길이 점점 가까워진다.

내가 불을 질렀다. 오로지 개들만이 그걸 안다. 개들은 밤마다 내 잠 속을 배회한다. 개들은 절대 누구에게도 누설하지 않을 거라고 한다. 하지만 내 목숨이 끊어질 때까지 그들은 짖어댈 것이다.

　남자들이 허둥지둥 우리 마당으로 뛰어들어왔다. 그들은 정원에 우유를 쏟아붓고 양동이들을 가져갔다. 그리고 아버지의 소맷부리를 잡아당기며 같이 가자고 말했다. 자네도 소방대원이잖아. 자네한테도 근사한 모자와 새빨간 유니폼이 있어. 아버지도 그들을 따라 소리치며 뒤를 쫓아갔다. 아버지의 눈에 그들의 두려움이 어른거렸다. 아버지의 새빨간 유니폼이 아버지보다 먼저 포석 위를 달려갔다. 발걸음을 뗄 때마다 아버지의 근사한 모자가 숱 많은 머리카락을 한 줌씩 먹어치웠다. 내 이마에 뜨거운 땀방울이 맺혔고, 눈썹 아래의 빨간 파도가 내 시신경을 불태웠다.

　나는 풀밭을 달려간다. 그곳에 사람들이 입을 헤벌린 채 멍하니 모여 있다.

　그리고 나.

　그들의 날카로운 시선이 내 목덜미를 파고든다.

　내 옆에는 성냥갑을 든 남자가 서 있다.

　그의 팔꿈치, 내 팔 옆에 그의 팔꿈치가 있다.

　그 팔꿈치는 단단하고 뾰족하다.

　그의 구두에서 텃밭의 흙이 부서져 떨어진다.

　아무도 나를 바라보지 않는다. 모두가 등과 발꿈치와 앞치마

매듭과 두건 끈으로만 이루어져 있다.

　모두가 침묵을 지킨다.

　그리고 그들은 지금까지도 그 침묵을 지킨다. 하지만 나를 외면하고 따돌린다.

　그리고 그는 일요일의 카드놀이에서 이긴다. 그는 멋들어지게 춤을 춘다, 성냥갑을 든 그 남자는.

마을 연대기

마을 한복판에 교회가 있다.

교회 옆의 포플러나무들이 가로수 길을 이룬다. 길에는 나무들이 듬성듬성 심어져 있다. 포플러 나뭇가지는 해마다 위로 오 센티미터씩 자라고 아래로 십오 센티미터씩 말라 죽는다. 포플러나무들은 겉으로는 무성하게 그늘을 드리우지만, 속은 앙상하게 말라비틀어져 있다. 마른 나뭇가지들이 사시사철 부러져 땅으로 떨어진다.

몇 년 전에, 자연교사가 수업시간에 포플러나무들의 크기를 측정했다. 나중에 자연 과목의 이름이 농업으로 바뀌고 나서, 학생들은 돌려짓기를 공부하려고 봄에는 양상추, 여름에는 홍당무, 가을에는 가을밀의 씨를 기다란 화단에 뿌렸다.

마을에 겨우 열한 명의 학생과 네 명의 교사만 남게 된 후로, 그리고 전부 뭉뚱그려 그냥 초등학교라고 부르게 된 후로, 체육교사가 농업도 가르친다. 그후로 농업시간이면, 항상 축축하게 젖어 있는 모래 구덩이에서 멀리뛰기를 연습하고 피구경기를 한다. 여름에는 공으로, 겨울에는 눈뭉치로 피구를 한다. 피구경기를 하려면 팀을 나누어야 한다. 그리고 경기중에 공에 맞은 사람은 공격선 밖으로 물러나야 한다. 죽었기 때문에, 자기 팀이 전부 공에 맞아 죽을 때까지 그냥 지켜보고 있어야 한다. 공에 맞아 죽는 것을 마을에서는 전사했다고 말한다. 체육교사에게 팀을 나누는 일은 쉽지 않다. 그래서 수업이 끝날 때마다 이번 시간에는 어느 학생이 어느 팀이었는지 기록한다. 이번 시간에 독일 팀이었던 학생은 다음 시간에는 러시아 팀에 들어가야 한다. 이번 시간에 러시아 팀이었던 학생은 다음 시간에는 독일 팀에 들어갈 수 있다. 때로는 교사가 학생들을 설득하는 데 실패해 러시아 팀의 인원수를 채우지 못할 때도 있다. 교사는 다른 뾰족한 방법이 생각나지 않으면, 학생들 모두 독일인이라고 선언하고 경기를 시작한다. 그러면 학생들이 왜 싸워야 하는지 납득하지 못하기 때문에 작센 팀과 슈바벤 팀으로 나눈다.

여름에는 학생들이 빨간 잉크를 가지고 다니며, 공에 맞아 죽은 학생의 살갗과 셔츠에 빨갛게 표시를 한다.

체육교사는 원래 학교 교장이면서 음악과 독일어도 가르치는데, 며칠 전에는 역사 과목도 넘겨받았다. 피구경기는 역사를 가르치기에도 적당하기 때문이다.

학교 옆에는 유치원이 있다. 유치원 아이들은 노래를 부르고 시를 암송한다. 노래의 주제는 방랑과 사냥이고, 시의 주제는 어머니와 조국에 대한 사랑이다. 유치원 여교사는 무척 젊은데, 마을에서는 새파랗게 젊다고 말한다. 유치원 여교사는 손풍금을 능숙하게 연주하고 가끔은 darling이나 love 같은 영어 낱말이 나오는 유행가도 아이들에게 가르친다. 때때로 사내아이들은 여자아이들의 치마를 들치고 손가락 넓이만한 문틈으로 여자 화장실을 엿본다. 그런 일이 일어나면 유치원 여교사는 수치스러운 일이라고 말한다. 그런 일이 가끔 벌어지는 탓에, 유치원에서도 부모들이 모여 회의를 연다. 마을에서는 그걸 학부모 상담이라고 말한다. 학부모 회의에서 유치원 교사는 아이들에게 어떤 벌을 줄 것인지 설명하는데, 마을에서는 그걸 조언이라고 말한다. 아이들이 어떤 잘못을 저지르든 가장 많이 권장되는 적절한 벌은 외출금지다. 아이들은 한두 주 동안 유치원에서 돌아온 후에 집 밖으로 나가서는 안 된다.

유치원 옆에는 시장이 있다. 몇 년 전까지만 해도 시장에서 양과 염소, 젖소, 말을 사고팔았다. 지금은 모자를 푹 눌러쓴 남자두세 명이 봄철에 한 번 새끼돼지를 팔러 이웃 마을에서 찾아온다. 새끼돼지들을 궤짝에 넣어 차에 싣고 오는데, 두 마리씩 짝을 지어 사고판다. 가격은 무게가 아니라 마을에서 종자라고 말하는 품종에 좌우된다. 새끼돼지를 사려는 사람은 이웃이나 일가친지를 데려와 돼지의 몸을 꼼꼼히 살핀다. 마을에서는 그걸 체격 조건이라고 말한다. 다리나 귀, 주둥이, 털이 긴가 짧은가, 꼬리가 꼬불꼬불한가 펴졌는가를 살핀다. 검은 반점이 있거나 눈 색깔이 하나가 아닌 돼지는 마을에서 불길한 돼지라고 말하는데, 판매자는 반값에 팔 생각이 아니라면 궤짝에 도로 넣어 가야 한다.

마을 사람들은 돼지 말고도 토끼나 벌, 가금을 기른다. 신문에서 가금과 토끼는 작은 동물들이라 부르며, 가금과 토끼를 기르는 사람은 작은 동물 사육자라 부른다.

마을 사람들은 돼지와 작은 동물뿐만 아니라 개와 고양이도 기른다. 몇십 년 전부터 고양이와 개가 서로 뒤섞여 교배하는 탓에, 어떤 것이 개고 어떤 것이 고양이인지 도통 분간이 가지 않는다. 고양이는 토끼하고도 교배하기 때문에 개보다 훨씬 위험하다. 마을에서는 교배를 짝짓기라 부른다.

양차 세계대전뿐만 아니라 다른 많은 일도 무사히 넘긴 마을의 최고 연장자 노인은 예전에 커다랗고 빨간 수고양이를 길렀다. 노인의 암토끼는 빨간색과 회색 얼룩이 있는 새끼를 연달아 세 마리나 낳았는데, 마을에서는 짐승이 새끼를 낳는 걸 내지른 다고 말한다. 그 새끼들은 야옹야옹 울었고, 마을의 최고 연장자 노인은 새끼들을 번번이 물에 빠뜨려 죽였다. 그런 일이 세 번 있고 나서는 고양이를 목 졸라 죽였다. 그후로 노인의 암토끼는 줄무늬 있는 새끼를 연달아 두 마리 낳았고, 이웃집 남자는 제 줄무늬 고양이를 목 졸라 죽였다. 암토끼는 마지막으로 털이 길고 곱슬곱슬한 새끼를 품었다. 이웃 골목 아니면 이웃 마을의 개와 고양이 사이에서 태어난 잡종 수고양이의 털이 그렇게 길고 곱슬거렸다. 마을의 최고 연장자는 달리 어쩔 도리가 없어서 암토끼를 죽여 땅에 묻었다. 몇 년 전부터 뱃속에 오로지 고양이만 품었던 토끼의 고기를 먹고 싶지 않았던 것이다. 마을의 최고 연장자가 전쟁 포로로 잡혀 있었던 이탈리아에서 고양이 고기를 먹었다는 건 온 마을 사람들이 다 알았다. 그렇다고 암토끼의 문란함을 그냥 참고 견뎌야 한다는 뜻은 결코 아니라고 마을의 최고 연장자는 말한다. 때로는 슈바벤 마을이 사르데냐*에 있으면 어떨까 싶은 생각이 들기도 하지만, 이탈리아에 있지 않기 때문에 드는 생각이라고 힘주어 강조한다. 마을 사람들은 동맥경화

---

* 지중해에 위치한 이탈리아의 섬.

때문에 그런 생각이 드는 거라며, 노인의 피가 벌써 머릿속까지 혼탁해졌다고 말한다.

시장 옆에는 마을주민대표회의가 있는데, 마을에서는 그곳을 마을회관이라고 부른다. 마을주민대표회의 건물은 농가와 마을 성당을 혼합한 형태이다. 기둥 위의 난간으로 에워싸인 베란다, 어른거리는 작은 창문, 갈색 블라인드, 장밋빛 회벽과 초록색 받침돌은 농가를 본떴다. 입구의 계단 네 개, 문 위의 아치, 작은 창살 구멍이 뚫린 두 짝짜리 장식용 나무문, 실내를 맴도는 정적, 다락의 올빼미와 박쥐는 마을 성당과 같다. 마을에서는 올빼미와 박쥐를 유해 동물이라고 부른다.

마을에서 재판관이라 부르는 이장이 마을회관에서 회의를 주재한다. 멍하니 담배를 피우는 흡연자들, 담배를 피우지 않고 잠자는 비흡연자들, 마을에서 술꾼이라 불리고 술병을 의자 아래 세워둔 알코올중독자들, 술도 마시지 않고 담배도 피우지 않는 덜떨어진 사람들이 회의에 참석한다. 마을에서는 이 덜떨어진 사람들을 행실 바른 사람들이라고 부르는데, 그들은 귀 기울여 듣는 척하지만 사실은 기회만 있으면 딴생각을 한다.

마을에 오는 이방인들도 사정이 급하면 마을주민대표회의를 찾아간다. 뒷마당으로 가서 소변을 보는데, 마을에서는 소변보는 것을 물 뺀다고 말한다. 마을주민대표회의의 뒷마당에 있는 화장실은 문도 없고 지붕도 없는 공용화장실이다. 마을주민대표회의와 성당은 꽤 비슷한데도, 이방인이 마을주민대표회의가 아닌 성당을 찾아간 적은 지금까지 단 한 번도 없었다. 성당에는 십자가가 있고, 마을주민대표회의에는 마을에서 기념판이라 부르는 기념패가 걸려 있기 때문이다. 기념판에는 신문이 게시되어 있는데, 싯누레져서 읽을 수 없게 되면 교체한다.

마을주민대표회의 옆에는 마을에서 머리방이라고 부르는 이발소가 있다. 머리방의 거울 앞에는 의자가 있고, 한구석에는 석탄 난로가 있고, 벽 앞에는 긴 나무의자가 있다. 마을에서 면도 손님이라고 부르는 고객들이 나무의자에 앉아 잠을 자는데, 마을에서는 그것을 기다린다고 말한다.

면도 손님들 가운데서 백 살이 넘은 사람은 없다. 손님들은 면도만 하는 게 아니라 머리도 자른다. 머리가 몽땅 빠진 사람들도 마찬가지다. 마을에서 면도사라고 부르는 이발사는 면도를 끝낼 때마다 면도칼을 가죽 끈에 간다. 그러면 가죽 끈이 웅웅 소리를 내며 진동한다. 면도사는 일흔 살 아래의 비교적 젊은 손님들의 얼굴에는 향수를 발라주고, 일흔 살 넘은 비교적 나이 많은 손님들에게는 에틸알코올을 발라준다. 나이 많은 사람이 향수 냄새를 풍기는 것은 온당하지 못하기 때문이다. 마을에서는 온당하지 못한 것을 꼴같잖다고 말하고, 노인에게서 향수 냄새가 나면 썩은 내가 난다고 말한다.

이발소 옆, 마을주민대표회의 앞에는 콘크리트 바닥이 있는데, 마을에서는 헌당 기념 광장이라고 부른다. 그 콘크리트 바닥에서 헌당 기념행사를 주도하는 젊은 남녀들이 춤을 춘다.

사람들이 독일이 아니라면 최소한 도시로라도 떠나는 바람에 마을이 점점 작아지게 된 후로, 헌당 기념행사는 점점 성대해지고 의상은 점점 화려해진다. 그래서 신문들은 큰 교구가 아니어도 교구라고 불리기만 하면 그곳의 헌당 기념 행사일에 대해 상세히 보도하지 않을 수 없다. 모든 헌당 기념행사가 마을마다 다른 날짜의 일요일에 열리기 때문에, 행사를 주도하는 젊은 남녀들은 자기 마을의 헌당 기념 행사일을 전후해서 이웃 마을의 헌당 기념행사에도 참가한다. 이 헌당 기념행사를 마을에서는 헌당 기념 축제라고 부르고, 이웃 마을의 축제에 참가하는 것을 함께 보조를 맞추는 것이라고 말한다. 하지만 바나트에서는 모든 마을이 이웃 마을이기 때문에, 축제에 참석하는 젊은 남녀들도 구경꾼들도 악단도 번번이 그 얼굴이 그 얼굴이다. 헌당 기념 축제 덕분에 온 바나트의 젊은이들이 서로 얼굴을 익히게 된다. 그래서 양가 부모들이 한마을 출신은 아니더라도 어쨌든 독일인이라는 것만 확신하면 마을 간의 혼인이 자주 이루어진다.

이발소 옆에는 마을에서 가게라고 부르는 소비조합이 있다.

소비조합은 5제곱미터 크기이며 냄비, 두건, 과일잼, 소금, 능직물, 실내화 그리고 60년대 초에 발행된 책 한 무더기를 판다. 당뇨병 환자인 여점원은 이웃 마을 출신이 분명하다. 이웃 마을에는 콘디*라는 제과점도 있고, 프란치스카라는 이름도 있기 때문이다.

우리 마을 여자들의 이름은 막달레나 아니면 테레지아인데, 마을에서는 레니나 레지라고 부른다. 우리 마을 남자들의 이름은 마티아스 아니면 요한인데, 마을에서는 마츠나 한스라고 부른다. 우리 마을 사람들의 성姓은 슈스터, 슈나이더, 바그너**처럼 직업에서 유래했든가 볼프, 베어, 푹스***처럼 동물 이름에서 따왔다. 또 우리 마을에는 샤우더와 슈툼퍼라는 성도 있는데, 이 두 가지 성이 어디서 유래했는지는 아무도 모른다. 바나트 출신의 이른바 언어 연구가라는 사람들이 이른바 언어 연구를 통해, 이 성들이 다른 성에서 변형되어 생겨났음을 증명했다. 이런 성이나 이름 말고도 마을에는 슈말츠바우어, 가이츠할스****처럼 농담 삼아 부르는 이름들도 있다. 이런 이름들을 마을에서는 별

---

* 콘디Kondi는 제과점을 뜻하는 독일어 Konditorei의 줄임말이다.
** '슈스터'는 구두장이, '슈나이더'는 재단사, '바그너'는 수레를 만드는 사람이라는 뜻이다.
*** '볼프'는 늑대, '베어'는 곰, '푹스'는 여우라는 뜻이다.
**** '슈말츠바우어'는 비계 만드는 사람, '가이츠할스'는 구두쇠라는 뜻이다.

명이라고 부른다.

소비조합 옆에는 문화회관이 있다. 비가 내리면 문화회관에서 헌당 기념 축제를 벌인다. 비가 내리거나 우박이 쏟아지거나 눈이 오거나 날씨가 좋거나 결혼식은 문화회관에서 올린다. 문화회관에도 네 개의 계단, 작은 창살 구멍이 뚫린 육중한 장식용 나무문, 아치형 입구, 어른거리는 작은 창문, 갈색 블라인드 그리고 다락의 해충이 있다. 예전에는 뒤주처럼 컴컴한 작은 방에 영사기가 있었다. 하지만 아무도 극장을 찾지 않는 대신 결혼식은 더욱 잦아지자, 그 방에 마을에서 연료 절약용 화덕이라 부르는 대형 화덕과 대형 솥이 설치되었다. 썩은 마룻바닥을 쪽매널마루로 교체한 후로, 나이 많은 결혼식 하객들도 왈츠나 폭스트롯 대신 다시 폴카를 춘다. 마을에서는 그런 결혼식 하객들을 결혼식 하객 쌍이라 부른다.

문화회관 옆에는 우체국이 있다. 우체국에서는 두 사람이 사무를 보는데, 한 명은 마을에서 우편집배원이라 부르는 우체국 직원이고, 다른 한 명은 마을에서 우체국 여직원이라 부르는 전화교환원이다. 우체국 여직원은 우체국 직원의 부인이다. 우체국 여직원은 전화 업무가 별로 없는 탓에 새로 도착한 우편물에 소인을 찍거나, 저녁에 우체통의 우편물이 수거되고 나면 앞으로 발송할 우편물에 소인을 찍는다. 우체국 여직원은 모든 편지의 겉과 속을 속속들이 알고 있다. 그래서 마을 사람들의 아주 은밀한 생각까지도 모르는 게 없다.

우체국 옆에는 파출소가 있다. 마을에서 순경이라 부르는 경찰관은 마을에서 사무실이라 부르는 작은 방에 가끔 나타난다. 그 사무실에는 텅 빈 책상 하나와 의자 하나가 있다. 경찰관은 창문을 열고, 외제 담배를 다 피울 때까지 방 안을 환기시킨다. 그러고는 다시 창문을 닫고 다시 방문을 잠그고 우체국으로 간다. 우체국의 높은 테이블 앞에 앉아 우체국 여직원과 몇 시간씩 이야기를 나눈다.

마을에는 골목길이 세 개 있는데, 마을 사람들은 뒷골목이라 부른다. 골목길 하나는 학교 뒤에서 협동농장으로 이어지고, 또 하나는 소비조합 뒤에서 국영농장으로 이어지고, 나머지 하나는 우체국 뒤에서 묘지로 이어지기 때문이다.

골목길 양쪽으로는 집들이 늘어서 있다. 골목길가의 집들은 하나같이 장밋빛으로 회칠을 했으며, 받침돌은 하나같이 초록색이고, 블라인드는 하나같이 갈색이다. 오로지 문패의 번지수를 보아야만 집들을 구별할 수 있다.

동이 트는 이른 새벽에는 닭들이 꼬끼오 울고 거위들이 꽥꽥거리며 시끄럽게 우는 소리가 골목길에 울려 퍼진다. 그러다 날이 완전히 밝으면 마을에서는 대낮처럼 환하다고 말하는데, 닭이 꼬끼오 우는 소리와 거위가 꽥꽥거리며 시끄럽게 우는 소리는 마을에서 가정주부라고 부르는 여자들의 소리에 묻혀 들리지 않는다. 가정주부들은 울타리와 정원 너머로 이야기를 주고받는데, 마을에서는 수다를 떤다고 말한다. 정원들은 언제나 잡초 한 포기 없이 말끔하게 손질되어 있는데, 마을에서는 정원들이 잘 가꾸어져 있다고 말한다.

마을의 집들은 깨끗하다. 가정주부들은 온종일 집 안을 치우고 쓸고 닦고 솔질한다. 마을에서는 그것을 알뜰살뜰하다고 말한다. 토요일에는 마을에서 페르시아산이라고 부르는 페르시아 양탄자를 울타리에 넌다. 양탄자는 자그마치 마당의 절반 크기에 이른다. 페르시아 양탄자를 두들겨 먼지를 털고 솔질하고 빗질해, 마을에서 별실이라 부르는 호화로운 방에 도로 간다. 별실에는 벚나무나 보리수나무에 호두나무나 장미나무를 덧대어 만든 반들반들 윤이 나는 짙은 색의 가구들이 있다.

그 가구들 위에는 딱정벌레나 나비에서부터 말에 이르기까지 온갖 다양한 동물 모양의 작은 장식품들이 있다. 마을에서는 그것들을 동물모형이라 부른다. 사자, 기린, 코끼리, 북극곰이 단연 인기가 높다. 신문에서 바나트 지방이라 일컫고 마을에서 국내라 일컫는 바나트 지역에는 그런 동물들이 없지만, 마을에서 외국이라 일컫는 다른 나라들에는 그런 동물들이 있기 때문이다.

마을의 최고 연장자 노인은 진짜 사자를 직접 보기 위해, 마을에서 서방이라고 일컫는 외국에 몇 년 전부터 한번 가보고 싶어한다. 그곳에는 전쟁 포로 시절에 사귄 절친한 친구가 살고 있다.

별실 창문들에는 마을에서 레이스 커튼이라 부르는 나일론 커튼이 드리워 있다. 주부들이 외국에 다녀오는 친지들에게 레이스 커튼을 부탁하고, 집에서 직접 만든 소시지와 훈제 햄 몇 킬로그램으로 그 근사한 선물에 보답한다. 커튼은 그럴 만한 가치가 충분하다고 주부들은 말한다. 그 방에 아직은 아무도 거하지 않지만 자식들이나 손자들을 위해 잘 보존해야 하기 때문이다. 마을에서는 아무도 거하지 않는 것을 아낀다고 말하고, 손자들은 자식의 자식이라고 말한다.

집집마다 마당이 둘로 나뉘어 있는데, 마을에서는 앞마당과 뒷마당이라 부른다. 앞마당에는 집 높이만한 포도덩굴 아래에, 아담하게 다듬은 장미꽃 사이에, 알록달록한 정원 장식용 난쟁이 조각상과 마을에서 정원 개구리라 부르는 커다란 청개구리가 있다. 뒷마당에는 가금들이 있고, 김이 오르는 어스름한 공간이 있다. 그 어스름한 곳에서 요리를 하고 음식을 먹고 빨래를 하고 다리미질을 하고 잠을 자는데, 마을에서는 여름부엌이라 부른다. 마을 사람들은 일주일을 식단에 따라 고기 먹는 날과 밀가루 먹는 날로 나눈다. 그리고 맵고 짜고 기름진 음식을 먹는다. 하지만 마을 의사가 지방과 소금과 후추를 금지하면, 짜지 않고 맵지 않고 기름지지 않은 음식을 먹는다. 그리고 식사를 하는 동안, 건강만큼 중요한 것은 세상에 없으며 아무거나 마음대로 먹을 수 없는 삶은 아름답지 않다고 말한다. 맛있는 음식은 시름을 잊게 한다고 말한다.

골목길 뒤에는 협동농장과 국영농장의 들판이 있다. 들판은 넓고 평평하다. 농작물은 겨울에 서리 때문에 피해를 입는데, 마을에서는 냉해를 입는다고 말한다. 봄에는 습기 때문에 피해를 입는데, 마을에서는 썩는다고 말한다. 여름에는 더위 때문에 피해를 입는데, 마을에서는 말라 죽는다고 말한다. 그리고 가을에는 신문에서 농번기라고 말하는 우기에 수확을 한다. 신문에서는 우기가 10월에 끝난다고 하는데, 마을에서는 12월에도 끝나지 않는다. 겨울에 들판 여기저기 보이는 움푹 팬 구멍들은 쟁기 자국이 아니라 농작물을 수확하면서 발목 위까지 푹푹 빠졌던 농부들의 장화 자국이다. 어떤 농부들은 마을에서 재산 몰수라 부르는 국유화 이후로 수확을 제대로 해본 적이 없다고 말한다. 재산을 몰수당한 후로는 아주 비옥한 토지도 아무 가치가 없다고 농부들은 말한다. 마을의 최고 연장자는 텃밭의 토양과 들판의 토양은 무척 차이가 난다고 주장한다. 텃밭과 들판이 같은 토양으로 이루어졌다고 절대 말할 수 없을 만큼 차이가 크다는 것이다.

마을 주변의 토지는 협동농장과 국영농장의 소유다. 협동농장의 토지는 첫번째 뒷골목 뒤에 있고, 국영농장의 토지는 두번째 뒷골목 뒤에 있다.

협동농장에서는 이장의 동생인 농장장과 기술자 네 명과 쉰 살이 넘은 농부 일곱 명이 일한다. 기술자 한 명은 잡초를, 다른 한 명은 젖소 일곱 마리와 돼지 열한 마리를, 또 한 명은 오이밭 3헥타르와 토마토밭 2헥타르를, 나머지 한 명은 트랙터 세 대를 책임진다. 마을에서는 협동농장의 농부들을 농장 회원이라고 부르는데, 기술자들은 농부들을 처녀 총각이라는 호칭으로 부른다. 회의 때 기술자들은 협동농장에 흉년이 들고 부채가 늘어나는 게 토질 탓이라고 주장한다. 곡물을 경작하기에는 모래가 너무 많고 채소를 경작하기에는 모래가 너무 적다는 것이다. 엉겅퀴나 서양메꽃이 자라기에 적합한 토질이라서, 기술자들이 농작물이라고 부르는 곡식과 채소가 살아남지 못한다는 것이다. 잡초를 책임지는 기술자는 협동농장의 토질이 지나치게 산성인데다가 지나치게 질퍽거린다고 말한다.

국영농장에서는 마을에서 책임자라 부르는 농장장과 기술자

다섯 명과 근로자 백 명이 일한다. 국영농장 농장장은 이장의 동서고 협동농장 농장장의 동생이다. 기술자 한 명은 젖소 아홉 마리와 돼지 열다섯 마리를, 다른 한 명은 당근밭 6헥타르와 감자밭 10헥타르를, 또 한 명은 곡물을, 또 한 명은 마을에서 수목원이라 부르는 과수원을 책임진다. 그리고 백 명의 근로자는 예전에 국영농장의 양계장이었던 곳에서 생활한다. 기술자들은 흉작의 원인이 곡물을 경작하기에는 염분이 지나치게 많고 채소와 과일을 재배하기에는 염분이 충분치 않은 국영농장의 토질에 있다고 말한다. 개양귀비나 수레국화가 자라기에 적합한 토질이라는 것이다. 들판을 화려하게 수놓은 개양귀비와 수레국화는 기술자들의 말처럼 사진으로 봐도 눈부시게 빛난다. 잡초를 책임지던 전직 기술자는 작년에 크라이오바*에서 개최된 루마니아와 불가리아 사진사들의 우정 전시회에서 개양귀비와 수레국화의 선명한 색채 덕분에 컬러사진 부문 일등상을 차지했다. 마을에서는 상을 차지하는 것을 상을 획득했다고 말한다. 전직 기술자는 부상으로 이탈리아 여행 티켓을 받았다. 그후로 이장과 협동농장 농장장과 국영농장 책임자의 사촌인 작업반장이 잡초를 책임진다.

---

* 루마니아 남서부에 위치한 도시.

세번째 뒷골목 뒤에는 묘지가 있다. 묘지에는 스피노자자두나무 울타리와 육중한 검은색 철문이 있다. 묘지를 가로지르는 길이 끝나는 곳에 예배당이 있는데, 예배당은 마을 성당의 축소판이며 좀 높다란 여름부엌처럼 보인다.

예배당은 제일차세계대전 이전에 당시의 푸줏간 주인이 지었는데, 마을에서는 푸줏간 주인이 예배당을 설립했다고 말한다. 푸줏간 주인은 전쟁에서 무사히 살아남아 로마로 떠났으며, 마을에서 성스러운 아버지라 부르는 교황을 보았다. 그의 아내는 원래 재단사였는데도 마을에서는 푸줏간댁이라고 불렀다. 푸줏간댁은 예배당이 완성되고 며칠 뒤에 세상을 떠났으며 예배당 지하의 가족납골실에 안장되었다. 마을에서는 봉안되었다고 말한다.

예배당 지하에는 공동묘지에 득실득실한 벌레와 두더지뿐만 아니라 뱀도 있다. 푸줏간 주인은 그 뱀들이 너무 싫어서 아직까지도 살아 있으며, 현재 마을의 최고 연장자이다.

푸줏간댁 말고도 죽은 사람들은 전부 무덤 속에 누워 있는데, 마을 사람들은 무덤 속에서 쉰다고 말한다. 죽은 마을 사람들은 죽도록 먹고 죽도록 마셨는데, 마을에서는 죽도록 일했다고 말한다. 그리고 용사들만은 예외로 죽도록 싸웠다고 생각한다. 마을 사람들 모두 건강한 상식의 소유자이고 또 늙어서도 건강한 상식을 잃어버리지 않는 탓에 아직까지 마을에서 스스로 목숨을 끊은 사람은 없다.

마을에서 전사자들이라고 부르는 용사들은 헛되이 죽지 않았다는 것을 증명하기 위해 공동묘지에 두 번 묻힌다. 한 번은 각자의 가족묘지에 묻히고, 또 한 번은 전적비 아래 묻힌다. 마을에서는 그들이 스스로 그런 죽음을 선택했다고 믿기 때문에 영웅적으로 죽었다고 말한다. 하지만 실제로 그들은 어디엔가 집단묘지에 누워 있고, 마을에서는 그걸 전쟁에서 돌아오지 않았다고 말한다. 전사자들의 봉분 위에는 대부분 흰색이나 회색 오벨리스크가 서 있다. 오래전에 논밭을 소유했던 자들의 죽은 머리 위에는 지금 하얀 대리석 십자가가 서 있다. 마을에서 머슴이라 부르던 날품팔이꾼들의 죽은 머리 위에는 주석으로 도금한 양철 십자가가 서 있고, 마을에서 하녀라 부르던, 홀몸으로 일찍 세상을 떠난 처녀들의 죽은 머리 위에는 검게 칠한 나무 십자가가 서 있다. 그래서 누군가가 묘지에 묻히면, 마을에서 선조라 부르는 조상들이 지주였는지 아니면 머슴이었는지 금방 알 수 있다.

묘지에서 제일 큰 십자가는 전적비 십자가이다. 전적비 십자가는 예배당보다 높다. 모든 전쟁의 모든 전쟁터에 참전했던 모든 용사들의 이름이 거기 쓰여 있다. 마을에서는 강제로 끌려갔다고 말하는 실종자들의 이름까지도 거기 쓰여 있다.

　나는 묘지의 검은 철문을 닫고 나온다. 묘지 뒤로는 마을에서 방목장이라 부르는 풀밭이 자리 잡고 있다. 방목장 군데군데에 나무들이 외로이 서 있다.

　나는 풀밭 가장자리의 나무 위로 기어올라간다. 지금은 비록 그 나무가 마을 한복판에 서 있지 않지만, 얼마든지 마을 한복판에 자리할 수도 있었을 것이다. 나는 양손으로 나뭇가지를 붙잡고서 이웃 마을의 성당을 바라본다. 성당의 세번째 계단 위에서 무당벌레가 오른쪽 날개를 비비고 있다.

독일 가르마와 독일 콧수염

얼마 전, 내가 아는 사람이 가까운 마을에 다녀왔다. 부모님을 보고 오는 길이었다.

그 마을은 온종일 어스름했어요, 그는 말했다. 낮이 오지도 밤이 오지도 않아요. 날이 밝지도 땅거미가 내려앉지도 않는다니까요. 어스름이 사람들의 얼굴에 배어 있어요.

그는 그 마을에서 오래 살았는데도 누가 누군지 도무지 알아볼 수 없었다. 사람들의 얼굴은 하나같이 잿빛이었다. 그는 그 얼굴들을 지나치며 인사말을 건넸지만 아무 답변도 듣지 못했다. 그는 끊임없이 벽이나 울타리에 부딪혔다. 때로는 길을 가로질러 지어진 집들을 지났다. 문들이 번번이 등뒤에서 끼익 소리를 내며 닫혔다. 문들을 전부 지나자 다시 거리가 나왔다. 사람들이 뭐라고 말했지만, 그는 그들의 언어를 이해하지 못했다. 또한 사람들이 멀리 있는지 아니면 바로 옆에 있는지, 자신에게로 다가오는지 아니면 멀어지는지도 분간할 수 없었다. 그는 한 남자가 지팡이로 벽을 두드리는 소리를 듣고서, 남자에게 자신의 부모님이 어디에 계시냐고 물었다. 남자는 운을 맞춰 뭐라고 길게 말하며 지팡이로 허공을 가리켰다.

전등불 아래 이발소라고 쓰인 간판이 붙어 있었다. 이발사가 양은 주발에 든 물과 하얀 면도거품을 문밖의 거리에 쏟아부었다. 내가 아는 그 사람은 이발소 안에 발을 들여놓았다. 나이 든 남자들이 벤치에 앉아 자고 있었는데, 차례가 되면 이발사가 이름을 불렀다. 그러면 남자들 가운데 몇 명이 잠에서 깨어나 호명된 이름을 다 함께 복창했다. 이름을 불린 남자가 잠에서 깨어나 거울 앞의 의자에 앉는 동안, 나머지 사람들은 다시 잠이 들었다.

독일 가르마로 할까요? 이발사가 물었다.

질문을 받은 남자가 고개를 끄덕이며 말없이 거울을 응시했다. 벤치에서 잠든 남자들은 숨을 쉬지 않는 듯 보였다. 시체처럼 뻣뻣하게 앉아 있었다. 가위 소리가 사각사각 방 안에 울려 퍼졌다.

이발사가 양은 주발의 물을 이발소 안에서 문밖의 거리로 내

다버렸다. 물줄기는 내가 아는 사람 바로 옆을 지나갔다. 그는 문틀에 등을 기대었다. 이발사가 휘파람을 불려는 것처럼 입술을 오므렸지만 휘파람을 불지는 않았다. 이발사는 벤치에서 자고 있는 사람들의 얼굴을 근엄하게 바라보았다. 그러더니 쯧쯧 혀를 찼다. 갑자기 이발사가 내가 아는 사람의 아버지 이름을 불렀다. 몇몇 남자들이 잠에서 깨어나 눈을 크게 뜨고 그의 아버지 이름을 복창했다. 잿빛 얼굴에 검은 콧수염을 도르르 말아올린 남자가 몸을 일으켜 의자로 걸어갔다. 벤치의 남자들은 다시 잠들었다.

독일 가르마로 할까요? 이발사가 물었다.

독일 가르마와 독일 콧수염으로 해주시오, 그 남자가 말했다. 가위 소리가 사각사각 방 안에 울려 퍼졌고, 도르르 말아올린 콧수염 끄트머리가 바닥으로 떨어졌다.

내가 아는 사람이 발끝으로 조용조용 의자를 향해 다가가, 아버지, 하고 불렀다. 의자에 앉은 남자는 고집스레 거울을 바라보았다. 내가 아는 사람은 손가락으로 살짝 남자의 어깨를 건드렸다. 거울 앞의 남자는 더욱더 고집스레 거울을 응시했다. 이발사가 가위를 활짝 벌려 높이 쳐들었다. 엄지손가락에 가위를 걸고 한 바퀴 빙그르르 돌렸다. 내가 아는 사람은 제자리로 돌아가 다시 문틀에 등을 기대었다. 이발사가 손가락을 쫙 펼쳐 솔을 들고, 의자에 앉은 남자의 목 근처 수염에 면도거품을 발랐다. 거울 앞의 얼굴들 사이로 잿빛 먼지가 떠다녔다. 이발사가 양은 주발에 든 물을 문밖의 거리에 쏟아부었다. 그 남자는 물줄기 바로 옆을 지나 문을 빠져나갔다. 내가 아는 사람도 발끝으로 조용조용 거리로 나왔다. 그 남자가 저만치 앞서 갔다. 아니면 다른 남자였을까. 어스름이 그 남자의 얼굴 앞으로 바싹 다가왔다. 내가 아는 사람은 그 남자와 자신이 가까워지는 것인지 아니면 자신에게서 멀어져가는 것인지 도통 알 수 없었다. 그러다 그 남자가 자신에게서 멀어졌음을 깨달았다. 그런데 길은 평평한데도, 그 남자는 멀어진 게 아니라 아래로 내려간 것처럼 보였다. 내가 아는 사람은 울타리와 벽에 여러 번 부딪혔다. 길을 가로지르는 집을 여러 채 지나서 역으로 향했다.

걸음을 떼는데 등이 몹시 아팠고, 그래서 자신이 문틀에 아주 오래 기대고 있었다는 것을 깨달았다. 손가락이 몹시 아팠으며, 그래서 자신이 문을 여러 개나 열었다는 것을 깨달았다. 기차가 역에 다가오는데 목이 몹시 아팠고, 그래서 그동안 내내 혼잣말을 했다는 것을 깨달았다.

내가 아는 사람의 눈에는 선로지기가 보이지 않았다. 하지만 선로지기는 오랫동안 날카롭게 호각을 불었다. 기차가 가까이 오면서 바람을 일으켰다. 그리고 쉰 목소리로 짧게 기적을 울렸다. 선로 바로 옆, 기차가 내뿜는 증기와 어스름 사이에 나무 한 그루가 서 있었다. 나무는 바싹 말라비틀어졌다. 그 줄기에는 여전히 푯말이 붙어 있었다. 달리는 기차 안에서, 내가 아는 사람은 그 푯말에 예전의 마을 이름 대신 역이라고만 적혀 있는 것을 보았다.

장거리 버스

버스 타러 가는 길은 마을 한복판을 지났다. 울타리 너머에 선 어머니는 손을 흔들지 않고 내 뒷모습만 바라보았다.

나는 짐 보따리 그 자체였다. 나는 텅 빈 들판 사이를 달리는 버스에 앉아 있었다.

한 남자가 들판을 가로질러 걸었다. 보아하니 반은 정신병자, 반은 술주정뱅이였다.

웅웅거리는 압박감이 화주 냄새 물씬 풍기며 버스 안을 질기 게 맴돌았다.

게를린데, 왜 술을 마시도록 내버려두니, 네가 옆에 앉아 있으 면서. 맨 앞쪽 운전기사 바로 뒤에 서 있는 여자가 소리쳤다. 뚱 뚱한 아이가 말없이 올려다보았다. 프란츠, 당신 정신 나갔어,

여자가 광대뼈가 시뻘겋게 달아오른 남자에게 말했다. 남자는 한 손으로 짐칸의 받침대를 붙잡고, 다른 한 손으로는 머리카락을 목덜미로 쓸어내렸다. 손톱 없는 집게손가락으로.

어머, 이 땀 좀 봐. 옷을 아무리 깨끗하게 빨면 뭐 해, 다 헛수고라니까. 당신은 사람도 아냐.

신문지에 싸인 국화가 짐칸에서 파르르 떨었다. 버스가 커브를 돌자 억세고 뻣뻣한 꽃잎들이 떨어졌다.

이 꽃 좀 없었으면 좋겠어, 이 왈라키아* 꽃 말이야, 냄새가 얼마나 지독한지 속이 메스꺼워, 한 여자가 말했다.

슈바벤 여자들은 버스만 탔다 하면 시끄럽게 군다니까, 한 남자가 말했다.

집시 한 사람이 스페어타이어 위에 앉아 호박씨를 왼쪽 입가로 밀어넣고 껍질을 오른쪽 입가로 내뱉었다.

그치들은 못 먹는 게 없어. 어제는 세 명이 검은색 자동차를 타고 마을에 나타났는데, 모두 양복 차림이더라고. 닭들이 병들었다는 말을 어디서 주워들었는지, 마을에서 죽은 닭들을 모아들이더라니까. 우리 어머니네는 세 마리만 빼고 모조리 죽었어. 겉으로 보기에는 멀쩡한데, 꼬끼오 울다가는 꽥 나동그라져서

---

* 루마니아 남부의 지명.

죽어버리는 거야. 그치들은 자동차가 있어. 우리는 죽었다 깨어나도 그런 많은 돈은 구경 못 해. 우리 같은 사람은 죽은 닭 같은 것은 입에 대지도 않는데 항상 여기저기 아프고 쑤신다니까. 소금이나 후추도 안 치고 설탕도 안 먹고 기름진 음식도 안 먹는데 말이야.

어제 오후에 우리 남편이 면도사한테 갔다 왔어. 이제 치과의사가 마을에 안 오니까 요즘은 면도사가 마을 사람들의 이를 뽑거든. 면도사 말로는, 온 마을 사람들이 이가 썩었대. 아이들까지도 송곳니가 썩었다나.

이를 한 대 해넣을 때마다 번번이 백 레이라니까. 그래서 이제 그만 집어치우라고 말했어. 그 브리지*인지 뭔지를 모조리 뜯어내고 틀니를 박으라고 했다니까.

프란츠, 그 화주병 좀 그만 집어넣어. 그놈의 술 때문에 벌써 여러 사람 땅에 묻힌 거 몰라.

도대체 말을 들어먹어야 말이지. 내 말만 들었으면 우리 남편도 아직 살아 있을걸. 아무리 말해도 소용없다니까.

차라리 뒈지는 게 나아. 그러면 조용히 살 수나 있지.

맞아, 하지만 사람을 실컷 들들 볶아먹은 뒤에야 뒈진다니까.

---

* 빠진 이의 양옆에 있는 이를 버팀목 삼아 다리를 걸듯이 해넣는 인공 치아.

어제 내린 빗물이 길가에 고여 있었다. 강철색의 웅덩이 물은 아주 잔잔했다. 녹슨 쟁기들과 찢어진 비료봉투들이 널려 있었다. 휘발유, 화주, 오줌 냄새가 버스 안에 진동했다. 혼탁한 공기가 열기를 뿜어내면서, 숨이 막히고 귀가 윙윙거렸다.

다리를 건널 때 버스가 덜커덩거리자, 곤히 잠자던 사람의 입속에서 이가 덜그럭거리고 머리가 의자팔걸이에서 허공으로 툭 떨어졌다. 그는 깜짝 놀라 잠에서 깨어났다. 눈에 초점이 없이 어리둥절한 표정이었다. 자신이 어디에 있는지, 잠시 어리벙벙한 모양이었다. 그는 겁에 질려 고집스럽게 숨을 몰아쉬었다.

새빨간 포도주스가 짐칸에서 누군가의 뒤통수로 뚝뚝 떨어진다. 머리 한복판의 끈적끈적한 구멍이 마치 새 둥지처럼 보인다. 이 비닐봉지 대체 누구 거요, 머리에 주스 세례를 받은 남자가 물었지만, 아무도 대답하지 않았다.

남자는 창문을 열고 비닐봉지를 차창 밖으로 내던져버렸다.

저런 개자식, 한 여자가 소리 죽여 말했다. 남자가 쳐다보자 그 여자는 큰 소리로 말했다. 그 비닐봉지가 내 건 아니지만, 댁은 야비한 인간이오.

버스 차창 한쪽에는 커튼이 쳐져 있었다. 하늘이 빨개서 눈이 따가웠다.

뚱뚱한 아이가 말없이 제 머리카락을 잘근잘근 씹었다. 그 옆에 앉은 여자가 그 모습을 보고는 혀를 끌끌 찼다. 아이는 못 본 척 고개를 돌리며 머리카락을 입속 더 깊이 밀어넣었다.

버스가 시뻘건 벽을 따라 달렸다. 벽에는 창문이 하나도 없고 회사 간판들만 여럿 걸려 있었다. 큼지막한 검은 글자들에 큼지막한 검은 점들이 찍혀 있었다. 무슨 글자인지 도통 알 수 없었다.

여기는 울타리도 빨간색이야, 한 남자가 말했다.

어젯밤 야간작업중에 소년 하나가 5톤짜리 압착기에 끼여 두 손이 잘렸어. 작업반장이 화주병을 들고 있던 철물공을 내쫓고서 없어진 전구를 끼웠다나. 그런데 그 철물공이 탈의실에서 소년에게 화주를 들이붓고 있더래. 사람들이 철물공을 덮쳤는데, 지금 병원에 누워 있어.

도시가 저기 들판 한가운데까지 이어지고 있어, 한 여자가 말한다. 도시에서는 이제 묏자리도 무척 비싸다는 말을 들었어. 맨 뒷자리까지도 비싸대. 앞줄에 묻히고 싶어하는 사람이 얼마나 많은데.

우리 마을의 묘지는 너무 질퍽거려. 그리고 가운데 길 옆으로 좀 건조하다 싶으면 물에 빠져 죽은 두더지들투성이라니까. 언젠가는 두더지들이 예배당을 온통 파헤쳐서 기어이 무너뜨리고 말 거야.

한 남자가 버드나무 바구니를 무릎에 올려놓았다. 그가 하품을 하자 이 빠진 자리가 보였다. 그는 수건 자락을 바구니에 쑤셔넣었다. 닭들이 꿈틀댈 때마다 수건에 주름이 잡혔다.

하루가 마치 화강암으로 만들어진 듯한 기분이 들었다. 불량소년들이 극장 앞에 서 있었다. 멍한 표정의 소녀들이 공원을 거닐었다. 까만 흙탕물이 강을 따라 흘러갔다. 강물에 나무들의 모습이 전혀 비치지 않았다. 구름들이 잿빛 돌처럼 보였다.

뚱뚱하고 말없는 아이는 차창에 머리를 기대고 혼자 웅얼거렸다. 버스가 움푹 팬 곳을 지날 때 혀를 깨물고 말았다. 아이는 웅얼거리며 울었다.

옥수수가 들판에서 썩어간다니까. 커다란 돼지들이 어린 새끼돼지의 꼬리를 잘라먹었대. 무슨 병 아니면 동종교배 때문 아니겠어.

봄철에 눈이 너무 많이 녹았어. 겨울에 내린 것보다 더 많이 녹았다니까. 양들이 모조리 뒈져버렸지 뭐야. 그전에 도살한 몇 마리만 겨우 건졌대. 뇌에 종양이 생겼다나봐. 양치기가 얼마나 진절머리 났으면 그냥 죽어버렸겠어.

프란츠, 왜 애가 콩을 먹게 내버려두는 거야. 당신이 바로 옆에 서 있으면서.

게를린데, 콩 뱉어라, 그건 남의 거야. 남자가 말했다.

뚱뚱하고 말없는 아이는 얼른 콩을 뱉고, 콩이 가득 든 커다란 가방을 심통 난 얼굴로 바라보았다.

농업 지도자가 가방의 지퍼를 닫았다.

한 여자가 신경질적으로 웃었다. 대학에서 기껏 훔치는 거나 배운다니까, 여자가 말했다. 프란츠, 애한테 점퍼 좀 입혀줘. 이제 내릴 거야.

이리 온, 게를린데, 남자가 말했다. 소매가 여기 있잖아.

스페어타이어 위에 앉아 있던 집시는 양말을 신고 발을 구두 속에 밀어넣었다.

운전기사가 텅 빈 버스 안을 둘러보며 딸꾹질을 했다.

단추 채워라, 게를린데, 한 여자가 말했다.

어머니, 아버지, 아이

잘 있었니? 우리는 지금 흑해의 햇볕 따사한 해변에 있단다. 이곳에 무사히 도착했어. 날씨가 참 좋아. 음식도 맛있어. 호텔 아래층에 식당이 있고, 호텔 바로 옆은 해변이야.

엽서에 해돋이 광경이 보인다. 모래는 까만색, 하늘은 빨간색, 바다는 새빨간 색이다.

아이들은 커다란 비치볼을 가지고 논다. 아이들이 물에서 공을 가지고 나오면, 공이 앞을 가려 길이 보이지 않는다.

아버지들이 아이들하고 함께 섞여 놀면, 어머니들은 애나 어른이나 철없긴 마찬가지라고 소리친다.

엽서의 사진에는 커다란 공들이 벌써 몇 년 동안이나 공중에 매달려 있다. 엽서에 보이는 날씨는 항상 화창하다.

기차들이 여행가방을 잔뜩 싣고서 온 나라를 가로지른다. 남자들의 지갑 안에는 가족을 위한 휴가증명서가 고이 접혀 있다.

무거운 여행가방을 나른 탓에 처음 며칠은 근육이 화끈거린다. 여자들의 얼굴은 긴 여행길에 무더운 열기에 시달린 바람에 온통 뾰루지투성이다.

가방들은 살림살이, 일상적인 물건들로 넘친다. 도널드 그림이 그려진 제 그릇과 제 숟가락으로 꼭 밥을 먹어야 하고, 제 노란 변기에 꼭 볼일을 봐야 하고, 밤에 제 커다란 인형이 없으면 잠을 자지 못하는 아이.

어머니는 헤어롤을 꼭 가져와야 한다고 고집을 부렸다. 아버지의 잠옷, 어머니의 모닝가운, 실크 수술이 달린 실내화도 기어이 가져왔다.

양복 차림에 넥타이를 매고 식당에 앉아 있는 사람은 아버지뿐이다. 그런데도 어머니는 고집을 부린다.

테이블 위의 음식에서 김이 모락모락 오르고, 여종업원이 아버지에게 또다시 아주 상냥하게 군다. 그것은 결코 우연이 아니다. 어머니의 얼굴에서 생기가 사라지고 콧물이 흐른다. 목의 핏줄이 부풀어오르고, 머리카락이 눈을 찌른다. 어머니가 입을 바르르 떨며, 숟가락을 수프 접시 깊이 찔러넣는다.

아버지는 어깨를 으쓱하며 여종업원에게서 시선을 떼지 않는다. 숟가락의 수프가 입에 닿기도 전에 전부 줄줄 흘러내린다. 그런데도 아버지는 빈 숟가락을 오므린 입술에 대고 호로록 들이마시고 수저를 입속 깊숙이 밀어넣는다. 아버지의 이마에 땀방울이 맺힌다.

그리고 아이는 벌써 유리컵을 넘어뜨렸다. 물이 어머니의 옷을 타고 바닥으로 뚝뚝 떨어진다. 아이는 벌써 숟가락을 제 신발 안에 집어넣었다. 벌써 꽃병의 꽃을 잡아뜯어 초록색 샐러드에 뿌렸다.

아버지의 인내심이 한계에 달한다. 아버지의 두 눈이 우윳빛으로 변하고 얼음처럼 차가워진다. 어머니의 두 눈이 부풀어오르고 뜨거워진다. 내 아이지만 어쨌든 당신 아이기도 해.

어머니, 아버지 그리고 아이가 맥주 판매대 옆을 지나간다.

아버지의 발걸음이 느려지고, 어머니는 맥주는 절대 안 된다고 말한다. 아니, 맥주 이야기는 꺼내지도 마.

아버지는 첫날부터 햇볕에 꽃게처럼 빨갛게 탄 아이를 증오하고, 발을 질질 끌며 걷는 어머니를 저만치 앞서 간다. 이 구두도 다른 구두들처럼 어머니의 발에는 너무 작다는 것을 뒤돌아보지 않아도 잘 안다. 이 세상 어떤 구두도 늘 뒤틀리고 상처 나고 붕대 감은 어머니의 새끼발가락에는 맞지 않는다는 것을.

어머니는 아이를 와락 옆으로 잡아끌며, 가야 할 길만큼이나 긴 문장을 혼자 뇌까린다. 여종업원들은 전부 창녀고, 썩어빠진 종자들이고, 세상에서 아무짝에도 쓸모없는 것들이야. 아이가 질질 끌려가다가 울음을 터뜨리며 바닥에 나뒹군다. 햇볕에 탄 자국보다 어머니의 손자국이 아이의 뺨에 더 빨갛게 남아 있다.

어머니는 방 열쇠를 찾지 못해 핸드백을 통째로 뒤집는다. 아버지는 어머니의 때 묻은 지갑, 늘 꼬깃꼬깃한 돈, 끈적거리는 빗, 늘 축축이 젖어 있는 손수건이 지긋지긋하다.

마침내 아버지의 윗도리 호주머니에서 열쇠가 나온다. 눈가가 젖어들고, 어머니는 몸을 꼬며 운다.

불빛이 가물거리고 문이 뻑뻑하고 엘리베이터가 멈춘다. 아버지는 아이를 엘리베이터 안에 두고 내린다. 어머니가 양손으로 방문을 마구 두드린다.

오후에는 낮잠 시간이 있다.

아버지는 땀을 흘리며 코를 곤다. 아버지는 엎드려 잔다. 아버지는 얼굴을 침대에 묻고 베개에 침을 질질 흘린다. 아이는 이불을 잡아당기고 발로 차고 이마를 찌푸리고 유치원 졸업파티에서 외웠던 시를 꿈속에서 암송한다. 어머니는 잠들지 못하고 뻣뻣하게 누워 있다. 대충대충 세탁한 시트 속에, 대충대충 이어붙인 천장 아래, 대충대충 닦은 유리창 앞에. 어머니의 뜨개질감이 의자에 놓여 있다.

어머니는 팔과 등판과 옷깃을 뜬다. 어머니는 옷깃의 단춧구멍을 뜬다.

어머니가 우편엽서를 쓴다. 우리는 이 사진 속의 호텔에 묵고 있어. 우리 방의 창문에 작은 십자표시를 했어. 아래쪽 모래밭에도 십자표시한 거 보이지, 거기는 우리가 늘 일광욕을 하는 곳이야.

혹시라도 다른 사람에게 그 자리를 빼앗길까봐 우리는 아침 일찍 서둘러 출발한단다.

그 당시 5월에는

그 당시 5월에는 또한 모든 게 아름다웠다.

송어들, 송어들은 없었지만 내게는 책 한 권이 있었다. 그리고 그 책 속에 무지개송어들이 있었다, 사라진 송어들이 아주 많이. 아름다운 잿빛 갈매기들이 굶주림을 이기지 못하고 끼룩끼룩 크게 울었다. 나는 갈매기들이 언제까지나 아름답게 끼룩끼룩 울었으면 하고 바랐다.

바다에서 아름답고 혼탁한 파도가 일렁였다. 파도는 흙을 싣고 오느라 흙탕물이었다. 바닷가의 흙은 개흙이어서 아름다웠다.

멀리서 아름답고 낡은 군함들이 기동훈련을 하고 있었다. 나는 인공 안개가 조금 무서웠다. 그것은 아름다웠다.

입을 벌리고 죽은 조개들이 모래밭에 잔뜩 널려 있었고, 조개의 아름답고 하얀 속살에 아픔이 가득했다. 그 아픔은 햇살을 받으며 아름답고 강렬하게 자기 존재를 알렸다.

파도에 떠밀려온 해초들이 모래밭에 잔뜩 널려 있었다. 해초는 죽어서 차갑고 축축했다. 죽은 해초가 매끄러운 흰 신발창에 달라붙으면 온몸에 소름이 오싹 돋았다. 하지만 바닷가는 아름답게 황량하고 쓸쓸했다.

바닷가에는 앙상한 나뭇가지들도 널려 있었다. 위협적이고 아름다운 옹이들이 나뭇가지들에 박혀 있었다. 해변에서는 늘 바람이 불었다. 바람이 불면 나뭇가지들이 꿈틀거렸다. 그 숨 막혀하는 모습은 내 책 속의, 숨 막혀하지는 않지만 죽은 송어들과 비슷했다. 그것은 아름다웠다.

그리고 바닷속 물고기들. 바닷가로 다가오지 않아 내 눈에는 보이지 않았지만, 그래도 그들은 아름다웠다.

바닷가가 너무 아름답게 고적해서, 나뭇가지 부러지는 소리가 마치 숲속처럼 들렸다. 풀덤불은 땀에 흠뻑 전 겨드랑이처럼 시큼털털한 냄새를 풍겼다. 무척이나 아름답게 불어오는 바람이 태양의 경직된 아름다운 얼굴 위로 풀덤불을 흩날렸다.

가게에 차가운 콜라가 있었다. 콜라병들은 아름다웠으며, 콜라를 한 모금 마실 때마다 한기가 오싹 등을 타고 아름답게 기어올랐다. 비치용품들이 이제 막 진열되었다. 진열장에 걸린 수영

복 브래지어의 봉긋하게 솟은 부분은 덩그러니 비어 있었다. 밀짚모자에는 거칠거칠한 구멍들이 아름답게 숭숭 뚫려 있었다.

얇고 매끄러운 포장지를 푸는 처녀들의 손이 바스락거렸다. 처녀들은 젊고 아름다웠다. 그들도 멍하니 얼빠진 표정이었으며 묻는 듯한 눈빛으로 서먹하게 웃었다. 그것은 아름다웠다. 한 처녀의 이마에 아름다운 기름진 머리카락이 늘어져 있었고, 신문 판매대 앞 처녀의 뺨에는 아름다운 검은 사마귀가 나 있었다. 사마귀에 아름다운 검은 털 한 오라기가 보였다. 커피숍의 처녀는 쉰 살이 넘어 보였으며 기분 좋게 무뚝뚝했다. 그 모습은 아름답게 생기를 잃어가는 얼굴에 잘 어울렸다. 처녀는 알을 품고 있는 여윈 섭금들이 당황해하는 모습을 연상시켰다. 그것은 아름다웠다.

선술집의 늙은 어부들은 아름답게 추레했다. 어부들의 수염은 마구 뒤엉켜 들러붙어 있었다. 어부들은 술을 마시며 쉰 목소리로 아름다운 해적 노래를 불렀다. 나는 그들이 언제까지나 쉰 목소리로 아름다운 노래를 불렀으면 하고 바랐다. 그들은 아름답고 지저분한 손으로 테이블을 두드리며 노래의 장단을 맞추었다. 테이블이 물결 따라 이리저리 흔들릴 때까지. 그것은 아름다웠다.

어부들의 손톱 밑을 흐르는 피는 아주 늙고 아주 까맣고 아주 아름다웠다. 어부들의 눈에는 밝은 연두색의 아름다운 눈곱이 끼여 있었는데, 그것은 바닷속 해초보다 더 축축하고 더 차가웠다. 눈곱 속의 소금은 더 단단했으며 그리 투명하지는 않았다. 그것은 아름다웠다.

어부들이 술을 거나하게 들이켜고 나면, 그날 잡은 물고기들의 아름답게 죽은 몸뚱이가 어부들의 눈 속에서 헤엄쳤다. 어부들의 눈은 술도 많이 마실 수 있었고 거짓말도 많이 할 수 있었다. 어부들의 눈은 아름답고 행복했다. 그 눈 속에서 떠도는 죽은 물고기들도 아름답고 행복했다. 그랬다, 그리고 무엇보다도 바다가 가장 아름다웠다.

모래밭은 바다의 연장선처럼 보였다. 나는 아름답고 차가운 손끝에 눕듯이 모래밭에 누웠다. 모래밭에 등을 대고 누워 높이 올려다보았다. 미끈거리는 아름다운 해파리들이 구름 아래 사랑을 나누었고, 바다는 거기서 나오는 거품으로 가득 차 있었다.

바다가 아주 큰 소리로 아주 아름답게 숨을 쉬었다. 나는 현기증이 일었지만, 누워 있어서 비틀거리지는 않았다.

모래가 무척이나 아름답게 이리저리 몰려다녀서, 바람에 흩날리는 걸까 하는 생각이 들었다. 하지만 바람 때문이 아니었다. 그것은 아름다웠다.

미끈거리는 아름다운 해파리들이 사랑을 나누고는 서로 잡아

먹었다. 바다가 잔잔해지면서 불그스름한 빛을 띠었다. 바다는 물과 피로 가득 차 있었다. 그것은 아름다웠다.

마을은 위쪽에 있었고, 많은 계단을 걸어올라가야 했다. 계단들은 삐쭉삐쭉 모가 나고 아름다운 잿빛을 띠고 있었다. 모나지 않은 곳은 발에 밟혀 닳아 있었다. 그것은 아름다웠다.

나는 그 계단에도 발을 디뎠다. 작은 조각들이 바스러져 떨어졌다. 계단 옆에 녹슨 우체통이 하나 있었다. 바람이 가끔 우체통에 부딪혔고, 그때마다 번번이 편지들에서 둔탁하고 아름다운 소리가 울려 퍼졌다.

그때 5월의 흑해 바닷가에서는 또한 모든 게 아름다웠다.

그래, 나는 잊었다, 그때는 너도 아름다웠다는 것을.

혹시 너는 알고 있을지도 모른다, 내가 이따금 빈 우편엽서를 너에게 보냈던 것을. 그것들은 아름다웠다.

거리미화원

도시가 적막에 취해 있다.

자동차 한 대가 헤드라이트 불빛으로 내 눈을 치고 지나간다.

어둠 속에서 나를 미처 보지 못한 운전자가 욕설을 퍼붓는다.

거리미화원들이 일을 한다.

그들은 가로등을 쓸어내고, 도시에서 거리를 쓸어내고, 집에서 안식처를 쓸어내고, 내 머릿속에서 생각들을 쓸어내고, 나를 이쪽 다리에서 저쪽 다리로 쓸어내고, 내 걸음걸이에서 발걸음을 쓸어낸다. 거리미화원들이 나한테 빗자루를 보낸다. 초라한 빗자루들이 껑충껑충 뛰어온다. 구두가 덜그럭거리며 내게서 멀어져간다.

나는 내 뒤를 쫓아간다, 나는 내게서 내 상상의 테두리를 넘어

떨어져나간다.

내 옆에서 공원이 짖는다. 올빼미들이 벤치에 남아 있는 입맞춤을 먹어치운다. 올빼미들은 나를 보지 못한다. 피곤에 지친 꿈들이 덤불 속에 웅크리고 있다.

내가 너무 오래 밤에 기대고 있자, 빗자루들이 내 등을 쓴다.

거리미화원들이 별들을 수북이 쓸어모아서 삽에 담아 운하에 쏟아붓는다.

한 거리미화원이 다른 거리미화원에게 뭐라고 소리친다. 그 다른 거리미화원은 또다른 거리미화원에게, 그 또다른 거리미화원은 또다른 거리미화원에게 소리친다.

이제 모든 거리의 모든 거리미화원이 동시에 서로에게 뭐라고 말한다. 나는 그 외침을, 그 고함 소리의 거품을 뚫고 지나간다. 나는 바스러진다. 의미의 심연 속으로 추락한다.

나는 성큼성큼 걸음을 뗀다. 걸어가면서 내 다리를 떼어낸다.

길이 어디론가 쓸려나갔다.

빗자루들이 나를 덮친다.

모든 것이 뒤집힌다.

도시가 들판을 가로질러 방황한다, 어딘가를 향해.

의견

옛날에 눈이 유난히 툭 튀어나오고 촉촉이 젖은 개구리가 있었다. 개구리는 공장에서 일했다. 기술자였다. 공장에서 개구리는 공장장뿐만 아니라 근로자들에게서도 좋은 평을 받지 못했다. 개구리는 언제 어디서나 의견을 내세웠다. 그 의견의 가장 나쁜 점은, 항상 다른 사람들의 의견과는 다른 독자적인 의견이었다는 것이다. 다른 사람들의 의견은 바로 기술 감독의 의견이었고, 기술 감독의 의견은 다시 공장장의 의견이었고, 공장장의 의견은 다시 사장의 의견이었고, 사장의 의견은 다시 장관의 의견이었다.

장관이 사장에게 의견, 즉 올바른 의견을 말했고, 사장은 공장장에게 올바른 의견을 말했고, 공장장은 기술 감독에게 올바른 의견을 말했고, 기술 감독은 기술자들에게 올바른 의견을 말했고, 기술자들은 근로자들에게 올바른 의견을 말했다. 올바른 의견은 잘못된 의견보다 더 나쁜 것은 없다고 말했다. 잘못된 의견은 아예 의견이 없는 것보다 훨씬 더 나쁘며, 결코 그 어떤 의견과도 비교할 수 없다고 했다. 의견이 아예 없는 것도 하나의 의견이고, 심지어 많은 사람들의 의견이며, 심지어 올바른 의견이기 때문이라는 것이었다.

공장장이 개구리를 불렀다. 공장장은 개구리에게 기다란 담배를 권했다. 공장장은 미소 지었다. 공장장은 개구리에게 위스키를 권했다. 공장장은 개구리를 친애하는 동료라고 불렀다. 공장장은 미소 지었다. 공장장은 개구리의 의견이 그사이 어떻게 바뀌었냐고 물었다. 개구리는 미소 지었다. 개구리는 자신의 의견에 전혀 변함이 없다고 말했다. 그렇다면 개구리의 의견은 여전히 개구리의 독자적인 의견이라고 공장장은 강조했다. 공장장은 위스키 병을 책상 서랍에 집어넣었다. 공장장은 입을 일자로 꼭 다물었다. 공장장은 개구리를 동무라고 불렀다. 공장장은 정히 그렇다면 앞으로는 이대로 두고 볼 수 없다고 말했다. 정히 그렇다면 앞으로는 그리 간단한 문제가 아니라고, 정히 그렇다면 앞으로는 문제가 훨씬 더 복잡해질 거라고 했다. 공장장은 기다란 담배를 피웠다. 공장장은 눈썹을 치켜 올렸다. 공장장은 개구리에게 동무는 매우 박식하지만 실제 삶이 책에 쓰인 것과는 다르다는 사실을 잘 모른다고 말했다. 실제 삶에서는, 현실에서는 유감스럽게도 항상 다르다는 것을. 개구리는 어깨를 으쓱했다. 공장장의 눈초리가 매서워졌다. 공장장은 따지고 보면, 우리가 받아들인 의견 하나하나는 독자적인 의견이라고 말했다. 공장장은 독자적인 의견을 갖기 위해서는 의견을 올바르게 받아들이는 것이 중요하다고 했다. 공장장은 혼자 가슴속에 묻어둘 수만 있다면 사실 누구나 얼마든지 독자적인 의견을 주장할 수 있다고 덧붙였다. 개구리는 고개를 가로저었다. 개구리는 두 손을 책상에서 떼었다. 개구리는 입 밖에 내어 말하지 않으면 결코 의견이 아니라고 말했다. 공장장은 책상에 팔꿈치를 괴었다. 공장장은 그것은 근본적으로 잘못된 생각이라고 말했다. 하지만 정히 그렇다면 자신은, 그런데도 정히 그렇다면 자신은 개구리 동무가 뛰어난 전문가인 줄 잘 알면서도 포기할 수밖에 없다고 했다. 공장장은 개구리에게 기상관측소의 일자리를 제안했다.

그때부터 개구리는 기상을 관측하는 일을 했다. 기상을 관측하는 개구리가 되어, 도시 위를 지나가는 구름에 며칠씩 앉아 있었다. 그러다 개구리는 거기 구름 위에서 라디오방송의 일기예보를 들었다. 개구리는 비를 흠뻑 맞은 채 서서, 오늘은 날씨가 매우 화창하고 내일까지 비교적 좋은 날씨가 이어질 거라는 라디오방송을 들었다.

개구리는 일기예보가 거짓이라고 말했다. 기상을 관측하는 다른 개구리들은 어깨를 으쓱하며 말없이 도시를 내려다보았다.

기상관측소 소장이 개구리를 불렀다. 기상관측소 소장은 날씨가 그리 간단한 일이 아니라고 개구리에게 말했다. 날씨가 단순히 날씨 문제만은 아니라는 것이었다. 개구리는 일기예보가 거짓이라고 말했다. 소장은 개구리는 어쨌든 전문가가 아니라고 말했다.

기상관측소 소장은 도시 주변을 떠도는 새하얀 구름 위로 개구리를 보냈다.

개구리는 흰 구름 위에 혼자 외로이 서 있었다. 하얀 안개가 올라와 개구리의 구두를 꿀떡 삼켰다. 개구리는 도시를 내려다보았다. 커다란 흰 구름이 일어나 개구리를 통째로 꿀떡 삼켰다.

잉게

어느 장학관에게 바치는 글

어느 날 아침 여덟시에 잉게가 커튼을 젖혔을 때, 열을 지어 길을 건너는 군인들이 보였다. 군인들은 군복도 초록색이었고 얼굴도 초록색이었다. 얼굴들이 마르고 초췌하고 기진맥진해 보였다. 뚱뚱한 초록색 남자가 군인들 옆을 따라가며 말했다, 왼발 오른발, 왼발 오른발, 왼발 오른발. 뚱뚱한 초록색 남자의 퉁퉁부은 얼굴에 커다란 초록색 땀구멍이 숭숭 나 있고, 눈 주위가 둥그스름하게 초록색으로 에워싸여 있었다. 군인들의 팔다리 사이로 도시가 겨우 잉게의 눈에 들어왔다.

침대를 가지런히 정돈하고 나니, 무덤처럼 보였다. 잉게는 침대 위에 이불을 깔았다. 그러자 이제 침대는 관처럼 보였다. 창문은 수족관 유리였고, 방은 물속에 잠겨 있었다. 의자 팔걸이에 걸려 있는 옷들은 잉게의 옷들, 잉게가 매일같이 걸치는 옷들이었다. 의자 팔걸이에 걸려 있는 옷들은 유니폼이었다. 잉게는 길 잃은 커다란 물고기처럼 눈으로 벽을 더듬었다. 문이 눈에 띄는 순간 방을 뛰쳐나갔다.

인도를 걷는데, 해가 잉게의 머리카락을 덤불인 양 불태웠다. 다리가 짧고 뚱뚱하고 후줄근한 옷을 입은 여자들이 잉게를 밀치고 지나갔다. 여자들은 가게 문 안으로 사라졌다. 그 여자들과 똑같이 생긴 다른 여자들, 바로 그 여자들인 다른 여자들이 시장 가방을 무겁게 들고 가게에서 나왔다. 시장 가방은 부대자루처럼 보였다. 여자들의 목은 양 견갑골 사이로 움츠러들어 빨갛게 부풀어오르고 등은 구부정했다.

하늘은 잉게의 두 발이 딛고 서 있는 길처럼 아스팔트로 이루어져 있었다. 하늘도 인도였고, 잉게는 머리로 걸어야 했다. 잉게는 팔다리를 삐었다. 길가에 서 있는 나무의 줄기가 잉게의 두 개골을 꿰뚫었다. 긴 나뭇가지 하나가 잉게의 입속에서 삐져나오고, 이파리들 속에서 잉게의 위가 꾸르륵거리는 소리가 들려왔다. 잉게의 머리가 빙그르르 돌다가 비스듬히 멈췄다. 잉게의 머리는 목과 함께 위로 향하고 있었다. 흰 나비 무늬의 남보라색 여름옷을 입은 여인이 잉게에게 다가왔다. 여인은 우단처럼 검은 커다란 장미 꽃다발을 들고 있었다. 여인은 잉게에게 몇 시냐고 물었다. 잉게가 대답하는 동안, 여인은 우단처럼 검은 장미 꽃다발을 꽃병에 꽃듯 잉게의 목에 꽂았다. 그러고는 잉게를 바라보며 그녀 주위를 빙 돌았다. 여인은 잉게의 목이 별로 깊지 않아서 장미가 너무 위로 솟았다고 말했다. 그래도 장미는 아름다우며 잉게에게 잘 어울린다고 했다. 그러더니 웃음을 터뜨렸다. 여인은 몸을 마구 흔들며 웃더니 몸을 비튼 채 서 있었다. 여인의 옷에서 나비들이 하얗게 떼지어 날아갔다. 여인의 옷은 낡고 공허해 보였다. 나비들이 날아가버리는 바람에 옷이 가벼워지자, 바람이 옷을 잡아챘다. 여인은 이제 가야 한다고 말했다. 잉게는 여인의 발톱이 피처럼 새빨갛게 빛나는 것을 보았다. 여인은 왼발이라고 말하면서 한 걸음을 떼었고, 오른발이라고 말하면서 또 한 걸음을 떼었다. 여인은 길모퉁이 너머로 사라졌다. 여인의 샌들이 딸각거리는 소리와 왼발 오른발, 왼발 오른발, 왼발 오른발이라고 말하는 여인의 목소리가 잉게의 귓가에 들려왔다.

잉게는 우단처럼 검은 장미 꽃다발을 목에 꽂은 채 길가에 서 있었다.

하얀 마거리트 꽃다발을 든 남자가 잉게에게 다가왔다. 잉게는 그의 얼굴에서 죽은 두 눈을 보고 얼른 달아났다.

잉게는 장학위원회 복도를 지나면서, 자신의 구두가 왼발 오른발, 왼발 오른발, 왼발 오른발이라고 말하는 소리를 들었다. 장학위원회는 계단실에 있었다. 잉게의 발밑에서 층계가 깊이 갈라졌다. 잉게는 그 갈라진 틈을 피부로 느끼지 않으면서 다시 층계를 내려가려면 어떻게 해야 할지 막막했다. 복도의 벽들은 화강암이었으며, 병든 피부처럼 군데군데 커다란 얼룩이 엷게 번져 있었다.

장학관의 머리는 은발이었고 무거워 보였다. 그의 상반신은 검은 책상 앞에 꼼짝없이 앉아 있었다. 잎이 거무스름하고 삐죽삐죽한 관상식물이 반들반들 빛나는 책상에 비쳤다. 식물은 전혀 움직이지 않았는데도 책상에 비친 영상은 파르르 떨었다.

장학관은 말했다, 이름. 그의 목소리가 깊게 울렸다. 목구멍이 원래 매우 깊은 모양이었다. 장학관은 말했다, 주소. 그의 목은 길었다. 장학관은 말했다, 마지막으로 일했던 곳. 그의 목이 삐딱하게 돌아갔다. 장학관은 말했다, 언제 그만두었소? 장학관 머리의 오른쪽 절반은 왼쪽 절반보다 더 무거웠다. 장학관은 말했다, 그 이후로는? 그의 목소리는 목의 길이보다 더 깊게 울렸다. 마치 위장에서 나오듯 둔탁하게. 공장, 그러니까 기계공장의 번역사. 장학관의 상반신은 뒤쪽 벽에 그림자가 되어 걸려 있었다. 그림자는 장학관의 상반신보다 더 길고 더 가느다랬다. 뼈마디가 불거진 뽀얀 손 두 개가 서류 뭉치를 옆으로 밀치다 말고 그대로 서류 아래 머물렀다. 그렇다면 공장은 당신에게 더는 아무 권한이 없소. 하지만 장학위원회는 교육부 소속이오. 교육부는 공장에 대한 권한이 없소. 공장은 산업부 소속이오. 장학관의 그림자가 길게 늘어났다. 그림자의 둥그런 머리가 천장에 닿는가 싶더니 거꾸로 뒤집혔다. 그림자는 머리를 아래로 한 채 장학관의 머리에 떨어졌다. 장학관은 움찔했다. 서류 뭉치 아래서 두 손을 꺼냈다. 손가락에 검은 털이 나 있었다. 공장은 산업부 소속이니까, 공장 측에서 거기에 문의해볼 수 있을 거요. 장학관은 구두로 양탄자를 톡톡 두드렸다. 구두 굽이 까만 이파리 무늬를 밟고 있었다. 장학위원회는 교육부 소속이므로 산업부에 문의할 수 없소. 당신이 먼저 공장에 문의하고 공장이 산업부에 문의해본 후에야, 산업부는 교육부에 문의할 수 있소. 장학관은 허공에 두 손으로 크게 원을 그려 손끝을 마주 대었다. 그러니까 장학위원회는 문의할 수 없는 정부 부처에는 결코 문의할 수 없소. 장학관은 한 팔을 굽혔다. 장학위원회와 산업부는 서로 무관한 사이오. 산업부는 교육부에 문의할 수 있소. 내 생각으로는, 장학위원회도 교육부에 문의할 수 있소. 하지만 장학위원회가 교육부 소속이니까 그래봐야 부질없는 짓이오. 장학관이 의자에서 몸을 일으켰다. 의자 팔걸이가 캐비닛에 비쳤다. 장학관의 모습이 다시 유리창에 비쳤고 머리통이 납작했다. 초록색으로 빛나는 아카시아 잎 그림자가 장학관 얼굴 위로 움찔거렸다. 장학관의 코가 빨갛고 축축했다. 장학관은 큼지막한 갈색 손수건으로 땀을 훔쳤다. 부질없는 짓을 하는 것은 정말 부질없는 짓이오. 그런 의미에서, 당신이 괜히 시간 낭비만 하지 않나 싶소. 차라리 그 시간에 임시로 일자리를 구할 수 있을 거요. 다른 곳에서 정 일자리가 생기지 않으면, 여기서 차차 일거리가 생길지 누가 알겠소. 당신에게 시간이 없다는 건 나도 충분히 알고 있소. 시간은 돈이오. 하지만 때가 되면 다 좋은 수가 생긴다는 말도 있지 않소. 그러니까 틈날 때마다 가끔 여길 들러주시오. 장학관은 양탄자 가장자리의 빨간 꽃무늬를 밟고 섰다. 그의 발꿈치가 잘려나가고 없었다. 그러다보면 차차 우리 규정이 바뀔 수도 있지 않겠소. 물론 그렇듯 짧은 시간 안에 바뀌기는 어렵겠지만 말이오. 장학관이 유리창에서 사라졌다. 뜨거운 공기가 무지개처럼 유리창에 어른거렸다. 장학관은 캐비닛 옆에서 걸음을 멈추었다. 그러니까 아까도 말했듯이, 그래서 그런데도 산업부가, 뭐냐면 당신이, 그후에, 그후로 공장이, 그 시간 동안에 일자리를, 그게 아니라 당신에게 맞는, 그리고 산업부가 유감스럽게도 그동안에, 다시 말해 그래서 교육부가 공장을 통해, 장학위원회가 그 시간에 일자리를, 또는 당신에게, 그래서 산업부가 그후로 공장을 통해, 따라서 어떠한 경우에도 권한이 없소.

복도 벽의 얼룩들이 줄어들어 있었다. 단단히 굳어 있었다. 잉게의 입속에서 썩은 장미 냄새가 났다. 잉게는 거리로 나가 정문 옆에 침을 뱉었다.

경찰 세 명이 잉게 앞으로 성큼성큼 다가왔다. 그들은 인도를 독차지하고 걸었다. 가운데 남자가 제일 뚱뚱했으며 양옆의 남자들보다 반걸음 앞섰다.

전차가 잉게의 머리 옆을 빠르게 스쳐 지나갔다. 잉게의 등뒤에서 전선이 파르르 떨었다. 덩그러니 비어 있는 선로가 집들 아래로 기어갔다.

잉게는 평평한 초록빛 공원을 가로질렀다. 걸음을 옮기면서 눈을 감은 채, 공원의 많은 초록색 군인들을 보았다. 나무들이 둥그렇게 둘러섰다. 공원 출구 옆 길은 나무들로 막혀 있었다. 하늘에 나뭇가지들이 어지러이 널려 있었다. 그 가지들에는 옹이가 박히고 주먹들이 주렁주렁 달려 있었다. 잉게는 비명을 질렀다. 비명은 입 밖으로 새어나오지 않고 잉게의 목을 아프게 할 뿐이었다. 잉게는 달리기 시작했다.

네거리에서 경찰이 호각을 불었다. 경찰은 다리를 쩍 벌린 채 아스팔트 위에 서 있었다. 자동차들이 길게 줄지어 기다리고 있었다. 경찰은 기다란 흰 장갑을 허공으로 높이 쳐들었다. 장갑은 무릎처럼 보였다. 경찰이 다시 호각을 불었다. 길게 줄지어 기다리던 자동차들이 움직이기 시작했다. 자동차바퀴들이 잿빛 먼지처럼 빙빙 돌았다. 경찰의 흰 장갑이 길 위에 똑바로 서 있었다.

한 남자가 잉게 쪽으로 유모차를 몰고 왔다. 아이의 침 묻은 입은 꽉 막혀 있었다. 공갈젖꼭지의 큼지막한 파란 고리가 턱에서 대롱거렸다. 남자는 말했다. 왼발 오른발, 왼발 오른발, 왼발 오른발. 유모차의 가느다란 바퀴살이 반짝거렸다. 유모차는 휠체어였다. 남자의 구두가 반짝이는 바퀴 사이로 아스팔트 위를 행군했다.

잉게의 두 눈이 잉게의 머리 주위를 한 바퀴 빙그르르 돌았고, 눈동자가 안으로 향한 채 뻣뻣하게 굳었다. 길가에 주차한 자동차들 너머로 잉게가 사는 집이 보였다. 지붕 위에서 안테나들이 서로 뒤섞여 꼼지락거렸다.

잉게는 방문을 닫았다. 방문을 쳐다보는데, 문이 등뒤에 있는 듯한 느낌이 들었다. 잉게는 텔레비전을 켰다. 텔레비전 화면이 잉게의 손에 희미하고 차가운 빛을 내뿜었다. 침대가 또다시 관처럼 보였다. 잉게는 침대에 벌렁 드러누웠다. 텔레비전 화면은 나오지 않고 소리만 지글지글 끓었다. 잉게는 텔레비전이 차츰 깊어질 때까지 오래 들여다보았다. 저 깊숙한 곳에서 불타는 작은 점이 보였다. 잉게는 자기 방에서 화면을 바라보았다. 잉게는 잉게의 방에서 잉게의 침대에 누워 있는 잉게를 보았다. 잉게는 화면에서 화면을 바라보는 잉게를 보았다. 잉게는 화면에서 잉게의 침대 아래 구겨진 종이 한 장을 보았다. 잉게는 침대 아래로 손을 뻗으면서, 화면에서 잉게의 침대 아래로 손을 뻗는 잉게를 보았다. 잉게는 화면에서 종이를 매끄럽게 펴는 잉게를 보았다. 종이에 물구나무서기라고 쓰여 있었다.

잉게는 화면에서 물구나무서기를 하는 잉게를 보았다.

불치만 씨

불치만 씨의 코는 뾰족한 곡괭이처럼 생겼다. 불치만 씨는 자명종 없이도 매일 아침 늘 똑같은 시간에 눈을 뜨자마자 ― 사나이 대장부라면 시간을 정확히 지킬 줄 알아야 한다고 불치만 씨는 말한다 ― 코를 만진다.

불치만 씨는 몇 살이냐는 질문을 받으면 한창 나이라고 대답한다. 벌써 오래전부터 불치만 씨는 한창 나이이거나, 자신이 느끼는 만큼 나이를 먹었거나, 어쨌든 국도보다는 젊다고 말한다. 그리고 나이 이야기를 할 때마다 늘 오른팔의 상박근을 보여준다. 불치만 씨가 질끈 근육을 내밀면 이마와 목의 동맥이 툭 불거져나온다. 불치만 씨는 나이 이야기를 할 때마다, 그런 말로 괜히 시간을 허비할 가치가 없다고 말한다. 때로는 시간이 그냥 스르르 사라져버린다고 불치만 씨는 말한다. 시간이 굼떠. 어디 숨 막히게 흥분할 만한 일이 도통 일어나야 말이지. 이젠 시간이 사람들의 시간이 아니어서 시간 속에서 살 수 없어. 그러니 시간을 변화시킬 때라고, 불치만 씨는 말한다. 시간을 변화시킬 절호의 기회라니까.

불치만 씨는 이차세계대전 시절을 되돌아본다. 그때만 해도 시간이라는 게 있었지, 불치만 씨는 말한다. 그때만 해도 누구든 각자 자신의 삶을 살았거든. 그때는 누구든 숨만 꼴까닥 넘어가지 않으면 자신의 삶을 실컷 살았다니까. 그때는 누구든 목숨을 걸고 살았어. 그때는 닥치는 대로 하루하루 사는 사람이 아무도 없었어, 불치만 씨는 말한다. 너무 미련해서 살아남지 못한 사람도 많았지. 자신들이 얼마나 격동의 시대에 살고 있는지 깨닫지 못했거든. 시대의 변화를 따라잡지 못했어. 융통성이 없었지, 불치만 씨는 말한다. 그들은 그런 시대에는 뭔가를 하든 안 하든 생사를 걸어야 한다는 걸 도대체 깨닫지 못했어. 처음에 나는 아무것도 하지 않았고, 그러고 나서도 또 아무것도 하지 않았고, 그러고 나서도 오랫동안, 아주 오랫동안 아무것도 하지 않았어. 다른 사람들도 마찬가지였어. 좌우를 살피지 않고 그저 결사적으로 앞만 똑바로 보았지. 그리고 총을 쏘았지, 총에 맞아 죽기 전에 먼저 세 방을 쏘았어, 불치만 씨는 말한다. 동지애고 나발이고 없었어. 잘못하다가는, 내 몸 추스르기 전에 다른 사람부터 도와야 할 형편이었으니까. 여자고 나발이고도 없었지. 잘못하다가는 이용당하기 십상이었고 내 몸 건사하기도 어려웠을 거야. 인정이고 나발이고도 없었지. 그저 일, 일이 우선이었어, 불치만 씨는 말한다. 일은 언제나 일일 뿐이야. 일은 결코 사람일 수 없고, 사람에게 해코지할 수도 없어, 불치만 씨는 말한다. 항상 적절한 순간에 적절한 일을 해야 한다고.

나는 여태껏 여자 따위엔 신경 쓰지 않았어, 불치만 씨는 말한다. 전쟁에서 여자들이 할 일이 뭐가 있어. 여자들은 시대의 흐름이나 역사의 실체에 대해 아무것도 몰라. 그저 늘 사람이 어쩌고저쩌고 떠들 뿐, 일에는 도통 관심이 없다니까. 여자들은 남자들을 위험에 빠뜨린단 말이야, 그것도 목숨을 위태롭게 한다니까, 불치만 씨는 말한다. 여자들은 남성적인 성격이나 남자들의 윤리를 망가뜨려. 남자들이 계속 남자로 남고 싶으면 여자들을 두들겨 패야 돼. 지난 역사를 돌아보면 항상 남자들은 허풍을 쳤어. 그 점은 지금도 변함이 없어. 우리한테는 자제력이 부족해, 불치만 씨는 말한다. 좋은 시절에는 사형이라는 게 있었지. 그냥 모두 제 명에 살게 내버려두면 도무지 법을 존중하지 않거든. 예전엔 모든 중요한 일들을 통제하는 법이 각기 하나씩 있었는데, 요즘엔 아주 중요한 일들마저 하찮게 되어버렸다니까. 하찮은 일들을 통제하는 법은 중요하고, 중요한 일들을 통제하는 법은 하찮게 되었으니. 세상이 죄다 뒤죽박죽이야. 지도자의 자질을 갖춘 사람을 어디 찾아볼 수 있어야 말이지, 불치만 씨는 말한다. 어디서나 마찬가지라니까, 우리 작은 마을도 예외가 아니야, 불치만 씨는 말한다.

오래전부터 불치만 씨는 인형극을 공연한다. 내 인생의 의미 있는 일들은 모두 전쟁을 통해 배웠는데, 인형극도 그중 하나야, 라고 불치만 씨는 말한다. 불치만 씨는 꼿꼿이 서서 한 손으로 경례를 올려붙이며 눈을 가늘게 뜨고 만세를 외친다. 가늘게 뜬 눈 틈새로 적군의 자동차가 달려간다. 불치만 씨는 적군의 자동차가 폭발하고, 갈가리 찢긴 적군들이 피투성이로 나동그라지는 광경을 상상한다. 불치만 씨는 의기양양한 나머지 잠시 돌처럼 굳어 있다. 가슴이 풀무처럼 오르락내리락한다. 불치만 씨는 그런 상상을 하기 전에 그 일이 일어났는지, 아니면 상상하는 동안에 일어났는지, 아니면 그후에 일어났는지 모른다. 그는 포위당한 도시의 도로변 어느 집 앞에 꼿꼿이 서서 한 손으로 경례를 올려붙이고 눈을 가늘게 뜬 채 만세라고 외치며 집이 폭발하는 광경을 상상한다. 그리고 집이 폭발한다. 인형극, 불치만 씨는 소리치며 기쁨에 겨워 부르르 떤다. 독일 군인들이 인형극을 공연할 줄 몰라서 우리가 전쟁에 진 거라고 불치만 씨는 말한다.

나는 그렇게 생사를 걸고 죽음을 이겨냈어, 불치만 씨는 말한다. 나는 적군 앞에서 당당히 버텼어. 어떤 상황에서도 당당히 버텼지. 내 인생의 의미 있는 일들은 모두 전쟁을 통해 배웠는데 그것도 그중 하나야, 불치만 씨는 말한다.

전쟁은 인생의 배움터야, 불치만 씨는 말한다. 불치만 씨는 많은 일들에 대해 곰곰이 생각한다.

불치만 씨의 말은 늘 옳다. 불치만 씨는 자기 말이 옳을 때까지 오래오래 주장한다. 어느 대화든 오래 지속될수록 불치만 씨의 말은 그만큼 더 옳다. 거참, 한번 잘 생각해보시오, 그럼 내 말이 옳다는 걸 알게 될 테니까, 불치만 씨는 말한다. 어때요, 이번에도 내 말이 옳았지요, 불치만 씨는 말한다.

얼굴에 핏기가 하나도 없구먼! 당신은 아직 새파랗게 젊소, 불치만 씨는 말한다. 당신이 뭘 알겠소! 아직 아무것도 모른다니까. 그런 일을 겪어봤어야 말이지. 당신은 책에서 읽은 대로 살고 있소. 아직 아무런 인생 경험이 없다니까. 아직 별로 오래 살지 않은데다가 아무 일도 일어나지 않는 시대에 살다보면 여러모로 어려울 거요, 불치만 씨는 말한다.

당신은 나약한 사람이오, 불치만 씨는 말한다. 당신이 언제 이런 말들을 면전에서 들어봤겠소. 그래도 당신하고 나, 우리는 좋은 친구요. 당신은 나약한 사람이오. 하지만 나약한 사람도 있어야 하지 않겠소, 불치만 씨는 말한다. 사실 나약한 사람들이 맘은 편하지. 본인들은 자신이 얼마나 나약한지 모른다니까. 당신처럼 나약한 사람들은 적 앞에서 당당히 버틸 필요도 없소, 불치만 씨는 말한다.

빌어먹을, 당신은 전혀 그럴 필요가 없다니까, 불치만 씨는 소리친다.

검은 공원

리하르트를 위하여

아파트 안에 웅크리고 있다. 직육면체 안에 웅크리고서, 바람이 문을 잡아채는 소리에 귀 기울인다. 오로지 문이 닫히지 않는 탓에 귀 기울여 듣는 것이다.

누군가가 찾아올 거라고 항상 믿는다. 그러다 저녁이 된다. 누군가 찾아오기에는 너무 늦은 시간이다.

마치 거대한 공이 방 안으로 날아오듯 커튼이 부푸는 것을 항상 지켜본다.

꽃병에 빽빽이 꽂혀 있는 꽃다발이 마치 덤불처럼 보인다. 숨 막히게 아름답고 인생처럼 마구 흐트러져 있다.

그리고 모두가 인생을 위해 얼마나 애쓰는가.

어제부터 양탄자 위에 놓여 있는 병들을 타넘어간다. 장롱 문이 활짝 열려 있고, 마치 지하납골실처럼 그 안에 옷들이 있다. 옷들의 임자가 존재하지 않는 듯 휑하다.

공원의 개들을 위한 가을, 11월에 뒤늦게 여름정원에서 올리는 결혼식을 위한 가을. 빌린 돈과 탐스러운 새빨간 꽃과 올리브에 꽂힌 이쑤시개.

빌린 자동차 안에 신부들이 넘치는 고장, 체크무늬 모자를 쓴 사진사들이 넘치는 도시. 신부들의 드레스 뒤에서 필름이 끊긴다.

주름살이 자글자글한 푸른 눈의 아가씨야, 너는 이른 아침 아스팔트를 한없이 걸어 어디로 가느냐. 몇 년 동안이나 검은 공원을 가로질러서.

너는 여름이 온다고 말하면서 여름을 생각하지 않았다. 그런데 지금은 왜 가을을 말하느냐. 마치 이 도시가 돌로 만들어지지 않은 듯, 이 도시 곁에서 꽃잎 하나라도 시드는 듯.

네 친구들의 머리카락 속에는 그림자가 드리워져 있으며, 그들은 네가 슬퍼하는 모습을 지켜본다. 그것에 익숙해지고 그것에 타협한다. 그게 바로 너다. 무슨 이야기를 하든 상관없는데, 상실을 이야기한다고 무슨 수가 있겠느냐. 포도주 잔 속의 두려움이 두려움을 이기도록 돕고 포도주 병이 하나 둘씩 비어간다 한들 무슨 소용이겠느냐.

웃음소리 쩌렁쩌렁 울려 퍼지고 배꼽 빠지게 웃고 숨넘어가게 웃는다 한들 무슨 소용이겠느냐.

우리는 아직 젊다.

또다시 한 사람의 독재자가 실각했고, 또다시 마피아가 누군가를 살해했고, 테러리스트 하나는 이탈리아에서 사경을 헤맨다.

아가씨야, 술로는 두려움을 이길 수 없다. 잡동사니와 이 사회에 적응하지 못하고 죽은 목숨이나 다름없는 여자들처럼 너도 이 잔을 홀짝거리는구나. 그 어떤 잡동사니에도, 심지어 제 잡동사니에도 적응하지 못한 여자들처럼.

아가씨야, 네 친구들은 앞으로 네가 잘 지내지 못할 거라고 말한다.

네 눈이 공허하다. 네 감정은 공허하고 생기가 없다. 아가씨야, 안됐구나. 정말 안됐어.

일하는 날

아침 다섯시 반. 자명종이 울린다.

나는 침대에서 일어나 옷을 벗는다. 옷을 베개 위에 놓고 파자
마를 입는다. 부엌으로 가서 욕조에 들어가 수건을 집어든다. 수
건으로 얼굴을 씻고 빗을 집어든다. 빗으로 얼굴을 닦고 칫솔을
집어든다. 칫솔로 머리를 빗고 목욕용 스펀지를 집어든다. 목욕
용 스펀지로 이를 닦고 욕실로 가서 차 한 조각을 먹고 빵 한 잔
을 마신다.

나는 손목시계와 반지를 뺀다.

신발을 벗는다.

계단통으로 가서 현관문을 연다.

엘리베이터를 타고 6층에서 2층으로 내려간다.

그러고는 계단 아홉 개를 올라가 거리로 나간다.

식료품 가게에서 신문을 사고 전차 역까지 걸어가 뿔 모양의 롤빵을 산다. 신문가판대에 이르러 전차를 탄다.

나는 전차에 올라타기 세 정거장 전에서 내린다.

나는 수위의 인사에 답한다. 수위는 인사하면서 또 월요일이라고 말한다. 또 한 주가 끝났다고.

나는 사무실에 도착해 잘 가라고 인사한다. 내 재킷을 책상에 걸어놓고 옷걸이에 앉아 일하기 시작한다. 나는 여덟 시간 일한다.

말할 수 없는 것을 표현하는 시

소설집 『저지대Niederungen』는 2009년 노벨문학상 수상작가 헤르타 밀러의 데뷔작으로, 1982년 루마니아 부쿠레슈티의 크리테리온 출판사에서 처음으로 출간되어 헤르타 밀러라는 이름을 세상에 널리 알리는 계기가 되었다. 그러나 이 작품이 원래의 완전한 모습으로 독자들에게 다가오기까지는 무려 삼십여 년에 가까운 긴 시간이 걸렸다. 먼저 이 작품은 당시 사회주의 치하의 루마니아 출판사에서 출간되기 전까지 사 년이나 기다려야 했다. 결국 당국의 검열을 통과하지 못한 네 편의 이야기 「그 당시 5월에는」「의견」「잉게」「불치만 씨」가 누락되고 나머지 열다섯 편도 대폭적인 삭제와 부분적인 수정을 거친 다음에야 출간될 수 있었다. 이 년 뒤 루마니아 당국의 감시를 피해 베를린의 로

트부흐 출판사에서 재출간되었을 때도 원래의 모습을 되찾지 못했다. 헤르타 뮐러의 2009년 노벨문학상 수상을 계기로 새롭게 출간된 이 개정판은 당시 검열로 누락되었던 네 편을 수록하고 삭제되었던 부분들도 되찾아, 마침내 온전한 모습으로 독자들을 만나게 되었다.

『저지대』 첫 출간 이후, 헤르타 뮐러는 루마니아에서 더이상 책을 출간할 수 없었을 뿐만 아니라, 1987년 독일에 망명하기까지 수년간 비밀정보요원들에게 수시로 심문받고 감시받고 가택수색을 당했다. 그때 헤르타 뮐러에게는 글을 쓰는 것만이 그 어려운 상황을 이겨내고 스스로를 극복할 수 있는 유일한 출구였다.

나는 죽음의 공포에 삶의 욕구로 반응했습니다. 삶의 욕구는 낱말의 욕구였습니다. 오직 낱말의 소용돌이만이 내 상태를 표현할 수 있었습니다. 낱말의 소용돌이는 입으로 말할 수 없는 것을 글로 표현해냈습니다. (「노벨문학상 수상 연설문」)

그러나 『저지대』에서는 나중에 발표된 『인간은 이 세상의 거대한 꿩이다』 『숨그네』 같은 작품들과는 달리 독재정부에 대한 직접적인 비판이나 성찰은 거의 눈에 띄지 않는다. 당시 검열로 삭제되었던 작품 중「불치만 씨」「의견」「잉게」는 비교적 사회 비판적인 성격을 강하게 드러내지만, 나머지 작품들은 독재 치하에서 자긍심과 품위를 잃어버리고 신음하는 사람들의 모습을 담담하게 이야기할 뿐이다. 특히 비극적인 독일 역사의 잔재로서, 타국 루마니아에서 자신들의 문화와 전통과 정체성을 유지하려고 애쓰는 바나트 슈바벤 농부들의 척박한 삶을 소박하게 묘사한다. 그럼에도 협동농장이나 국영농장의 흉작에 대해 묘사하는「마을 연대기」를 비롯해『저지대』곳곳에서는 예리한 현실 인식과 풍자적인 사회 비판, 정치적인 거센 저항의 입김을 느낄 수 있다.

이 책은 백이십여 쪽 남짓한 표제작「저지대」를 열여덟 편의 짧은 이야기가 에워싸는 형식으로 이루어져 있다.「저지대」는 외지고 황량한 삶의 저지대에 사는 사람들의 이야기이다. 1950년대 강압적인 사회주의 치하의 루마니아 시골, 소수의 독일인들이 모여 사는 바나트 슈바벤 마을에서의 음울한 어린 시절과 억눌린 삶을 어린아이의 시각을 통해 묘사한다. 거짓과 무관심, 음주와 폭력, 가난이 마을의 일상을 지배하고, 가슴을 짓누르는 일들이 날마다 되풀이된다. 기쁨이나 슬픔 같은 단순한 감정보다는 삶 그 자체가 조금도 미화됨 없이 있는 그대로 그려진다.

삶은 즐거움이기보다는 살아남기 위한 끈질긴 투쟁이다. 늘 망치를 두드려대는 할아버지, 수프 냄비의 제라늄에 집착하는 할머니, 술에 절어 사는 아버지, 고달픈 삶에 시달리며 자식의 뺨에 거침없이 손자국을 남기는 어머니. 이런 음울하고 척박한 삶의 배후에서 존재의 슬픔과 절망, 삶을 향한 갈망과 사랑, 누구도 거부할 수 없는 끈질긴 생명력은 더욱 절실하게 가슴에 와 닿는다.

어린 소녀인 일인칭 화자는 암울하고 숨 막히는 현실에서 환상의 세계로 도피한다. 자연, 식물이나 동물, 사소한 일상적인 일들에서 몽환적이고 초현실적인 영상들을 불러내어 자기만의 세계에 빠져든다. 헤르타 뮐러는 어린아이의 눈에 비친 삶의 고통과 절망을 예리한 관찰력으로 한 꺼풀 한 꺼풀 벗겨내어, 아름다운 시적 언어로 생생하고 심도 있게 그리고 있다. 신중하게 선택한 낱말 하나하나에 의미와 상징을 함축적으로 담아낸다. 그 결과, 구체적이고 현실적으로 보이는 낱말들이 갑자기 환상을 향해 문을 열고 독자들을 다채로운 꿈의 세계로 인도한다. 교묘하게 어우러지는 음울한 내용과 시적인 언어는 현실과 환상의 세계를 넘나들며 서정적인 분위기와 함께 삶의 희망까지도 만들어낸다.

『저지대』는 겉으로 보이는 현실 너머의 삶과 죽음을 꿰뚫어보는 작가의 날카로운 통찰력과 언어적으로 섬세하게 형상화한 시적인 재치가 돋보이는 작품이다. 『저지대』가 1984년 독일에서 출간되었을 때, 이미 그 신선하고 놀라운 시적 표현은 문단에 커다란 반향을 일으켰다. 독일의 유력 시사지 『슈피겔』은 "마음을 사로잡는 문학적 걸작"이라고 평하는 동시에, 독일 최고 여성시인의 반열에 오른 작가라고 헤르타 뮐러를 극찬했다. 어린 소녀의 눈에 비친 암울한 삶을 아름답게 시적으로 승화시킨 언어적 마법은 삼십여 년이 지난 지금까지도 원래의 강렬한 힘을 잃지 않고서 우리 마음을 깊이 파고든다.

김인순

모든 낱말은 악순환에 대해 알고 있다

"손수건 있니?"

내가 매일 아침 집을 나서기 전, 어머니는 대문에서 꼭 이렇게 물었습니다. 내게는 손수건이 없었습니다. 그랬기 때문에, 나는 다시 방으로 들어가 손수건을 가지고 나왔습니다. 매일 아침 나는 어머니의 그 물음을 기다렸고, 그래서 매일 아침 손수건을 챙기지 않았습니다. 손수건은 매일 아침, 어머니가 나를 지켜주고 있다는 증거였습니다. 그 시간 이후로는 무슨 일이든 나 혼자의 힘으로 해결해야 했습니다.

"손수건 있니?"

이 물음은 간접적인 애정 표시였습니다. 농부들은 원래 면전에서 애정을 표현할 줄 몰랐습니다. 아마 그랬더라면 서로 민망해했을 것입니다. 농부들은 사랑을 물음으로 넌지시 바꾸어 표현했습니다. 오로지 그렇게 담담하게, 마치 일을 시키듯 명령적인 어조로만 애정을 표현할 수 있었습니다. 무뚝뚝한 목소리는 되레 애정을 더욱 강조했습니다. 나는 매일 아침, 처음에는 손수건 없이, 그다음에는 손수건을 들고 대문에 섰습니다. 그러고 나서야 비로소 어머니가 손수건과 더불어 내 곁에 계시다는 듯 집을 나섰습니다.

그리고 이십 년이라는 세월이 흘렀습니다. 나는 이미 오래전부터 홀로 도시에서 지내며 기계공장에서 번역가로 일하고 있었습니다. 새벽 다섯시에 일어나, 여섯시 반에 일을 시작했습니다. 아침마다 확성기를 통해 루마니아 국가가 공장 마당에 울려 퍼졌습니다. 점심시간에는 노동자들의 합창이 울려 퍼졌습니다. 하지만 점심을 먹으려고 앉은 노동자들의 눈빛은 양철처럼 멍했고, 손은 기름범벅이었습니다. 음식은 신문지에 둘둘 싸여 있었습니다. 작은 베이컨 조각을 입에 넣기 전에, 노동자들은 거기 묻은 신문지 잉크를 칼로 긁어내야 했습니다. 단조롭고 권태로운 하루하루가 이어지면서 이 년이 흘렀습니다. 그날이 그날 같았습니다.

삼 년째 접어들면서 그런 단조로운 일상에 변화가 일어났습니다. 어느 날 아침 일찍, 뼈대가 굵고 몸집이 큰 남자가 푸른 눈을 번득이며 내 사무실에 모습을 드러냈습니다. 거대한 석상 같은 남자는 일주일에 거푸 세 번이나 나를 찾아왔습니다. 그는 비밀정보요원이었습니다.

처음 찾아왔을 때, 그는 자리에 앉지도 않고 선 채로 호통을 치다가 가버렸습니다.

두번째 찾아왔을 때, 그는 바람막이 점퍼를 벗더니 캐비닛 열쇠에 걸어놓고 의자에 앉았습니다. 그날 아침, 나는 집에서 튤립을 가져와 꽃병에 꽂아두었습니다. 그 남자는 나를 보더니, 내가 사람들의 속성을 굉장히 잘 파악하고 있다며 칭찬을 했습니다. 미끈거리는 목소리였습니다. 나는 기분이 언짢았습니다. 나는 그 칭찬을 부정하며, 튤립에 대해서는 좀 알지만, 사람에 대해서는 잘 모른다고 단호하게 잘라 말했습니다. 그러자 그는 내가 튤립에 대해 아는 것보다, 자신이 나에 대해 아는 게 더 많다고 음흉하게 말했습니다. 그러더니 바람막이 점퍼를 팔에 걸치고 사무실을 나갔습니다.

세번째로 찾아온 날, 그는 의자에 앉았지만, 나는 서 있었습니다. 그가 내 의자에 서류가방을 올려두었기 때문입니다. 그 가방을 바닥에 내려놓을 엄두가 나지 않았습니다. 그는 내가 아둔하고 게으르고 떠돌이 암캐처럼 난잡한 바람둥이라고 욕했습니다. 그러더니 튤립이 꽂힌 꽃병을 책상 끝까지 아슬아슬하게 밀어붙이고서, 백지 한 장과 볼펜을 책상 한가운데 내려놓고 크게 윽박질렀습니다. "써." 나는 선 채로, 그가 불러주는 것을 종이에 받아썼습니다. 내 이름과 생년월일과 주소를. 그런 다음, 아무리 가까운 사람이나 친지한테도 절대 발설하지 않겠다는 말에 이어, '나는 협조한다'는 끔찍한 말이 귀에 들려왔습니다. 나는 그 말을 받아쓰지 않았습니다. 볼펜을 내려놓고 창가로 다가가, 먼지가 부옇게 날리는 길을 바라보았습니다. 아스팔트가 깔리지 않은 길은 여기저기 움푹 패었고, 집들은 구부정했습니다. 그런 황폐한 길의 이름이 '스트라다 글로리아', 영광의 거리였습니다. 영광의 거리에는 앙상한 뽕나무가 서 있었고, 고양이 한 마리가 그 나무 위에 앉아 있었습니다. 공장에서 키우는 고양이로, 한쪽 귀가 너덜너덜 찢어져 있었습니다. 고양이 위로는 이른 아침의 태양이 노란 북처럼 떠 있었습니다. "저는 그럴 성격이 못됩니다." 나는 창밖의 길을 바라보며 말했습니다. '성격'이라는 말에 비밀정보요원은 히스테릭한 반응을 보였습니다. 그는 종이를 갈기갈기 찢어서 바닥에 내던졌습니다. 그러다 이 일의 경과를 상사에게 보고해야 한다는 생각이 떠올랐는지, 허리를 굽혀 종잇조각을 전부 주워 모아서는 서류가방 안에 쓸어넣었습니다.

그러고는 깊이 한숨을 내쉬더니, 분을 참지 못하고 튤립이 꽂힌 꽃병을 벽에 내팽개쳤습니다. 꽃병이 산산조각나면서, 마치 허공 속에서 이를 가는 듯 부드득거리는 소리가 났습니다. 그는 서류가방을 겨드랑이에 끼고는 나지막이 말했습니다. "당신, 후회하게 될 거요. 우린 당신을 감쪽같이 강물에 빠뜨릴 수 있소." 나는 혼잣말하듯 대답했습니다. "내 손으로 서명을 한다면, 더는 나 자신으로 살아갈 수 없습니다. 그리고 스스로 강물에 투신할 수밖에 없을 테지요. 그러니 차라리 당신들이 해주는 편이 낫습니다." 그러나 이미 사무실 문은 열려 있었고, 그는 가고 없었습니다. 창밖, 영광의 거리에서는 나뭇가지 위에 앉아 있던 공장의 고양이가 지붕 위로 폴짝 뛰어올랐습니다. 나뭇가지가 트램펄린처럼 튕겨올랐습니다.

그다음 날부터 핍박이 시작되었습니다. 그것은 나더러 공장을 떠나라는 뜻이었습니다. 나는 매일 아침 여섯시 반에 공장장에게 불려갔습니다. 공장장 옆에는 노동조합장과 당서기가 늘 함께 앉아 있었습니다. 예전에 어머니가 '손수건 있니?' 하고 물었던 것처럼, 매일 아침 공장장은 "다른 일자리를 찾았소?" 하고 물었습니다. 나는 날마다 같은 대답을 되풀이했습니다. "다른 일자리는 알아보지 않겠습니다. 저는 이 공장이 마음에 듭니다. 정년퇴임할 때까지 여기서 일하고 싶습니다."

어느 날 아침, 출근해보니 내가 보던 두꺼운 사전들이 사무실 문 옆의 복도 바닥에 놓여 있었습니다. 사무실 문을 열자, 한 기술자가 내 책상에 앉아 있었습니다. "방에 들어오려면 먼저 노크를 하시오. 이제부터 여기는 내 사무실이니 함부로 들락거리지 마시오." 그렇다고 그냥 집으로 갈 수는 없었습니다. 만약 집으로 갔다간, 무단결근으로 처리되어 해고할 좋은 핑곗거리가 되었을 것입니다. 앉아서 일할 사무실이 없었는데도, 나는 매일같이 기를 쓰고 정상적으로 출근해야 했습니다. 무슨 일이 있어도 결근해서는 안 되었습니다.

날마다 그 추레한 영광의 거리를 걸어 퇴근하면서, 나는 한 친구에게 그 이야기를 전부 들려주었습니다. 친구는 처음에 자기 사무실의 책상 한 귀퉁이를 저에게 내주었습니다. 그러던 어느 날 아침, 친구가 사무실 문 앞에 서서 말했습니다. "이젠 내 사무실에 함께 있을 수 없게 되었어. 다들 네가 염탐꾼인 줄 알아." 그들은 나를 괴롭힐 길을 찾아, 내가 염탐꾼이라는 소문을 동료들 사이에 퍼뜨렸습니다. 그것은 최악의 사태였습니다. 공격에는 저항할 수 있지만, 중상모략에는 저항할 방법이 없습니다. 나는 날마다 모든 가능성을 헤아렸고 죽음까지도 각오했지만, 그런 비열한 행태 앞에서는 어쩔 도리가 없었습니다. 아무리 생각해도 도저히 참을 수가 없었습니다. 중상모략은 사람을 오물로 가득 채웁니다. 당사자는 저항할 수 없어 숨이 막힙니다. 동료들의 눈에, 나는 그토록 거부했던 바로 그런 존재가 되어 있었습니다. 내가 만일 동료들을 염탐하고 감시했다면, 그들은 아무것도 모르고 나를 신뢰했을 것입니다. 엄밀히 말하자면, 내가 그들을 보호했기 때문에 그들이 나를 벌한 것입니다.

나는 절대로 무단결근해선 안 되었지만, 일할 공간도 없었고 친구의 사무실에서도 더는 머무를 수 없었기 때문에, 층계참에 어정쩡하게 서 있었습니다. 층계를 몇 번 오르락내리락하다보니, 불현듯 다시 어머니의 아이로 돌아와 있었습니다. 내게 '손수건이 있었기' 때문입니다. 나는 손수건을 2층과 3층 사이의 계단 위에 놓고 매끄럽게 폈습니다. 반듯하게 펴놓은 손수건 위에 앉아서, 두꺼운 사전들을 무릎에 올려놓은 채 수압기계에 대한 설명을 번역했습니다. 나는 층계의 위트[1]였고, 내 사무실은 손수건이었습니다. 점심시간에 친구가 계단으로 나를 찾아왔습니다. 우리는 친구의 사무실에서 그랬듯이, 그리고 그전에는 내 사무실에서 그랬듯이, 거기서 함께 점심을 먹었습니다. 늘 그랬듯이 확성기에서는 인민의 행복을 위한 노동자들의 합창이 울려

---

1) 원래는 '방을 나선 뒤, 층계에서 뒤늦게 떠오른 생각'을 뜻하지만, 현재는 운명의 아이러니나 우스꽝스러운 태도 등을 가리키기도 한다.

퍼졌습니다. 친구는 점심을 먹으면서 나 때문에 울었습니다. 나는 꿋꿋하게 버텨야 했습니다. 그러고도 한참을, 버텨야 했습니다. 마침내 해고당하기까지의 그 몇 주는 한없이 길게 느껴졌습니다.

　층계의 위트로 지내던 시절, 나는 사전에서 층계라는 낱말의 요모조모를 찾아보았습니다. 층계의 첫 계단은 ANTRITT이고, 마지막 계단은 AUSTRITT입니다.[2] 발을 디딜 수 있는 수평의 평평한 부분은 양옆의 TREPPENWANGE[3]에 끼워져 있습니다. 그리고 계단 사이의 빈 공간은 TREPPENAUGE[4]라고 부릅니다. 나는 기름 묻은 수압기계의 부품들을 통해 제비꼬리SCHWALBEN-SCHWANZ[5]나 백조의 목SCHWANENHALS[6] 같은 아름다운 단어들도 알게 되었습니다. 나사 받침은 암나사SCHRAUBENMUT-TER[7]라고 합니다. 나는 층계 각 부위의 시적인 명칭과 기계공

---

2) ANTRITT에는 '취임' '시작'이라는 뜻이 있고, AUSTRITT에는 '탈퇴' '퇴장'이라는 뜻이 있다.

3) TREPPE는 '층계', WANGE는 '뺨'이라는 뜻이다. TREPPENWANGE는 토목 관련 용어로, '층계 측면 받침대'라는 뜻이다.

4) AUGE는 '눈'이라는 뜻이다.

5) 제비꼬리 모양의 나무 이음새.

6) 뻣뻣하면서도 구부릴 수 있을 정도로 탄성이 있는 고무호스 모양의 금속 관.

7) SCHRAUBE는 '나사', MUTTER는 '어머니'라는 뜻이다.

학 언어의 아름다움에 새삼 놀랐습니다.

층계 뺨TREPPENWANGE, 층계 눈TREPPENAUGE, 그렇다면 층계에도 얼굴이 있는 것입니다. 나무나 돌로 만들었든, 콘크리트나 철로 만들었든, 사람들은 이처럼 다루기 힘든 사물들에 자신의 얼굴을 엮어넣으며, 생명이 없는 물질에 육신의 명칭을 부여하고 신체 부위로 의인화합니다. 그것은 왜일까요. 기계공학 전문가들은 그 은밀한 다정함을 통해 험한 일을 견뎌내는 것 아닐까요. 어떤 분야의 어떤 일에든, 손수건 있냐는 우리 어머니의 물음과 같은 신념이 존재하는 게 아닐까요.

어린 시절, 우리 집에는 손수건만 따로 넣어두는 서랍이 있었습니다. 서랍 안에는 한 줄에 각기 세 더미씩, 앞뒤로 두 줄의 손수건이 차곡차곡 쌓여 있었습니다.

왼쪽에는 아버지와 할아버지를 위한 남자용 손수건이 있었습니다.

오른쪽에는 어머니와 할머니를 위한 여자용 손수건이 있었습니다.

가운데에는 나를 위한 어린이용 손수건이 있었습니다.

그 서랍은 손수건의 형태를 한 우리 가족의 가족사진이었습니다. 남자용 손수건은 가장 컸고, 갈색이나 회색, 적포도주색의 진한 테두리가 둘려 있었습니다. 여자용 손수건은 그보다 조금 작고, 가장자리가 밝은 하늘색이나 빨간색, 초록색이었습니다. 어린이용 손수건이 가장 작았는데, 테두리가 없는 대신 흰 사각형 안에 꽃이나 동물이 그려져 있었습니다. 앞줄에 놓인 것은 평일용 손수건, 뒷줄에 놓인 것은 일요일용 손수건이었습니다. 일요일에 쓰는 손수건의 색은 눈에 띄지는 않아도 옷 색깔과 잘 어울려야 했습니다.

집 안의 다른 어떤 물건도, 심지어 우리 자신마저도, 손수건만큼 중요하지는 않았습니다. 손수건은 두루 쓸모가 있었습니다. 콧물이 흐르거나 코피가 나거나 손이나 팔꿈치, 무릎에 상처를 입거나 눈물을 흘리거나 이를 악물거나 눈물을 참을 때 쓸 수 있었습니다. 차가운 물에 적신 손수건을 이마에 올려놓으면 두통을 덜어주었고, 네 귀퉁이를 매듭지어 머리에 쓰면 뙤약볕이나 비를 가려주었습니다. 뭔가 잊지 않고 기억할 일이 있으면, 손수건 한쪽에 매듭을 지어 표시해두었습니다. 무거운 가방을 나를 때는 손수건으로 손을 감쌌고, 기차가 역을 출발할 때는 이별의 표시로 손수건을 흔들었습니다. 루마니아 말로 기차는 TREN이고, 바나트 방언으로 눈물은 TRAN이기 때문에, 선로를 지나는 기차의 요란한 마찰음은 내 머릿속에서 언제나 울음소리로 느껴졌습니다. 고향 마을에서는 집 안에서 누가 죽으면, 시신이 뻣뻣하게 굳었을 때 입이 벌어져 있는 일이 없도록 얼른 턱 주위를 손수건으로 묶어주었습니다. 도시에서는 누군가가 길가에 쓰러져 죽으면, 죽은 이의 얼굴을 손수건으로 덮어주는 행인이 꼭 있었습니다. 그래서 손수건은 죽은 사람이 누리는 최초의 평온이었습니다.

무더운 여름날이면 부모들은 저녁 늦게 묘지의 꽃에 물을 주러 아이들을 보냈습니다. 아이들은 둘, 셋씩 무리 지어 이 무덤 저 무덤 몰려다니며 서둘러 물을 주었습니다. 그러고 나서 우리는 예배당 층계에 옹기종기 모여 앉아, 무덤들에서 하얀 증기가 몽글몽글 피어오르는 것을 바라보았습니다. 수증기는 컴컴한 허공 속으로 잠시 날아가는 듯싶더니 금방 사라졌습니다. 우리는 그것이 죽은 사람들의 영혼이라고 생각했습니다. 동물 조각상, 안경, 작은 병, 찻잔, 장갑, 양말. 그리고 여기저기에 밤의 어둠을 테두리 삼아 두른 흰 손수건들.

훗날, 나는 소련의 강제노동수용소로 추방당했던 오스카 파스티오르[8]의 체험을 글로 옮기기 위해 인터뷰를 했습니다. 그때

---

8) 루마니아 출신의 독일 시인이자 번역가(1927~2006). 헤르타 뮐러의 소설 『숨그네Atemschaukel』는 오스카 파스티오르의 실제 체험을 내용으로 하고 있다.

그는 러시아의 한 늙은 어머니에게서 흰색 고급 아마포 손수건을 받았다는 이야기를 꺼냈습니다. 그 러시아 어머니는 오스카 파스티오르에게 말했습니다. "운이 좋으면 당신도 곧 집으로 돌아갈 수 있고, 우리 아들도 곧 집으로 돌아올 수 있을 테지요." 여인의 아들은 오스카 파스티오르와 같은 나이였고, 오스카 파스티오르처럼 멀리 집을 떠나 있었습니다. 하지만 그와는 방향이 다른 곳에, 어느 죄수부대에 있다고 여인은 말했습니다. 오스카 파스티오르는 아사 직전의 걸인 신세로, 석탄 한 조각을 약간의 음식과 교환하려고 그 여인의 문을 두드렸습니다. 여인은 그를 집 안으로 들여 뜨거운 수프를 내주었습니다. 그리고 그가 접시에 콧물을 흘리자, 아직 아무도 사용한 적 없는 흰색 고급 아마포 손수건을 내놓았습니다. 고운 망사로 테두리를 두르고 섬세한 사슬뜨기로 장식하고 명주실로 장미꽃을 수놓은 그 손수건은 정말 아름다웠습니다. 그 아름다움은 걸인을 부둥켜안는 동시에 그의 자존심을 다치게 했습니다. 그것은 복합적이었습니다. 한편으로는 고운 아마포로 걸인의 마음을 위로했고, 다른 한편으로는 명주실 사슬뜨기로, 그 흰 눈금으로 스스로의 참담한 처지를 가늠하게 했습니다. 오스카 파스티오르 역시, 그 여인에게는 복합적인 존재였습니다. 그녀의 집에서는 세상으로부터 소외당한 걸인이었고, 세상에서는 길 잃은 아이였습니다. 이런 두

역할 속에서 그는 여인의 몸짓에 행복감과 부담감을 동시에 느꼈습니다. 여인은 오스카 파스티오르에게 낯선 러시아 여인인 동시에 '손수건 있니?'라고 걱정스럽게 묻는 어머니이기도 했습니다.

이 이야기를 들은 이후로, '손수건 있니?'라는 물음은 어디서나 유효한 게 아닐까 하는 생각이 떠올랐습니다. 빙점과 융점 사이에서 반짝이는 눈에 덮인 세상 어디에서나. 이 물음은 산들과 초원들 사이를 지나고 모든 국경을 넘어, 형무소와 강제노동수용소로 가득 찬 거대한 제국을 깊숙이 뚫고 들어갑니다. 스탈린주의가 아무리 많은 수용소를 지어 사람들을 재교육시킨다 한들, 아무리 망치와 낫을 휘두른다 한들, '손수건 있니?'라는 물음을 결코 말살할 수는 없을 것입니다.

루마니아 말을 몇십 년 동안이나 해왔는데도, 나는 손수건이 루마니아 말로 BATISTA라는 것을 오스카 파스티오르와 대화하는 도중에 새삼 처음으로 깨달았습니다. 낱말들을 단도직입적으로 사물의 심장부로 몰아넣는 루마니아 말의 감각적인 특성이 여기서도 드러납니다. 물질은 우회하는 것이 아니라 마치 완성된 손수건인 양, BATISTA인 양 직접 나섭니다. 마치 모든 손수건이 언제 어디서나 고운 아마포Batist로 만들어진다는 듯이 말입니다.

오스카 파스티오르는 그 손수건을 이중의 아들을 둔 이중의 어머니에 대한 귀중한 기념품으로 가방 속에 고이 간직했습니다. 그리고 오 년간의 수용소 생활 후에 집으로 가져왔습니다. 그 흰 아마포 손수건이 그에게는 희망이자 두려움이었기 때문입니다. 희망과 두려움의 끈을 놓아버리는 사람은 더는 살아갈 수 없습니다.

그 흰 손수건에 대한 대화를 나눈 후에, 나는 오스카 파스티오르를 위해 밤새도록 흰 카드에 언어의 콜라주를 만들어 붙였습니다.

여기 점들이 춤추고 있어 베아가 말한다
너는 목이 긴 유리컵의 우유 속으로 들어온다
흰 빨래 회녹색의 아연 빨래통
거의 모든 물질들은
수취인부담으로 서로에게 응한다
여길 보라
나는 기차여행이며
비눗갑 안의 버찌는
낯선 남자들과
본부에 관한 말을 결코 주고받지 않는다

그다음 주에 내가 콜라주를 선물하려고 찾아갔을 때, 오스카 파스티오르는 말했습니다. "여기에 **오스카를 위해서**라는 말을 붙이셔야지요." 나는 말했습니다. "선생님 드리려고 가져왔어요. 잘 아시잖아요." 그는 대답했습니다. "그 말을 카드 위에 꼭 붙여줘야 해요. 혹시 카드가 잘 모를 수도 있지 않겠소." 나는 카드를 도로 집으로 가져가 '오스카를 위해서'라는 말을 붙였습니다. 그러고는 예전에 손수건이 없어서 방으로 돌아갔다가 손수건을 들고 다시 대문에 이르렀듯이, 그다음 주에 다시 오스카 파스티오르에게 카드를 선물했습니다.

손수건으로 끝나는 이야기는 또 있습니다.

제 조부모님에게는 마츠라는 이름의 아들이 있었습니다. 마츠는 1930년대에 집안의 곡물거래업과 식료품가게를 물려받기 위해 상인 교육을 받고자 티미쇼아라[9]로 떠났습니다. 그런데 그곳 학교의 교사들은 독일 제국 출신의 그야말로 진짜 나치주의자들이었습니다. 마츠는 아마 상인이 되는 교육도 받았겠지만, 그보다는 주로 나치주의자가 되는 교육을 받았습니다. 계획적으로 세뇌당한 것입니다. 마츠는 공부를 마친 후에 열렬한 나

---

9) 루마니아 서부에 위치한 도시로, 바나트 지방의 경제, 문화 중심지.

치주의자로 변했습니다. 마치 완전히 딴사람이 된 것 같았습니다. 그는 정신박약아처럼 말귀를 알아듣지 못하고 반유대주의 구호를 부르짖었습니다. 할아버지는 유대인 사업친구들이 돈을 빌려주지 않았더라면 재산을 일굴 수 없었다고 여러 차례 아들을 훈계했습니다. 아무리 타일러도 소용이 없어 아들의 따귀를 때리기도 했습니다. 그러나 마츠는 이미 이성을 말살당한 뒤였습니다. 마츠는 마을에서 이데올로기 주창자로 행세했으며, 전쟁을 피하고 싶어하는 동년배들을 괴롭혔습니다. 행정병으로 루마니아 군대에 근무하면서도, 이론으로 배운 것을 실제로 활용하고 싶어 안달이었습니다. 그러다 나치친위대에 자원했고, 전선에 배치되길 희망했습니다. 몇 개월 후, 마츠는 결혼하기 위해 집으로 돌아왔습니다. 전쟁의 비행을 보고 깨달은 바가 있어서, 며칠이나마 전쟁터에서 벗어날 셈으로 적절한 마법의 주문을 이용한 것입니다. 그 마법의 주문은 바로 결혼휴가였습니다.

　할머니는 아들 마츠의 사진 두 장을 서랍 깊숙이 보관했습니다. 하나는 결혼식에서 찍은 사진이고, 또 하나는 죽은 모습을 찍은 사진이었습니다. 결혼식 사진에서 신부는 흰 드레스를 입고 있습니다. 신랑보다 한 뼘이나 큰 신부의 마르고 진지한 모습은 석고상처럼 보이고, 머리에 쓴 밀랍 화환은 눈 덮인 나뭇잎처럼 보입니다. 그 옆에 나치 군복 차림의 마츠가 서 있습니다. 그는 신랑이기보다는 군인입니다. 결혼하는 군인, 고향을 지키는 최후의 군인. 마츠가 전선으로 돌아간 직후, 그의 죽음을 알리는 사진이 도착했습니다. 지뢰에 갈가리 찢긴, 최후의 군인의 모습이었습니다. 그 사진은 손바닥만합니다. 검은 들판 한가운데, 흰 수건 위에 회색의 작은 시신 더미가 쌓여 있습니다. 검은 배경 속의 흰 수건은 마치 하얀 사각형 가운데 기괴한 그림이 그려져 있는 어린이용 손수건처럼 작아 보입니다. 그 사진도 할머니에게는 복합적인 것이었습니다. 흰 수건 속에는 죽은 나치주의자가 있고, 할머니의 기억 속에는 살아 있는 아들이 있습니다. 할머니는 이 이중적인 사진을 오랜 세월 동안 기도서에 넣어두었습니다. 할머니는 날마다 기도했습니다. 그 기도 또한 이중적이었을 것입니다. 사랑하는 아들이 광적인 나치주의자로 변모했기 때문에, 이 아들을 사랑하시는 동시에 나치주의자를 용서해주십사 하고 하느님께 양 방향으로 기도했을 것입니다.

할아버지는 일차세계대전에 참전했습니다. 할아버지는 곧잘 아들 마츠에 대해 비통한 어조로 말했습니다. "그래, 깃발이 나부끼면 이성은 트럼펫 속으로 굴러떨어지는 법이지." 할아버지는 이 말의 뜻을 잘 알고 있었습니다. 이 경고는 나치주의에 이어 나타난 독재, 나 자신이 직접 체험했던 그 독재에도 맞아떨어졌습니다. 크고 작은 이익을 좇는 사람들의 이성이 트럼펫 속으로 굴러떨어지는 것을 날마다 볼 수 있었습니다. 나는 트럼펫을 불지 않기로 굳게 마음먹었습니다.

하지만 어린 시절에는 내 의사와 관계없이 아코디언을 배워야 했습니다. 전사한 군인 마츠의 빨간 아코디언이 집 안에 있었기 때문입니다. 아코디언의 띠는 내가 메기엔 너무 길었습니다. 아코디언 선생님은 악기가 내 어깨 아래로 미끄러지지 않도록 등뒤에서 띠를 손수건으로 동여매어주었습니다.

트럼펫이든 아코디언이든 손수건이든, 바로 이런 아주 작은 물건들이 삶의 극히 이질적인 것들을 하나로 묶어준다고 할 수 있습니다. 그리고 사물들은 순환하면서 이따금 그 궤도에서 벗어납니다. 여기에는 반복하는, 악순환하는 뭔가가 있습니다. 우리는 이런 사실을 알지만, 말로는 표현할 수 없습니다. 하지만 말로는 표현할 수 없는 것을 글로 쓸 수는 있습니다. 글을 쓰는 것은 무언의 행위, 머리에서 손으로 직행하는 일이기 때문입니다. 그것은 입을 거치지 않습니다. 나는 독재 치하에서 많은 말을 했습니다. 대부분은 트럼펫을 불지 않기로 결심했기 때문에 했던 말이었고, 그것은 대부분 견디기 어려운 결과를 낳았습니다. 하지만 침묵 속에서, 나 자신과 담판을 지어야 했던 그 공장의 층계에서 나는 글을 쓰기 시작했습니다. 그 사건을 말로는 도저히 표현할 수 없었습니다. 기껏해야 외적인 것들은 덧붙일 수 있었을지 몰라도, 그 내적인 정도에 대해서는 말할 수 없었습니다. 그저 악순환하는 낱말들 속에서, 잠자코 머릿속에서 한 자 한 자 불러가며 써내려갈 뿐이었습니다. 나는 죽음의 공포에 삶의 욕구로 반응했습니다. 삶의 욕구는 낱말의 욕구였습니다. 오직 낱말의 소용돌이만이 내 상태를 표현할 수 있었습니다. 낱말의 소용돌이는 입으로 말할 수 없는 것을 글로 표현해냈습니다. 과거에 인식하지 못했던 것이 뇌리에 떠오를 때까지, 나는 악순환하는 낱말들을 빌려 체험한 것의 뒤를 좇았습니다. 현실과 병행해, 낱말들의 무언극이 벌어집니다. 그 무언극은 현실의 차원은 신경 쓰지 않으며, 주요한 일들을 축소시키고 지엽적인 일들을 확대시킵니다. 낱말들의 악순환은 우리가 체험한 것들에 일종의 저주받은 논리를 황급히 부여합니다. 무언극은 난폭하면서도 소심하고, 늘 갈구하는 동시에 싫증을 냅니다. 거기서 독재라는 테마가 자연히 나타나게 됩니다. 자명한 일들을 거의 완벽하게 빼앗기면, 다시는 되돌아오지 않기 때문입니다. 이 테마가 은연중에 존재하는데도, 나를 사로잡는 것은 낱말들입니다. 낱말들은 그 테마를 저희가 원하는 대로 유인해갑니다. 그 어느 것하나 합치하지 않으나, 그 모든 것이 진실입니다.

증계의 위트로 지내던 시절, 나는 계곡에서 젖소를 돌보던 어린 시절처럼 외로웠습니다. 그때 나는 이파리와 꽃을 따먹었습니다. 그것들과 하나가 되고 싶었습니다. 어떻게 살아야 하는지 그것들은 아는데, 나는 몰랐기 때문입니다. 나는 그들의 이름을 부르며 말을 걸었습니다. '우유엉겅퀴'는 실제로 줄기 안에 우유가 들어 있고 가시가 돋친 식물이어야 마땅할 것입니다. 그러나 그 식물은 '우유엉겅퀴'라는 이름에 걸맞지 않았습니다. 나는 '우유'나 '엉겅퀴'라는 낱말이 들어가지 않은 이름들을 만들어보았습니다. STACHELRIPPE[10], NADELHALS.[11] 이름들이 식물을 올바르게 표현하지 못하는 거짓 속에서, 허공을 향해 틈이 벌어졌습니다. 식물이 아닌 나 자신과 큰 소리로 이야기하는 것은 창피한 일이었습니다. 그러나 그 창피한 일이 내게는 이로운 일이었습니다. 나는 젖소들을 돌보았고, 말의 소리들은 나를 돌보았습니다. 나는 이렇게 느꼈습니다.

얼굴의 모든 낱말은
악순환에 대해 알면서도
말하지 않는다

---

10) STACHEL은 가시, RIPPE는 갈비뼈 또는 잎맥이라는 뜻이다.
11) NADEL은 바늘, HALS는 목이라는 뜻이다.

사물들이 물질을 통해 속이고, 감정들이 몸짓을 통해 속이기 때문에, 낱말의 소리는 자신 역시 속일 수밖에 없다는 것을 압니다. 물질의 속임과 몸짓의 속임이 마주치는 접점에서, 말의 소리는 자신이 꾸며낸 진실을 가지고 둥지를 틉니다. 글을 쓸 때 문제가 되는 것은, 얼마만큼 신뢰할 수 있느냐보다는 거짓이 얼마만큼 성실하느냐입니다.

내가 충계의 위트이고 손수건이 사무실 역할을 했던 당시 공장에서, 나는 사전에서 TREPPENZINS[12]라는 아름다운 낱말도 발견했습니다. TREPPENZINS는 단계적으로 높아지는 이율을 말합니다. 이율이 점점 높아지게 되면, 한쪽에는 지출을 뜻하고, 다른 한쪽에는 수입을 뜻합니다. 글을 쓸 때는, 텍스트에 깊이 침잠할수록 그 이율은 지출도 되고 수입도 됩니다. 글로 쓰인 것은 내게서 많은 것을 앗아갈수록, 체험 속에 존재하지 않았던 것을 더 많이 드러냅니다. 오로지 낱말들만이 그것을 발견해낼 수 있습니다. 낱말들도 미리 알지 못했기 때문입니다. 낱말들은 체험을 기습적으로 덮치는 곳에서, 체험을 가장 잘 반영해냅니다. 낱말들이 너무나 강압적이어서, 체험은 그 낱말들에 매달려야만 와해되지 않을 수 있습니다.

---

12) TREPPE는 층계, ZINS는 이율이라는 뜻이다.

사물은 자신을 이루는 물질에 대해 잘 알지 못하고, 몸짓은 자신의 감정에 대해 잘 알지 못하고, 낱말은 자신을 말하는 입에 대해 잘 알지 못한다고, 나는 생각합니다. 그러나 우리 자신의 현존을 확신하기 위해서는 사물과 몸짓과 낱말이 필요합니다. 더 많은 낱말들을 사용할수록 우리는 더 자유로워집니다. 누군가가 입을 틀어막으면, 우리는 몸짓이나 심지어 사물을 통해서라도 우리 자신을 주장하려 합니다. 그것들을 해석하기는 쉽지 않기 때문에, 한동안은 수상해 보이는 걸 피할 수 있습니다. 그래서 우리는 그것들을 이용해 굴욕을, 잠시나마 수상해 보이지 않는 품위로 바꿀 수 있습니다.

내가 망명하기 직전, 어머니는 아침 일찍 마을 경찰관에게 소환되었습니다. 어머니는 대문간에 이르러서야 '손수건 있니?'라는 물음을 떠올렸습니다. 그 순간 어머니에게는 손수건이 없었습니다. 경찰관이 채근하는데도, 어머니는 다시 집 안으로 들어가 손수건을 가지고 나왔습니다. 경찰관은 파출소에서 미친 듯이 날뛰었습니다. 어머니는 루마니아 말을 잘하지 못해 경찰관의 울부짖음을 이해하지 못했습니다. 경찰관은 방을 나가면서 문을 잠갔고, 어머니는 하루 종일 그 안에 갇혀 있었습니다. 처음 몇 시간 동안 어머니는 책상 앞에 앉아 울었습니다. 그다음에는 방 안을 서성거리다가, 눈물 젖은 손수건으로 가구의 먼지를 닦기 시작했습니다. 그다음에는 방구석의 물 양동이와 벽에 걸린 수건을 가져다 바닥을 닦았습니다. 어머니에게 그 말을 들었을 때 나는 경악했습니다. "뭣 때문에 파출소를 닦아줘요?" 내 질문에 어머니는 조금도 주저하지 않고 대답했습니다. "시간을 보낼 일거리가 필요했거든. 그런데 사무실이 너무 지저분하더구나. 큼지막한 남자용 손수건을 하나 가져갔더라면 좋았을 것을."

어머니께서 자발적으로 자신을 더욱 낮춤으로써 구류 상태에서 품위를 만들어내었다는 것을 나는 지금에야 이해합니다. 나는 그것을 위한 낱말들을 모아 콜라주를 만들어보았습니다.

나는 마음속의 힘찬 장미에 대해 생각했다
체와 같은 무익한 영혼에 대해
그러나 주인은 물었다
누가 우위를 차지하느냐고
나는 말했다, 피부의 구원
그는 외쳤다, 피부는
사려분별 없는,
모욕당한 고운 아마포 얼룩일 뿐이라고

나는 날마다, 오늘날까지도 독재 치하에서 품위를 빼앗기는 모든 이들을 위한 문장을 말할 수 있기를 바라왔습니다. 손수건이라는 낱말이 들어가는 문장으로. 혹은 '손수건 있니?'라는 물음으로.

고래로 손수건에 대한 물음은, 손수건이 아니라 인간의 절박한 외로움을 가리키는 게 아닐까요?

2009년 12월 7일

지은이 **헤르타 뮐러**

1953년 루마니아 니츠키도르프에서 태어났다. 대학에서 독일문학과 루마니아문학을 전공했다. 소설집 『저지대』로 데뷔했으며, 장편소설 『인간은 이 세상의 거대한 꿩이다』 『그때 이미 여우는 사냥꾼이었다』 『마음짐승』 『숨그네』, 산문집 『악마가 거울 속에 앉아 있다』 『왕은 고개를 숙이고 죽인다』, 시집 『모카잔을 든 우울한 신사들』 등을 발표했다. 아스펙테 문학상, 리카르다 후흐 문학상, 로즈비타 문학상, 독일비평가상 등 독일의 거의 모든 주요 문학상을 휩쓸었고, 2009년 노벨문학상을 수상했다.

옮긴이 **김인순**

고려대 독문과를 졸업하고 독일 칼스루에 대학에서 수학했으며 고려대 독문과에서 박 사 학위를 받았다. 현재 고려대에 출강중이다. 옮긴 책으로 『인간은 이 세상의 거대한 꿩 이다』 『유배중인 나의 왕』 『깊이에의 강요』 『법』 『열정』 『유언』 『반항아』 『하늘과 땅』 『결혼의 변화』(상·하) 『성깔 있는 개』 『기발한 자살 여행』 『독 끓이는 여자』 등이 있다.

문학동네 세계문학

저지대

1판 1쇄 2010년 4월 5일 | 1판 8쇄 2021년 10월 20일

지은이 헤르타 뮐러 | 옮긴이 김인순
책임편집 황문정 고우리 박여영 | 독자 모니터 강정은
디자인 윤정우 이원경 | 저작권 김지영 이영은 김하림
마케팅 정민호 정진아 김혜연 정유선 | 홍보 김희숙 함유지 김현지 이소정 이미희
제작 강신은 김동욱 임현식 | 제작처 한영문화사(인쇄) 경일제책(제본)

펴낸곳 (주)문학동네 | 펴낸이 염현숙
출판등록 1993년 10월 22일 제406-2003-000045호
주소 10881 경기도 파주시 회동길 210
전자우편 editor@munhak.com | 대표전화 031) 955-8888 | 팩스 031) 955-8855
문의전화 031) 955-8896(마케팅) 031) 955-2659(편집)
문학동네카페 http://cafe.naver.com/mhdn | 트위터 @munhakdongne
북클럽문학동네 http://bookclubmunhak.com

ISBN 978-89-546-1073-5 03850

www.munhak.com